作家文库系列

杜爱民 散文随笔选

万花筒

西安出版社

图书在版编目（CIP）数据

万花筒：杜爱民散文随笔选 / 杜爱民著. — 西安
: 西安出版社, 2013.4
（作家文库系列）
ISBN 978-7-5541-0131-5

Ⅰ. ①万… Ⅱ. ①杜… Ⅲ. ①散文集－中国－当代②
随笔－作品集－中国－当代 Ⅳ. ①I267

中国版本图书馆CIP数据核字(2013)第074919号

作家文库系列　杜爱民散文随笔选
万花筒

著　　者	杜爱民
出版发行	西安出版社
社　　址	西安市长安北路56号
电　　话	（029）85253740
邮政编码	710061
印　　刷	陕西信亚印务有限公司
开　　本	700mm × 1000mm　1/16
印　　张	17.75
字　　数	243千
版　　次	2013年4月第1版 2013年4月第1次印刷
书　　号	ISBN 978-7-5541-0131-5
定　　价	26.00元

作者近照

自序

归集这些文字的过程，对于我也意味着重新经历自己生命中的某些重要的时刻，就像中国人每一年终了都要为之提前准备的节日一样，在这样的时间点位上，往往总是要回复到最古老的节日习俗之上，又期待着变异、希望和新的未来憧憬。

文字写作是在永恒回复和不断变异的过程中打开自身的折叠、重合与褶皱的。人们为不属于重复的那一部分而奋斗，又置身在一个复归的进程中，就像生命的存在：充满着偶然、意外和不确定的短暂性。一切都无法预料，不可预测。设想通过写作获得“解放”和“拯救”的想法在我几近幻想。写作有时甚至无法让我们与自身和现实达成某种程度的和解；它属于不可而为之为，属于无解之解。选择无望作为希望，才能成全写作作为我们终生的陪伴。为了与我们生命中遇到的一切相互追随，除了写作之外，我至今还未见到过别的更为有力的方式。

只有在写作里，我们曾经经历的某些时光或生活的片段才能得以被唤醒，它们或许是最平凡的那种情况，根本没有重要的事情发生，同别的类似的时刻没有两样；也正是在写作里，我们有可能形成对自身最平常部分的关照，让它们在我们的目光里变得一览无余。一旦我们的目光将自身打亮，那些看似平常的东西，会异乎寻常地变得不可思议，可见物的不可见性的不可见程度，也会展现于其中。

自我书写的历史已有两千多年。它不是由艺术家、作家独有的特权，也非专业人士的特殊制造之物，相反，它是人人都可而为的自我实践、生活实践和决定自身自由限度的探索实践。经由写作，我们可否找到能使我们的个人生活成为真正艺术品的可能。

对个人叙述的过程也意味着对自身的发现和创造。我们有可能在写作中对我们究竟是何为作出不断地更新与确认。在由写作给我们提供的“自我凝视”中，才有机会辨别我们同自身的关系，进而才会有，做什么，才能让我们更接近我们想要成为的那个自己的疑问。

在写作中不可替代的仍然是人的情感以及我们审视这个世界的方式。只有通过连续不断地书写，才有可能真正铭写下新的个人伦理；在这种新的个人伦理中，由我们自身决定我们的自由：在新的个人自由中，通过什么样的节制和行为的调节，不做什么，才能发展我们自己的自由，同时又尊重别人的自由。

写作的过程诞生了自我文化和自我的历史。它使作者自身与自身相互联系。

谁都无法避开自己。在本书中，作者处在距他的文体结构距离最远的地方。

杜爱民

2013年1月1日于西安中海

目录

卷一 碎片的空间

卷二 信步行吟

卷三 今日写作

卷四　物的现实

卷五 自述与对话

卷六 语言之镜

卷一

碎片的空间

在意指关系的网络中迸发的碎片，有可能造成语义逻辑的意外和断路。它们在自身之中隐现，同自身重合。遍布语言之网的各种纽结，有可能由这些碎片来构成，在它们之上，各种关系既得到交融，又被它们阻断。文学最终会穿过这些碎片的过去和未来，成为无法定义、永恒不变的崭新事件。

清晨的光

夏日清晨的短暂时光，通常在西安城南，显得易逝而又脆弱。空气中难得的凉爽，在环城林很快就被燥热的气浪掩盖，城里生活有规律的人们，赶在气温热起来之前，已在林中完成了自己的漫步。

这种有规律的生活节奏，并不因季节的转变而受到干扰，即使在冬天，清晨里的那段时光都是一天当中宝贵难得的部分。

我曾经多次打算过自己在清晨里的生活安排，试图按照西安城南已有的规律，开始每一天的工作和生活：6点左右起床，沿着南城墙与护城河之间的林中小路，走大约40多分钟，然后在树丛的空地上活动一阵子筋骨，与相熟的人打着招呼，说一些今天天气之类的话，再走到南门花园的报亭和饭馆，买回当天的报纸早餐。

我的计划往往落空。清晨的美妙，对我只是一次次的设想，少有亲历的机会，因为自己多数时间在凌晨2点左右才能睡下，属于清晨的那段时间，也是最佳的睡眠期，无法起身，汇入到西安清晨的节律之中，享受一天起始阶段的短促时光。更多的时候，我在早晨这一时段结束后起床，匆匆奔赴要去工作的单位，与西安每一天开始的那一段生活，失去了关联。

夜晚我才有闲暇，来重温别人早晨已有的光阴；这个时候也会偶尔涉足于环城林，尽量将因生活节奏颠倒而失去的那样一种新鲜的经历，寻找回来。然而，黄昏之后的景象与感受毕竟会与清晨有所不同，路上所见的情景也完全不一样；夜晚也有在林中散步的人，多是恋人和性格孤僻怪异者。我在这个时候，也极易想到童年里听到的有关鬼魅夜里在林中穿行的传说，我脑子里现在依然还有这方面的暗示。我记得童年里与邻里的孩子在树林中玩捉迷藏的游戏，其他人撇下我一个，直到母亲在树丛中发现我之后，才把我带回到有灯的马路之上，我随后才感觉到自己又恢复了记忆。清晨在西安南城墙外的环城林带，不会有迷失的感觉。

我知道，一天开始之初的那段时光是清新的，便于人们在夜的陈腐中尽快结束旧有的困顿对人的纠缠。清晨在它撕开的纱幔之上，不断地涌现出令人爽朗的气息。那样的时间既是开始，也意味着一种消散，因为随后一整天的生活会接踵而来。

清晨也被当成一天之中更易于进入思考状态的时刻，由于尚未受到别的事情的侵扰，因为尚未来临的一切，使思更加接近那些未知和无法确定的东西。这一时刻的非预期性，使未来一天的一切，都是有了吸引力。

对于一个需要工作谋生、而后才能写作的人，从一开始就被清晨排除在外了。因为，他不靠写作来维持生活，也无需为自己的生计而写作。早晨，他必须为生活而奔忙，这一段时间，不可能成为使他陷入写作游戏的动力源，不可能由他来决定自己自身自由的限度。那样一种自由的限度，往往在清晨就已经展开，而他只能期望，在夜晚里才有可能得到它。

在南山以北的地区

夏日或冬季通往南山各峪的主要道路，逐渐被新修宽畅的柏油公路所取代，“终南幽径”被推至和升高到了秦岭的山腰。在西安，南山代表着独特的生活方式，包括自古便有的隐士传说，与宗教相联系的庙宇建制，还有黄昏或清晨山林之中梦一样的景致。这样的情境有时会波及到西安城内，不仅是在晴朗的天气里南山在西安南部方位上的呈现。通过石材、河渠、道路与山货这些具体的物质，南山时时刻刻都同西安城内的日常景象保持着联系。在环山公路上行走，新修的通往北麓的各个峪口的通道，在此不断形成路与路的交叉重叠；黑夜里拉车赶路的人，偶尔会被农用拖拉机的前灯照亮，此后，便又淹没在了天际的黑暗当中。西安以南、南山以北独特的生活场景便是这些隐约流动和静止的人与物呈现出的轮廓。现在，原有的那种气息已经消退，代之以成片的楼群和地产开发。宁静是这一带的村庄固有本质的声音，现在已经被打破，也绝少再有拖拉机在环山路上夜行。我自己置身于其中的感觉是无法言喻的。起初是与童年成长记忆的伴随（南山总是隐藏在记忆当中无法看见），接着就是持续的改变。童年和南山北麓的地区，不再可以重回，也不能完整地在脑子里浮现。现在那一片地方，只剩下了休闲享乐的功能区域。我的躯体在其间只是一个消费的主体，不会再有纯自然状态的神秘之感，也没有真正的新奇性可言：人造的安乐割断了原先这一地区由地下生长出来的生命的根须。从前或多或少人们还服从于自然的应许，一旦踏入功能化与功利性的门槛，便会使人们身不由己。能与自然完美融合的地方很容易就会销声匿迹，连同原先的生活起居、人际关系和文化习俗，还包括新一代成长起来的年轻人，都会从原先的地方上逃离。过去人们依照自然的需要改变着自己的生活方式，而现在则必须服从于资本运作的价值规律，并在其上与它形成生铁一般硬冷僵死的关系。我先前在南山以北的地方少有期待，而一直有所期待；如今，由于期待得更多，而变得无所期待。已经有三四条高速的公路和铁路线，穿过南山通向汉中和安康地区，现代生活无一不体现在它的高速猛烈之上。城市发展强大迅疾的来势，使南山北麓这一广阔的地区处在一种不断消失的状态。那些微不足道的小事情：包括铁器和草编的织物，环绕着古镇和旧宅院的迂曲小路，老的店铺长方形的护门护窗的木板透出的光亮和流散的气味，在过去都是这一地区存在的坚实明证，它们在代表现代的高速化当中，都无法得到保留。速度克服了时间，同样也埋葬了空间，将南山以北以外的东西，带入进了这一区域，就连手工保留在物品之上的气味和特殊的温存感与亲和力，都被城市的扩张和污染驱赶得无影无踪了。处在快速变化过程中的人们，可以因为速率的加快而兴奋不已，但永不会再有熟悉亲切的环境，像光的折射将记忆重新唤醒的情况了。所有的一切，包括我们自己，都变得与自己远离了。在南山以北的区域中，我已经找不回曾经在它之中发呆的理由了。时间的变化现如今像是无形无尽的一张网系，在它之上我们必须做好准备：我们既回不到过去，又不知道该往哪里。

八仙庵

关于他与这个地方之间发生的关联只属于他个人的经历。从童年时期开始，他便随母亲一次一次前往这样一个陌生之地、神秘之地。再后来就是母亲的体衰年老，只能由他替母亲代为朝拜祈祷供香。从家门口到八仙庵的道路和沿途的一切，起初在他的眼里大而遥远，随着年岁的成长，他所见的东西，又都比从前变得又小又近了，起码从直接的感受中得到的认识是这样的。

现在，他能够看到他从前的情景，不是由于他已长大成人，成为另外一个人，而是由于八仙庵的存在，还一直抵御着他的记忆在其间不断产生的遗忘，就像他母亲的去世一样，都成为了一件永远无法忘记的事情。

连续不断地在去往八仙庵的路途上行走，一直都处在这样的过程和循环当中，努力保持着一种持续迫近的想往，以便把自己与母亲内心想要实现的愿望，托属在八仙庵这样一个同神灵有关的地方。

但是，他母亲的病体一天天衰老，这是谁也没法阻挡的，而他的愿望也就日渐变得更为迫切了。

从一个街区走到另一个街区，从一条巷子到另一条巷子，在八仙庵这样的道观丛林中进出，一次又一次地在“吕祖”面前朝香。

在他与八仙庵之间相隔的东西始终都是一定的距离，包括他的心愿。到最后，是那些让他与八仙庵保持距离的东西诱惑着他、吸引着他。他被这种距离迷住了。

没有任何可靠的手段能帮助他实现自己的心愿。在他与八仙庵之间的距离中，给了他无穷的幻想。人是一个无地点的地点，在自己身上开始，也在自己身上终结。

革命公园

与它围墙外喧闹的车流不同，革命公园在上世纪60年代末是一个僻静的地方。它在其后形成的作用中，暗含了西安市民生活的习惯与风尚（那个年代，公园属于恋人和孩子们的天堂），是一个休闲的幽静之地。花前树下，曲径回廊，更适合情话的表露与孩子们从中所进行的合乎天性的嬉戏。

而革命公园所建之初的本意，是作为一个纪念之地、缅怀之地。许多历史上的东西，都有盛极一时的时刻，包括“革命”在内，都会在时间的经历中消失殆尽。我最早涉足它的时候，对它之前的历史一无所知；现在，能够找到与它先前的用意的对应物，只剩下了独自伫立在它中心的角亭了。

“革命”，在革命公园里，变成了一种若隐若现的东西。如今，任何人都可以免费自由进入这个衰老的差异之地，任何人又都被它禁止在外。

灞　桥

许多旧的生活场景，一再被人们提到和唤起，包括以往的一条街区、某个建筑物本身和业已消逝的人群。灞桥在其中被反复言说，是从桥的功能（即沟通）的反向展开的。桥在这里没有以投射的状态，表现自身想要朝向对岸的飞动；它似乎在佐证一种断裂，一种从此分离和天涯相隔。从来没有任何一座桥像灞桥那样，在自身的象征所包涵的人情意识中，是通过联系的反面——阻断来实现的。托物寄情，依依惜别。总是要在桥上分手。灞桥的建筑形式也是极其隐晦的，既不是立式的桥，也不属于拱形桥的范畴，而是水平桥的形式，隐去了桥所具有的功能象征与美，就像是人类情感中的一段隐情，丝毫不需要夸张和放大；桥的材料、形式，极易被水淹没，也易于藏在记忆的深处。正像罗兰·巴特所言：建筑的功能之美，不在它的良好结果之中，而在之前某一刻我们感受到的功能本身的表现当中。在时间之中，灞桥担当了离别之际情感纪念碑的作用。

符号人物与文化发现

骑着骆驼，带上行囊，穿上西式洋装，到大西北去，这是上个世纪四十年代中后期文化朝向西北的风尚与景象。陇海铁路伸向西安后，为文化人物西聚的潮流提供了便利；火热的情绪，沸腾的气息和符号化的人物，一眼便能识别区分清楚，这些都映射在了当时西安社会生活的背景底色当中了。一种发现了文化“新大陆”和“处女地”的喜悦，与发现本身所塑造的真实有效的持续行动，连同当时那些人物的服饰和随身佩带之物的符号象征意味，最终都归入了对于想要重新发现的崇拜所催生出的幻想当中了，奇特之处在于：它们要比真实还要真实可信，就像今天具有标志性的人物一样，都会硝烟散尽，风雨不再。文化发现，恰恰萌生于热力消退之后，就像我们现在面对那些已逝的人物一样，时空遥远，无所追寻，又曾经确定存在。文化发现就是看到了我们肉眼无法辨别的东西。

让感觉得以穿过的街道

在我还是个孩子的时候，西安的大街小巷和沿途的建筑，包括院落的门楼、店铺、庙宇，多为旧式传统的砖木结构。明代和清代京城之外都市生活的品味和吸引力，仍然不显山不露水地在西安存活着，包括大雁塔、小雁塔这些唐代的建筑，其精神的蕴藉，都是极为内敛的；它们的形式、功用，以及外显的部分，丝毫都没有过分的地方，即便在它们身上有要通过自己的结构形式，来达致在空间中表意的企图，其结果，怎么看也不会太过强烈。

一个时代的格局，会在它留下的建筑中，偶然地形成播撒。这使我对童年生活的街区保留的感受，也多多少少的有着一种自足闲适与封闭安乐的体会。

在传统内敛的日常生活里，时间好像总是要慢半拍。一切都不必太过着急。实际的情况比人能感觉到的慢节奏，还要缓慢一些。时间更容易在静止的情景里滞留，包括原本就易逝的老旧事物，都愿意在此多一些停留。灰尘和发黄的故纸，连同废墟上的诗意，以及老式的街区沿途的各类建筑，在我童年对于西安的记忆中都随处可见。属于我个人的那一段时空记忆里，摆放着足够多的老东西，它们散发着古老的气息，也成为西安从前城市生活的独自拥有。

那时候，我每天早上起床的时间总是比应该的时间还要晚。上学迟到是我无法克服的习惯。所有的一切都在附近不远的地方，连物也都聚拢在了人的周围，像温暖的火焰一样围绕着你，根本就不用担心晚起的后果。

在许多个夜晚里，我感到白天的生活景象，已经早早地沉降在了那些铁匠铺、竹器店的背后了。日常的生活，普通人的生活，它们的具体实践，通过沿街铺面的转化，一项也不少地被摆放在了城市的托盘之上，成了西安往昔城市面孔表情魅力之所在。

走过青砖灰瓦构成的街道，我反复被提醒：要小心光明电影院隔壁高台阶上站立的疯子老婆；在城河里游泳尽量要避开倒在河中央的树枝。这些经验总是重复地在脑海里浮现，就像电报大楼报时的钟声一样有规律。

也总是重复地在相同的地方，重复遇见同样的人事。我青少年时期感受到的困顿，是否与这样的经历有关。

在砖木结构的建筑组成的街区之中，古老的意味，不言而喻。它们的表面之上，原本就充满着诗意，让置身其间的人们，享受着平静的幻想带来的安慰。

钢筋水泥和玻璃面墙的街道，无法使我的感觉得以从中穿过。在骨子里，我还没有完全脱离旧有的羁绊，也还没有真正弄清：生活富裕与生活幸福之间的关系。

南门花园

半圆形的花园拱卫着明代的城楼。在夏天的黄昏，对于树林草丛与幽径的记忆，现在永远只属于童年的身体，只与那一段漫长的时间流程所隐含的无数秘密和好奇相关联。

空间感会随着一个人年龄的增长而成比例缩小，之后，新鲜与陌生的事物，也烟消云散了。但躯体在童年南门花园中的时间经历，依然魂牵梦萦。由瓮城伸出的道路一直延续到钟楼，将花园分成了两个扇形的部分；国槐、冬青、海棠花、蔷薇的丛林，掩映着路的弯折和回环；城垛和从外围绕过它的道路上，有马车与自行车，还有少量汽车。晚霞映照的余晖，使花园的四周浮升着响亮的生活气息。

西安，西安，王朝之后的历史；童年在它南城之内的花园里消逝；一个少年的忧郁，最初全都置身于语言之外。当我随着大人进入到花园的内里，我尚未学会说话。但我记得这座在语言之外的花园，给我带来的向往与好奇。通过手指的触摸和脚步在它当中复往经过，我的眼睛鼻子和耳朵，遇到了它们遇到的东西，而这一切，都不可名状。后来，我学会了讲话，语言之外的那座花园和童年，便随即消逝了。

接着是对花园的看待和了解所发生的改变。它们来自语言和言说能力的获得。在语言中，花园一次一次重新被分类排列，放大缩小，并且被建构和着色，包裹在语言强大的形式之中，以至于离开了语言，便无法了解和再看见花园。

我记得，中学时期每天上学途中都要经过的南门花园。在它的树林丛中，曾经被人狠揍过两次。树林还引发过我的性幻想。

现在，我学会了用人们发明的语言同花园对话。但对于深藏在花园之中由语言带来的隐喻，仍然还一无所知。

他不是那种，因为想要了解花园，才开口说话的人。

阅读活动

阅读活动长期被求知的欲望支配着。书籍某种程度上讲成为了一个功利性的场所，各种目光都在向它伸手索求着想要的东西。一本书的功效与作用，也常常会因此而显得乐善好施。用一种封闭僵死的观念看待阅读活动，因果陈陈相倚的情况就在所难免。

设想并排而立的书籍也是一条道路，书写活动的目的，就不全然只在作者一方了，也同样还在它的结果中，在读者一方，需要读者在书林中的漫游，能像信使那样，将书籍也送达到它的各个目的地。

面对书籍，读者首先要根除的是阅读的惯性带给我们的关于真理不变与不朽的一切错觉。我们对于世界真实性的认知，都是通过语言来传递的。书籍这个时候，既将我们送上通往真实的道路，又阻止我们的靠近。那些已知和未知的存在，并非依照圣言的训谕进一步向我们敞开。我们认为的真理，或许根本就只是某种假设。因此，人首先要面对生存的虚无，才有可能踏入由阅读提供给我们的求知之途。

从这个意义讲，阅读活动远非像按图索骥那样的想当然。语言的建制，从一开始便是一座巨大的迷宫；迷宫中处处都是路，也有可能随时随地走失。

在语言中再现现实的想法，同想要通过阅读，穷尽书写全部意义的愿望一样，都是不可能实现的，原因是：语言不可能与存在的现实完全等同，书籍的意义更不会在写作中一蹴而成。

不仅仅只是书写行为，阅读活动同样也可以参与到语言的创造与表现的行列当中。

阅读活动，既铺就了主体有可能遭受的奴役之路，也可以成为人的解放性的开端。

大雁塔

它最初只是东南方向上的一个方位的标示，随后才渐渐地涉及到了距离、陌生的范围和伸向它的那一条条道路。在东南方向有许多个区格位置的标记，包括最早天际之上显现的那道日光，也包括它本身——大雁塔。

从我站立眺望的地方（西安的南城墙）与它之间相隔着一段距离。对于我而言，它只是一些地方与地理性的常识记忆，也仅仅只属于我个人。

大雁塔在上个世纪70年代属于西安人生活界标之外的区域。一年当中，去往的回数屈指可数。我记忆中只在阳春里随大人们去郊外踏青，才有过类似的过往，更多的时候，都是在对它的眺望当中。

塔楼是出于宗教的目的而建的，此后，围绕着它所进行的话语建构，就一直没有停息过。

作为西安符号化的符号，大雁塔也曾经直立在市民生活的中间；它的塔身和巨大的光影，被印在香烟盒子的正中，曾经以这样的方式，介入了这座城市的日常生活。孩子们在用这样的烟盒纸叠成的“三角”上，目睹了大雁塔的折弯。

大雁塔建在了这座城市的背景之中。随后，关于它的各种传说，以及它在时间当中留下的东西，也都印入了这座城市生活的底色当中了。在这座城市里，生活的背景，永远也不会等同于现实的生活。类似大雁塔这样的地标性建筑，自它建成之日起，也为自身设置完成了同类型的谜语结构，供人进入登临，并且在各个不同的位置上，供人抬头仰望。就像用一个谜，来解另一个谜，就像拿谜，来解谜中之谜。永远都是唯一的一道，但绝不会是最后的那道。

大雁塔现在早已是一个供人游览参观的场所。在它之上，西安被分割成了东南西北四个区域。无论塔楼在它建设过程中的初始目的是什么，一旦它被建成，便自然而然地获得了一个在它之上全景敞视的空域。现在，塔楼本身的附属功效，正一天一天被游人享用着，并且取之不尽。

任何一个物体都会同它周围的环境产生关联。大雁塔也处在语意关系链条的环节之中。当它投身于意义的海洋中间，就难免会受到强加于它之上的各种关系的支配。

在西安的任意一个报亭，任何一个公共电话旁，和排队等待的人群之中，塔的影子都无处不在，尽管可能与它相距遥远，根本无法再看到它，但塔楼投射出的身影，却时刻都存在，即使在月光之下，而月光自它建成之时起，就与它相伴随。而现在更多的时候是灯火和人潮，还有每隔一小时便会响起的音乐喷泉声。游人在塔楼的下面来回穿梭，驻足欣赏随着水流飘向天空的音乐，也同时在塔楼的背影中，看见了塔楼。

大雁塔超出了西安人的记忆，与梦的情境直接相通。时间和车流人潮止息之后，塔楼在月光下，才回归到了它的自然之美和原始之美上了。

进入塔楼的中央，便意味着置身于看不到塔楼的点位之上。一旦迈出它的门楣，同时就还要接受以它为圆心的坐标，向外放射出的尺度所给予的时空划分。这个时候，塔楼是它的倍数，或者说它联结着自身的内部和外部。或者说，它让人对于它，有了一厢情愿的认为。

有一天，我在雁塔北广场，见到一位外表酷似阿拉伯人的中年游客，他仰望塔楼的时候，戴着一副极深的墨镜，一旁的小贩正在向他兜售登塔的路线图。另外一次，则是遇到过一对年轻的夫妇（中国人），背靠背，坐在广场花坛边上的长椅上打盹，沐浴着从塔尖上照射下来的日光。

还有一次，我坐车从塔的旁边经过，想到过一个句子（记不清是谁说过的话）：物是物；人是人。对于大雁塔，和由它在我心中引起的对于西安东南方向方位感的最初记忆，在我个人看来，或许也是自己的自作多情。

塔归塔；我还只是我自己。

排行榜

一部文学作品完成后，被当作书籍投放到读者群之中，本身就是一件奇妙的事情，就像本雅明认为的那样：书籍和妓女，都可以被带到床上来阅读。

所不同的是：书籍在另一个时空里的阅读，会产生出它的无数个化身。在福柯看来，这意味着一种反复无尽的游戏的开始，既微不足道，并且又匪夷所思。

写作和阅读，都像是在投掷骰子，尘埃落定之前，其结果，根本就无法预知。但显然：写作要下更大的赌注。因为经典作品和与它相关的写作，都是一次性的，不可重复。

面对书籍与它的读者，作者既无法回到原先的位置上，也并非真正意义上的读者。

排行榜是文学创作的反面，它在文学的末端，将文学创作拒斥的东西，又原封不动地放回到了原处。

时间之轴

夜晚和白天在重复中连续交替。时间之轴只在它之内旋转跨越自己。

重新开始另一个轮回的重复。实现差异和多样性的增繁扩展。一天接着一天。一年重复着另一年。不断在它之上展开继替。没有一件物体呆在原地不动。没有一种关系确切无疑。

夜晚带给我们谜底。白天又重新把它打开。我们睁开的眼睛。又一次次重新合上。

小雁塔

就像孩子们手拉手旋转。围绕空心的圆柱，台阶远离身旁的树木房屋径直升起。屋顶和树冠之上的景象，星星点点。流动中的全景视野，在天空的靠近和展露里依次打开。还有梦里的记忆。

小孩经历着真实的幻觉。他极力要记住脚下的每一级台阶。塔楼总共有11层，由下朝上，远离地面；从上而下，回到起点。向上的路也是向下的路。起点同时是终点。

台阶意味着一种中性的介质，彼此相向溢出，又环环相扣，像链条组成的传送带，置换出异样的情境和奇特的游历。

向上的过程渐次成为一种暗喻和提示，就像天空的承诺，没有应约的到场，只是空阔本身。

塔楼是一部装置和再生产的机器，抑或是迷幻之光的组织构型，不断地再生产出深度空间的新奇性光谱。

漆黑的爬升过程，始终规约和保持着感觉的单一向度。区隔划分单向度的知觉系统是不同的级层，是由平面构成朝向四方的立方型。只有塔楼的顶端才是敞开的全景视野。

与孩子翻看连环画的经历极其相似，一页连接着另一页，一样的同一性等待着同一性，一阶重温着另一阶的回忆。

时间和空间的褶皱在塔楼的内里被永久地展开。它不像手风琴的褶皱那样，伸张的是同一性，呼出的是新奇性。它是摊开、组装和连接在一起的同一性，是永久不变的同一性组成的新景观。

不是为了居住，也不用作纪念，只是需要登临。在登临中身体和灵魂也得到了宰制。

小孩子走在塔楼围墙外的街道上，恢复了来时的平静。

瓦 库

瓦库的意指，在词之上住留了更多的想像空间，尤其被植入当下的情境之中。这是一个被泥瓦分割排列重构的平面，折弯的廊、堂厅与独立封闭的开间。石头和流水，以及佛教造像，镶嵌在不同的区域之内成为“场”的有机结合，这些东西也像是同时刻入了时间的维度里。灰褐色的泥瓦，无论作为整体和碎片，无论被平铺还是悬列并排着，都像是古典和现代知识的重叠和褶皱。

角落里有盆栽的植物，屋顶上空纵横的钢管，切分出边角线，以及光影的折返，不仅仅与瓦库之外的空间形成对接，还构成了与天空沟通的管道。

沉落、飘散、弥漫，在断裂的架接中并行着成分不同的元素。雨滴遮蔽的玻璃窗影射出的情境，是情境本身的影射。

混沌转瞬闪现。进出往来的人群。“生命在语言中的经过”。单行道。统一性遗失之后，瓦库破碎的碎片强度增大，像蛛网联结扩张，呈现整体的片断。

瓦库作为一种空间布置和时间装置，是由零件拼接成的。不同元素的接口、张力和咬合，影响着这台机器的运转。时间的轴线并置，横贯其中的核心，是不同经验的错愕、提示与移动。绝不要问瓦库想说什么，该质问的是坐在这里的人。瓦库借由何种方式，空间凸现了无尽的展示。

雪地上的月光

在童年里，我们家住在西安城南，隔一条马路便是明代的城墙，冬天里飘过大雪，推开院门，能看见被雪覆盖的城垛上空映照着一轮月光。无论在白天或黑夜，雪地上的月光都是温润的，在垛口之间暗自泛动，带着融融的湿气，可以在睫毛上凝聚，又像是能够被人呵出的热气在顷刻间消弭一样的微弱。

城墙之上是更广阔的雪野。雪的覆盖取消了平日物与物之间的界限。银白的色彩构成了西安此刻特有的光的强度，它们在移动着，仿佛天地汇合之后的景象。在我看来，月光也在移动着我，碰触着我，以它的方式，让我承受着它的能量和振动。我记得自己在雪地上的月光里奔跑的情景，只是现在我无法弄清是在梦里，还是在现实中。

雪地上的月光指示着东西方向的道路，这似乎也是西安作为都城在历史之中指朝的方向。从古至今，西安东西走向的交通要比南北方向重要得多，便利得多。东别灞桥，西去阳关。雪地上的月光，也同西安在地图上标示出的方向相重合。

月光总是在我的头顶，让我低下头，看着它在我全身洒遍。我第一次看见我自己，也看见了雪地上的月光，还看见了月光在看着我。

我无数次地看见自己第一次对着月光的情景，无数次地奔跑在第一次奔跑的雪地上。每一次与前一次都不一样，每一次又都在第一次之中。

雪地上的月光，成了我身体感知的初始轴线，它固执地朝着时间的深处蔓延。既是记忆的源头，又是一片空白。

我看见自己站在童年的门口低着头，站在少年的门口又低着头，一直到中年，还在低着头，背后是雪地上的月光，既空又满。

雪地上的月光与我的童年和故乡有关，是我通往故乡与童年的唯一道路。从西安城墙上的一地月光开始，天堂般的感觉也曾像梦一样，持续缠绕过我，在一览无余的明城墙上延伸。

雪对于我并不意味着冰冷，它的存在和降临，让我所感知到的世界不再陌生。世界由于雪的覆盖，已变得很小。月光这时候又照进我的胸膛，来安慰我，关照地上所有的生灵。

雪的深处是更深厚的温存和慰藉。我有一次独自在雪地上行走，坐在城墙上张望，感觉到月亮以前从来没有那么高朗，之后，也不会再那样重现。

我一直以为，故乡西安留存于我心底的记忆最初是源于明城墙上雪地里的月光。我能够清晰地感受到一种气息。我无法看见它，它却无处不在。故乡在我看来只是一种特殊的味道和气息。它永远都在远处，等待着我去寻找和发现。

砖瓦，木头和土草，以及马粪的味道；物品被干净地使用着它们的功效；还有麦面的温馨与借着月光的行路等等，关于故乡的气息，就存活于其间，经过月光的映照，它们都返回到了人间的烟火之中。

我曾经不断问自己，想要回到故乡的念头究竟又意味着什么。我被自己的疑问带到了雪地上的月光之中。将我与故乡联系在一起的词语与记忆的感觉总和，都离不开西安明城墙上的雪地月光。至于月光是什么，现在在我看来，已经毫无意义。

孪生兄弟

在西安雁塔北广场，一对孪生兄弟安静地坐在长椅上，游人拥攘着从他们身旁穿过。孪生兄弟专注于自己手中的东西：一个嘴里在喝着可口可乐，另一个正享受唇边的冰糕。两个人长着同样的面貌，衣着相同、举止划一。除了倾心于手中的东西之外，两个人一同扭过头去观察，带着同样的神情，注视周围经过的人群。通过他们手执的东西可以对他们区分，一旦他们停止手中的活动，放下紧握的东西，便无法知晓：他们谁为兄，谁是弟。

火车站

通过对内与外的持续转换，火车站完成了城市与外部之间的对接。火车站是一个流动的场所，所有的设计都遵从于从它之中涌入或溢出的便捷性的要求。

火车站既不属于城市之内，也不处在城市之外。它是内与外之间的切口，被镶嵌在了城市的玻璃之窗上。

（我小的时候，见到许多流浪者在夜晚里围靠在西安火车站火炉旁的长椅上睡觉。管理人员无法辨别这些流浪者的身份，只能听任他们在火车站里度过夜晚。对于流浪者来讲，栖息在火车站的变动不居之中反倒更安定，可以随时再次投入自己的流浪。）

火车站的座椅是流浪的秘境，是出发与到达之间相互重合的点位；向前便加入到了奔向旅途的人流，返身就可以汇入城市的景象。它的一方，意味着离别；另一方，则是归来的方向。

我此刻坐在火车站的椅子上，感到自己是一个归来者，又将要离去。

遗址公园

将古典与现代融合在一起最简单的做法就是：在遗址上建公园。寒窑遗址公园基于薛平贵与王宝钏的爱情故事传说，在其间漫步，也似乎无异于置身在了古代对于爱情的传说之中。类似的情况还有曲江遗址公园和大明宫遗址公园，所不同的是，后者都与爱情无关。

遗址公园是一个开放的空洞，与封闭的建筑不同，它为游人提供的是双倍的穿越。既是对历史的穿越，又是对现实的穿越。遗址公园的内在与外在完全重合在一起，入内就同时意味着在其外。它将参观者置于与各种关系的断裂处，并且通过对历史文化与现代文化断裂的衔接，在空间中浓缩时间，使参观者永远游移于两者的边缘。

它的景观的设计与建造，在暗中鼓励人们参与对遥远岁月的浪漫想象。它的亭台楼榭，曲廊幽池，充满着暗喻，不断地启发人们与唐诗或皇家宫闱里的往事之间建立联系。它不断提示游人，这一处或另一处景观的历史文化含意，并且试图复制和再现当年的情境，使参观者的理解与遗址公园所提供的想象完全融合。

但遗址公园里展现的文化和历史，同博物馆已经截然不同了，也与遗址的原貌相去甚远，它在遗存物里添加进了现代的元素，使历史不再以它的原样出现，而是可以拿来供人分享的体验。

将历史和文化加以改变，在空间里给出它们的功能定位，便可使历史与文化直接用作消费。在遗址公园里，参观者的目光已经被转换，各种建筑与空间形成的复杂关系所产生的效能，时刻在向游人的心施加着影响，迫使游人的视觉符合一种全新的敏感性要求，即要参与到对眼前历史与文化的有用性的消费行列之中，要证明一种新的体验经济，仍然在这些古老的遗址里存活着。

原先的遗址在遗址公园里已经失去了纯粹能指的角色，人们不再可以在它之中任意提取知识、梦幻和历史的意义，只能按照划定的路线，去实现一个既定的意愿，即消费的意愿。时间在历史遗址之上无可否认的真实，也随着其上公园的建造不复存在。遗址公园无法还原历史的真实，它只是对历史的真实加以利用，是对历史进行现代化的改造，以满足人们怀旧的心理需要。

在新建的寒窑遗址公园里，今天的薛平贵与王宝钏还能否再演绎出动人的爱情故事，结果不得而知。但遗址公园可以让人们走在今天的路上，带着怀旧的心情，奔向未来。

姓 氏

对于姓氏根源的追溯常常引发出好奇。姓氏就像是道路的汇合、重叠与分叉和延伸一样，使人一来到这个世界上，便有了向自己生命源头返回的向度，无意间也有了归属。姓氏不断地在衍进中分叉，又容纳了途中支流的汇入，使生命起始的线段经由个人点位的连结，伸向了未来。

姓氏就像是树的根须，将成长的养分输送到茎干和枝丫的每一片叶子上，每一片叶子也将所吸纳的阳光，返回到树的根部。在姓氏的历史谱系呈现的折返流程里，除了宗族的生命轴线外，还有一种若隐若现的律动，它们是被时间灰烬所掩埋的事件的微光，这些光亮，为个人对于自己的生命提供了想象。

姓氏包含着许多偶然的事件与因素，又以男性姓氏衍变作为发展的必然。家族宗脉在时间之中的延续，既是加法又是减法的过程，最后人们只能看见姓氏之线的延伸，其余的一切都归入了虚空。

这条线依靠女性姓氏的汇入才得以承续。女性通过对于男性家庭的加盟，让自身的姓氏淹没于其中，又成为姓氏轴线上新的生成点。人通过姓氏，与血缘宗脉的历史纵向相连，横向上又形成互相间默然的呼应。

万花筒

孩子们喜看万花筒的理由多数出于好奇和天真，他们起初从对具体物象的持续关注开始，进入了对世界的认识和了解。万花筒隔离了眼睛与周围事物的联系，通过它的管道对于孩子目光的凝聚，最终将孩子们带到它底座的玻璃镜面所呈现的变化里。

万花筒依照镜子相互映射的关系，将不同形状玻璃之间的拼接与无数彩色碎片的散落，投射在它的镜像里。随着手的转动，万花筒的内部结构也在改变，色彩的碎片会洒落在不同的界面上，界面与界面之间又会形成新的对接，底座镜面上便会反射出多种形式的色彩图案。

通过对孩子目光的围拢，万花筒里形成的视觉效应一直都在延伸。封闭的空间与梦境极为相似。点与面在其中不断分割与排列，组合出了多姿多彩的映射。

万花筒一直都指朝着梦。孩子们想要发现新的想象空间的愿望，从中进一步得到启悟。万花筒又不断翻新着对于启悟的各种暗喻。

孩子们在万花筒里往来于梦和现实之间，以至于不在两者任何一端走失。万花筒里有孩子们梦中遗失的东西。一旦他们成年，就要设法在社会里找回，他们梦见过的东西。

扑克与象棋

扑克是时间的游戏，顺序的游戏；象棋是空间的游戏，排列的游戏。它们按照各自的规则，都在同一不变的结构中，不断更新出无限的可能与结果。文本则是将时空罗致成网状的编织物，既不在空间里驻足，也不使时间停留，而是让时空交汇，统一在它的变化之中。在文本里，可以看见扑克与象棋：进进出出，来来往往；看不见时空穿梭。

海上的路

海洋汇聚了地球上的河流，是更加广阔的水域。在海上，也就意味着置身在离家园最远的地方。海水流动，带来与带走，使命运漂泊其上。

海是无数道路的重叠与汇合，让路的无限可能朝向任何方向。它改变了道路固有的含义，使道路不再笔直地伸向远方，也不蜿蜒于群山之中。海在它的每一滴水当中浓缩着出发与到达，使水的颗粒形成无限的重合，以此来铺就它身上的道路，以它的每个点对所有点的反射，组成道路的依托。海孕育出路的源头。

在海上，路像盐一样溶化在水里。有无数条道路，朝着任何方向，却看不见其中的一条。不可以同时在它所有的路上行船，只能穿行于其中唯一的一条道上。

船舶在海上是一个没有处所的处所。它在海上浮动，把道路留在了身后，标明了它从何而来，从一个港口到另一个港口，标明了它行驶在一望无际的海洋之上。

城市是陆地上的海洋。人总是在下一个路口上相遇，在下一个路口上错过。

字的重复

嘀嘀咕咕唧唧喳喳；空空空的空空空；重复重复重复复重重；呀呀呀呀，咿咿咿咿；哼哈哼哈哼哈哼哈；动静动中之静，寓静于动，互动互静；无外之外的外，无限收缩的内中之内；年年月月，月月年年；年复一年，月复一月，天复一天；年年月月天天；每一年都是今年都是去年都是明年，每一天都是今天昨天和明天。

无声的叫喊

叫喊是痛的权利。当语言的外壳骤然间崩裂，再也无法抑制住包裹它内部巨大能量涌出的时候，叫喊便现身于扼制的面前，展开它的无意识和已被分裂的结果。

从叫喊中迸发而出的是：具体孤立的字，而不是字之间的关系组合；字与字不再有联系，不再在相互之间的同一性中引入多样性；字只是强度点位上的爆发，也不需要彼此的解释说明。

在叫喊声中，每一个字都是一个独立的单位和战斗的堡垒。它们不再按照事先的神意设计跳动，也不受语言逻辑和意义系统的支配。叫喊只代表叫喊本身。倏尔从天际的上空划过，顷刻间就灰飞烟灭。

话语的陈述，无法捕捉它瞬间爆发出的异样的东西。它拒绝抵抗的是：在它之前的各类言说对它的言说。

源于肉体被动作出的反应，叫喊被身体深藏的看不见的力，纠集在了一起，不愿再遭受被任意宰割，也不再受任何意识的指使。

非理性的赤裸裸的疯狂的叫喊本身，是肉体承载的承载极限，是忍耐到了无法再忍耐的程度。叫喊比能够听见和看到它的时候更有价值。它是境遇性的偶然，不是再现性的，更不可以模拟和复制，而是在再现的链条断裂处的新生和溢出。

由叫喊所导致的颠覆性的撕裂场面，只在瞬间里显现。它的碎裂，以生命作为舞台。身体是它的剧场。它所上演的是能指和身体的叛乱。它同时是自毁性的，不是消费性的，更不像歌儿一样，可以拿它来传唱。

叫喊意味着人不再以语言为家，也不再充当忠心耿耿的仆人和意义的执行者；意味着被文化捕获设计监控制造出来的人之死和新的复生。

还有另一种叫喊，是无声的叫喊。我们每个人的身体都拥有，但每个人未必能觉察到，未必能听见。

骰 子

正方体的上下左右前后依次排列着六个边角相等的平面，六个平面互为相似型。每一个平面，都独立构成不同的空间向度，而它们又共存于同一空间之中。镂刻在不同平面上的圆点，其数量的多少，是面与面之间区分的标志。直线在正方体之上分割着每一个平面，又将它们连接在一起，形成了相似和差异的离奇组合。直线还是每一个平面之间的界线和它们重合的部分。

静止状态下的骰子所具有的不可预测的潜在性，深藏不露。一旦将它从手中抛掷而出，无数偶然的可能性，就会被打开。一一敞开的偶然，最终停落在它静止的必然之中。

运动赋予了骰子变化的形式，静止又将它们回缩在固定的结构当中。结果从来就不是给予的，也不会永固不变。想要得到结果的努力，全在于奋力一掷。

时间不断地阻止了骰子在掷出之后的瞬间成为被给予之物。它翻滚腾挪跃动，在变化的过程中碎裂于时间的空洞形式之中。偶然性止息的地方，骰子被抛出的必然可能，才会随机萌生。

人们在掷骰子的游戏中，看到了与自己的生命存在异质同构的东西。祸福吉凶，荣辱尊卑，以及前途运程，都藏匿在它的动静之中。力量关系在骰子当中的展布所产生的效应，使可见的东西，不断地露出了它的不可见性；使无意义，变得有意义。

地球也是一个容器。人像骰子一样被投入其中。除了接纳外力的作用，人同时也生产动力，还可以能动地进行自我调控。人面临着更加深刻的不可预测性。与骰子的投落一样，在人的生死之间，是一片无尽的空间。谁的手在其中安排未来，决定祸福，预知吉凶。

现代隐士

在海明威眼中，巴黎是一个流动的圣节。与巴黎所蕴含的固定中的流动不同，今天的房车，则是在流动中寓居着固定的特性。

斯多葛主义认为：人也存在于双关的结构当中。一些人可以因为利益成为朋友，也可以因此而分手。如果听见了朋友当面说你的话和背后说你的话，这个世界将不会再有朋友。

双关结构是一种机制，它让起点和终点相对应，造成了在两者之间永无休止的折返。在这一无形的路线图里，包括人的自由，本质上也都是对世界规律性的服从。

现代隐士是这样的人：他们既不大隐于市，也不小隐于朝，而是隐于双关结构之外。

“叮　当”

“叮当”是一种葫芦形状的玻璃玩具，通体透明，光洁如鲜。用玻璃的液体在一杆细长的铁管上吹拉，均细的气息从铁管的一端流向另一端，经由气孔，伸向火的液体的中心。在气流的作用下，玻璃液体的中心部位被气体充胀，向四周慢慢扩张。葫芦形状的形成，依靠的是工匠口中气韵节奏的变化，直到玻璃液体冷却，才能最终完成塑形。薄如纸翼的外表，易碎而又柔韧。

“叮当”的外观，有圆润的薄底，长长的吹管与球状的主体浑然连结在一起，泛着浅淡的茶光。吹口由两棱凸起的条沿组成，宽度与半个食指相同，便于嘴唇的上皮完全覆盖其上。

气流通过玻璃直管，用肉眼无法看见。它们先在球形的空间里蓄积，造成底座屏的反射与颤动，最终发出“叮当”的声响。

“叮当”的构造机理，与人的心脏极为相似。心脏依照人体血流产生动力。“叮当”吹奏则需要绵密的人气。

木马的幻想

在母亲身旁玩耍的孩子，离开母亲跑向木马。他从木马上下来又上去，想要旋转木马摇动的方向。

木马始终只在原地摇荡，既无法挪动，也无法转换摇晃的姿态，更无法缩短与母亲之间的距离。

重温着类似摇篮的节律，孩子开始了梦幻中的想象，渐渐远离地面的飞升，就像是母亲关怀中的允诺。

紧握木马两侧伸出的木柄，是孩子和木马之间的维系，想要飞升的努力和愿望，通过孩子手掌与木柄的结合，得以使孩子和木马维持平衡。

构成木马的材质，没有铁的冷硬。它保留下了孩子的体温，就像雪中带有的温存。

树冠上的秘密，屋顶上的天空，都不及母亲与孩子，孩子与木马之间亲密的关系。他们此刻，都成为了神悄悄放置在人间的礼物。

乞丐与妓女

乞丐和街头站桩的妓女，都是在众目睽睽之下采取行动的。他们心中的图谋，敢于经受眼睛的检验。他们生存的事实，远比顽石还要坚硬。

公开性赋予了他们行为的合理性，从中吸取的所得，要比那些投机者、伪君子干净许多。

乞丐坐的是社会生活的底牢，妓女遭受的是性的终身奴役。他们都是生活境遇坏的极限代表。颠沛流离的受难，是他们克服生命不确定性的唯一方法。

听从身体饥饿的召唤，远比听从未来召唤要牢靠许多。乞丐和妓女同样都不愿意，将经由身体对自己个人的确认，投入虚无的神圣之中。

在他们看来：我只是一个此刻的存在，之前的一切，已随云行雨施；之后的东西，无法预料。现在也只是我固守的身体堡垒，是通向另一个现在途中的中转。

在那些幕帘背后的啜唏声中，乞丐和妓女将自己最后的所有——身体，放在了社会的赌盘之上。

病毒携带者

体内藏毒者把身体当作了运送毒品最有效的工具。在埃菲尔铁塔的中央，是唯一看不见铁塔的地方。构成对眼睛极限挑战的还有：散布在城市不同角落里的病毒携带者。

在传统的医患关系之间，曾经是一片健康人生存的乐园，病毒携带者的出现，造成了医学鉴定视野新的盲点。无法辨认，使这些没有任何疾病体征的人们，处在了两可之间。他们既非病患，又不是正常人，却携带着可怕的病毒。

病毒携带者身上没有任何疾病的症候，却潜伏着随时暴发疾病的可能。他们在城市的街道上四处游走，取消了过去横亘在人们视野里的一道界限。由于他们的呈现，医学的目光中出现了一个真空的时点，此后，在这一瞬间里，没有了正常人，也没有病人和医生。

无法归类，或者说无类，是病毒携带者身上存在的奇特现象。医院面对他们的身体束手无策，但他们的身体又确切无疑地携带着病毒的信息，远比疾病和健康的信息还要复杂许多。

携带病毒的身体，始终被一种透明的黑暗所笼罩。在它之上，不再有明暗正反之间的对立，而是中间的混合与过渡，就像生带给死的约定一样：我们知道它将要到来；我们不知道它什么时候到来。

公共电话

公共电话像永远被固定在城市街区中的邮差。所不同的是：邮差是通过持续的行动来实现流动传播的功能；公共电话则在对流动的克服中，播撒了更广泛的流动性。

一封没有收信人姓名和地址的信件被寄出后，便意味着石沉大海，永无归宿，成为不断被道路所驱离的迁徙者。公共电话逆转了空间位移的流程。它同样也像是一封隐去了名字和地址的信件，却让新的传递不断在它之上生成，也只反射传递本身的功能。

想要沟通的愿望，远比所要沟通的内容有时来得还要急切。在公共电话彼此孤立的导线两端，吸纳、转移、展布的是：声音流向对方的路程，而谁在一端讲话，谁又在另一端接听，早已变得无足轻重。讲话人和听话的人，最终都会在连接对方的端点上消逝。

公共电话的特性，一再地伸向了话语之外不知从何而来的陌生性。它在不断地召唤匿名陌生的声音的同时，也拒绝了陌生感本身，让陌生变成熟悉的希望不断得到实现。

公共电话所达致的沟通，进一步展开的是开放的同一性。如果没有希望，也就不再会有害怕。

卷二

信步行吟

书写和行走有着相同的节奏、形式和目的。在空间组织中，行走是不断变化的，它必须转弯、逡巡或回返，就像书写遵循的修辞学一样。行走意味着对于地点的需要，是对于缺席寻找的不确定过程，就像我们有时候在写作中寻找的一样。

青海，青海

青海，是我所见到的与我的居住地以外的地方瞬间联系在一起的一系列记忆和场景。它在我生活经历中不断涌现。起初涉及到我对于在远方的亲人生活方位的确认（小时候，母亲常提起在青海当兵的小舅）。青海作为一个地方，早已经映入了我童年的生命记忆。我不止一次遇到过与青海相遇的瞬间，包括在地理课本上，在亲人寄来的照片当中。青海在每个瞬间里都纳入了不同的组合。我成年之后对它的多次进入，又在随后对于它的感知之上涌入了不断被改变和重新被分配的画面，以致从现在来看，过去感觉到很近的东西在今天则变得十分遥远了。

从我与青海这样一个地域名称相遇开始，它的陌生感就一直对我形成了强大的吸引和诱惑。并不是因为高原、草场上的羊群和横贯在它上空的长云，而是这一切所见之中的无有。拿物质生活的优裕度来衡量对于青海的认知与判断，是完全无效的。在这个世界上海拔最高的地方，物质财富并不能代表它的全部。在德令哈和循化，街头的景象，在我看来并不逊色于纽约和东京，并非只有现代化的高楼和高科技带来的繁荣，才会产生十足的安宁。青海相对于那些惯常的“洋”标准是一个例外。所有自以为是的想法，所谓的“强者”的傲慢与偏见，富人的优越感与居高临下的姿态，在青藏高原面前，统统都不复存在。青海的力量，来得远比这一切都要猛烈，它是越过生死极限之上的和缓、辽远与静寂，是绝望中的希望所透射出的生活景象。

进入青海的路径，存在于每一颗诚实质朴的心灵当中。在海拔4千多米以上的纳塘草原上，年轻的牧人相聚的方式便是围坐在一起，周围没有迷醉的灯光，没有按照资产阶级标准营构的环境和设施，只有天空、草原和大风不断地吹过。在外人的眼中，或许在那样的生存环境中，分分秒秒，都是一种对于生命的考验，但对于纳塘草原人，则意味着生存的自然。

青海不断地经受着来自它以外的“现代文明”对于它的重新定义，像西宁这样的城市也在现代化的进程中发生着改变；包括去年的玉树大地震，几乎让结古镇完全变成了废墟，许多人失去了家园和亲友。但所有这些，无法改变由这块高原之上生长出来的东西。在青藏高原的公路上，在结古镇的嘉纳嘛呢石堆旁，依然有人把生命交还给了行走，依然不可阻挡，通过不断地行走，而一步步确立的信仰。

人们喜欢用另一种标准来衡量青海，喜欢用另一种眼光看待它。青海在他们看来是一个贫穷落后的地区。从物质层面怎样强调其对于青海的重要性都不为过，但是，由那样的眼光和标准框定出的青海，还是不是真正意义上的青海，到目前仍然是个疑问。而现在，青海尽管仍然有一些地方贫穷落后，但它的存在，它独特的力量，显然是溢出于那些现代性神话的解释体系之外的。非此即彼的功利判断，无法辨认藏匿在青海广阔地域和众多人群当中，维系他们生命与存在的价值和意义。青海在这样的时刻，比想要估量它的那些个东西，强大百倍。玉树、称多、格尔木这些地方的名字，像金子一样在高原上闪亮；撒拉人干净整洁的庭院里，聚拢的生活的心劲儿，一点都没有因为其以外的东西而着急和显得慌张。

在玉树藏区，活着的人是不愿提及惘生之人的，无论在地震前或地震以后。藏区有无数个叫扎西的人还活着，也有无数个扎西已成为了故人。藏族人视死如归。我在去年玉树震后机场等待救护的伤者脸上，没有看到惊慌，甚至连儿童都能够镇定自若。藏族人把生命离去后的身体，交给了苍鹰和河流，他们不愿在自己生活过的高原上，留下一点身体存在的标志和痕迹。死亡是另一个新的生命轮回的开始。

生命在他们心目中永远不死。去年，在参与玉树抗震航空救援服务的过程当中，我认识了为我们开车的志愿者藏族人索来扎西，他是结古镇人，东北财大毕业后就回到了玉树，地震中失去了自己的多位亲人，震发后他顾不上家里的情况，跑了30多公里的路赶到玉树机场的航管楼报信，在途经禅古寺时，听到了路旁废墟中的呻吟声，从中救出了埋在其中的3个人。后来就留在机场航站楼，当起了志愿者，直到震后的半个月，也没有离开。扎西只是30岁刚过的小伙子，新婚不久，妻子是一位湖北的姑娘，在玉树机场空管部门工作，两个人在我离开玉树的时候，还在为救灾的事奔忙着。今年7月份，我们一行到了玉树，他去见住在我隔壁房间的熊召政，我同他又得以在玉树相见。扎西头戴一顶藏族喜欢戴的毡帽，比一年前黑了，更加壮实，在灯下脸上泛着高原人特有的光泽，只是还像以前一样话语不多。

玉树的灾后重建，进展得也非常快。牧区和结古镇周围的地方，人们多数已住进了新建的房子，基本恢复了正常的生活。从巴塘机场通往结古镇的公路已重新铺建一新，地震毁坏的路段，也已经看不到了。由中铁公司建设的玉树民族中学，位于镇西口的道路旁边，并且将要投入使用，让我们对灾后重建感到了信心。位于玉树结古镇约20公里的代格村的整体重建工程，也已基本完工。新的藏式太阳能一体化的建筑和采暖系统，会使镇上的居民生活更为方便。结古镇的重建，还需更多的时日，在这一过程中，玉树人已经考虑到了精神文化和传统生活方式重建的重要性，尽量不使原有的人际关系和生活习惯遭致破坏。

我把自己对于青海的每一次进入都当作是个人的修行。青海究竟意味着什么，便成了每一次行程中的追问。我需要重新认识它，再次见到它，不断对它有所发现。我在青海先后去过的地方有：西宁、湟中、湟源、循化、青海湖、玉树、称多、德令哈……

第一次去青海是在1983年，最近一次是今年夏天。我在今年坐车经过了我第一次来青海住过的地方——西宁大厦。周围的街道和房子，已经没有当年的痕迹了。

也许是偶然的原因，我从小便拿我的出生地与青海这样一个陌生的地方比对，将感知、情感和行为，置于它奇特诱人的魅力之上，如何抵达其间，才是真正属于我的问题。而我每一次，似乎都处在朝向它的路途中央。即使在物理空间上，一块地与另一块的存在，都不是彼此孤立的。它们有着无数可能的连接方式。

我有幸汇入到了与青海的连接沟通当中。在我看来，那是一块隐秘之地，圣洁之地，能够容纳我的心灵之地。青海还像一面镜子，时常在我身外形成对我的映射。我看到了自己的软弱、卑琐与畏首畏尾。这些光的映射，也总是来自于我的思想与经历之外，它们在远处晃动游牧，召唤着我对界限与极限之外的想象。

更重的是，由青海带给我的感受与所思，就像个人的信仰一样，是不可言说的；是修行过程中的各种独特的感受，就像白天起床，黑夜睡眠一样那么日常。它们比钢轨笔直，比迷宫还要曲折。

城中漫步

从西安永宁门（南门）的城楼向南眺望，高楼大厦以及不远处的电视塔，像丛林一样拔地而起，密布在由此伸向终南山之间的广阔区域；大雁塔、小雁塔这些唐朝留下的建筑像是被淹没在了钢铁和水泥的海洋当中；乐游原也几乎完全消失在了西安新的城市景象里了。

城市的环线公路，在西安南部的分布显得最为清晰，一层一层从原先的中心市区向外延伸辐射，直到最南端的终南山脚下。高速公路网系并没有在秦岭的面前止步，它们纵横交错，以西安为中心，形成了“米”字形分布，将西安的外围，不断纳入到它的中心。伴随着道路的拓展，沿途的建筑之后便蜂拥而起；先是高新产业开发区、曲江新区和航天产业基地，随后它们周围形成了新的发展中心和卫星城镇和大量的外来人口。西安就像一个偌大的吸盘，世界500强、沿海城市的资金、周围城市新的富人以及农民工和各类精英，各种商业娱乐活动，都在它新的感召力之下，汇入到了西安的空间活力所催生的生存竞争游戏当中了。

同样的情况，并不只局限于西安的南部地区，几乎是在东西南北的各个方向，新兴的城市空间、功能区，还有各类的设施，都铺天盖地一样地涌起。40年前，西安明城以外的地方还属于郊区，城乡两立，差别分明，而如今，在城市向北延伸到了渭河南岸的地方，差别已经不再明显。

运输方式的革命和电讯与通讯技术的发展，也让我们正在经历着西安“去中心化与再中心化、中心边缘化和边缘中心化，城市内转外和外转内的结合”过程。我们已经明显地感到了，汽车和高速路，以及现代通讯网络，才是正在变化中的西安地理的中心。这些发达资本主义的城市景象，在最近20年的西安发展变化过程中，已经成为一种主导和普遍的现象。

在西安，现在已经找不出一个绝佳的制高点，来俯瞰它新的城市景观；西安没有像巴黎埃菲尔铁塔那样的建筑，能在其他建筑之上，形成对城市景象新的持续地观看。这样一种看的权力，在不远的年代，曾在明城墙和大雁塔上便可以轻易获得，但现在，新的、更高的楼群，已经将昔日赋予那些历史遗存的象征意义，消解殆尽了。西安都市现代化的情景，还远远不像纽约和芝加哥那样，已经形成了一个城市的梦幻天空，也没有哪一座高楼，能像帝国大厦那样，在感受纽约时，只需探头看着窗外的天空，就可以尽情享受建在天空之上的城市独有的蓝光和观看全局的快感。但是，西安现在变得与那些资本主义的堡垒城市愈来愈相像了，正在向那些工业化和后工业时代的都市群落看齐。

在水泥、钢筋和玻璃组成的新舞台上，西安这座有着三千年建城史和一千多年建都历史的东方古都，不可能脱离自己的背景来构建自己未来的前景。它不是用现在创造现在的那类新兴城市。正相反，它是在历史和时间的长河里逐渐积累而成的；在它的地上和地下，在它的成长经历和城市经验里，蕴含着中华文明的发育史和兴盛史。周、秦、汉、唐等十三朝古都在精神文化和物质文明所达到的高度，都曾经为世界所瞩目；在西安的背景当中所发生的故事、传说轶闻、所产生的思想信仰和崇拜，以及它自身曾经的兴衰所暗含的历史偶然与规律，至今都还像是谜一样，令人好奇向往，也令人恐惧和焦虑，并且不断地萦绕在西安新的城市景象当中和周围。西安不是那种从纪念性的集体记忆中解脱出来的由突发地点组成的城市，也无法抛弃自己的过去来达成对自己未来的挑战。它的兴盛和衰败，都像是历史屋檐流淌的雨滴，是由点滴碎片累积与叠加而成的。历史在西安，类似于有形和无形的迷宫装置，你可以随处遇见秦汉的砖瓦、器物、石刻，唐朝的饰品、壁画和三彩俑，明的城楼，清的院落和街道，但你不可能很快弄清和想象它们背后的东西，也不可能再回到那些朝代；你可以拿着唐诗，按图索骥，到兴庆宫或乐游原寻访，但是，七世纪之前的西安，绝非可以拿来与今天同日而语。正像巴黎属于19世纪那样，能称得上西安的世纪，年代则更加久远。

西安现在就像是一个多棱多面的玻璃球体，也可以将它形容为两面都能映照反射的镜面，或者可以说它就是类似于镜子的镜子那样的东西。在它当中总会看到我们每个人之间共同相似的东西。它是发明我们,塑造我们的那些源头性的东西；而在它的镜像照不到我们的地方,也许才是我们的出路。西安是一个谜一样的城市。它的历史或许就是所谓的类似谜语结构的东西，而谜底，大致上也同我们所有的中国人有关。这座城市隐现的形态和格局，很像是另一种迷宫。某种程度上讲，穿越这座迷宫，也像是在穿越我们自己。

想要在一个制高点观看西安城市全景的想法，并不只存在于过去金榜题名后志得意满的士绅阶层，那个时候，西安客观上有大雁塔这样符号性的建筑供人来登临，进而以此来抒发胸臆间的情绪。的确，上升到一座城市的顶点，不仅意味着获得一个全景敞视的场域，也意味着身在城市的控制中对于控制本身的暂时摆脱。西安现在还不属于那种可以用阳光般的眼睛像上帝一样向下俯视观看的城市，尽管在高处可以看见我们平常无法看见的东西。但是，在我个人看来，这座城市充塞的形象、意义和符号在时空中的展布，更适合于通过在它棋局似的动态流变中行走，来获得对于它的经验和感受。行走这样一种城市经历的基本形式，有可能使我们的身体首先参与到眼前迷人的景象之中。我们在西安行走的过程中，排除了我们成为它的旁观者的可能，并且能够将西安当成一部眼前的书来解读。行走也让我们的身体在西安当中自己书写，继续构造这座东方古都的故事、传奇与新的历史，创造它的新读者，使它的复杂性可以被解读，使它的不透明的流动性，有可能在某一刻，静止在我们因为在它之中的行走，所获得的透明的感受之上。

位于西安明城之内靠近南部的那些古老的街区和建筑，提供了行走于西安之中的空间轨道和变更的碎片。从书院门、府学巷到湘子庙街、五味什字和南院门这一片广阔的区域，只有在步行的过程中，只有在与西安人群擦肩接踵中，才能更为直接感受在这些古老街区的表面，轻易不会表露出来的生活诗篇与日常实践，同这座城市支配性因素和变化的动因之间奇妙的关联。行走在西安之中，有可能摆脱视觉中心主义的观察方式带给我们种种虚假的经验感受和对于眼睛的蒙骗。仅仅只依靠眼睛的观察来感受西安这样的城市是远远不够的，我们还需用耳朵来倾听它的节律与流动，我们还需通过行走，来获得西安城市独有的气息和味道，更为重要的是，我们还需要投身于它响亮的日常生活当中，用心来辨认它的情感。

在西安城市对于自身不可预知的有限性实施的空间塑造中，最终生产出的是它的感召力和诱惑力。错综复杂的道路配置，迫使我们随着它变化转折传递的场景与面孔，来感受西安城市整体化和同一性之中隐含的差异与新旧杂陈之间的反差。移动交叉，与城市本身的流动保持步调上的一致，也许能够为我们从现在朝向西安的过去，提供更多的可能性与便利。然而，像其他的城市一样，西安在启示人们回到它过去的同时，并没有忘记将自身置于自己的未来。在西安我们有可能同时置身于过去，又不断地朝向着它的未来。这一切，都离不开在它之中现在和当下的行走。

在西安行旅的过程中，不仅是要寻找每一个风景名胜的一一对应点，来满足心理上的好奇，印证历史教科书和之前各类言说的结论，达到到此一游的目的。同时，西安拥有更为长久的历史承传和文化积淀，我们能够在它的背影和现今呈现出的各类景象中，发现一种操作和共同基本的方式，它们融合了产生在这块地域和四方之城中的各类前贤的论断与著说，有些是在这之前没有人能想象到的论断，有些是过去从未有过的方式，有些已经化成细微的颗粒，渗透到了现今这座城市的日常生活和人们的行为习惯当中了。

一座城市的陌生感，只有同它的观察者之间具有关联时，才有吸引人的能力。西安这样的城市即使对它的本土居住的人来说，这样的陌生感并不意味着阻隔或断裂。恰恰相反，正是这些看似矛盾的东西，形成了一种相似共同的特性，这便是延续在我们每个身上共同的文化基因：它们在西安更多是以具象物化的形态展现出来，不被我们所能轻易辨认。因此，在西安的行走，需要我们有更好的眼力，更敏锐的判断力。

西安有足够长的历史时刻与更为宽阔的空间，供我们由现在朝向它不透明的过去和不确定的未来行进。这是行走在西安最富有意义的探寻。这也是西安行旅的意义所在和魅力所在，尽管现在由汽车所带来的自移性的空间流动，深刻地改变了我们的城市经验和城市面貌，但步行漫游，甚至在城里闲逛，仍然是感受、观察和进入一个城市多样性最根本的方式，尤其对于像西安这样的城市，仅仅只靠在汽车里所获得的对于它一闪而过的印象，来作为对于它的认识，肯定是不够充分的。在汽车中的旅行，无异于在地图上划出两个地点之间的连线。那些纪念性的建筑，古老的街区和众多庙宇寺观等属于内心的领地，从一开始就向汽车关上了大门。这些地方在西安，只期待远方的脚步声对它的亲近。个人自由、休闲和移动自由的领域，正是哈贝马斯所称的城市民主的组成部分，而它们，在每一个人步行于西安城中的过程里，会得到更多的体现。

西安是一个在它的背后和历史里，能够映射出光的道路的伟大城市。这是世界上其他城市所没有的。丝绸之路，文成公主进藏之路，玄奘西行取经之路，鉴真和尚东渡之路等，每一条路，都离不开脚步；每一次步律的变化，既显示时间和历史，又在不断地创造它们，形成对于时间生命的重新理解。这是西安的过去仍然还活着的根本原因所在。不是条条道路通向长安，而是长安之光，照向四面八方。

关于西安的“空间故事”，是从脚步声最先开始的。步行漫游在缠绕的道路形成的空间里，本身也可以被当成是一种对空间的表达。行走之于城市就像言语之于语言和做出的表述一样。一座城市最好的地理志和空间故事的撰写者，应当是脚步。“可以从脚步声来识别神灵”。波德莱尔笔下的巴黎，本雅明的单行道，都是在步行的过程中，让城市穿越过他们的身体。

在西安城中漫步，可以像杜塞等人所设想的那样，因步行特有的横越、离开和即兴化的行为，最终成为抛弃空间的因素。步行者正在用他的脚步来选择与停顿，将其留在每一个地点的节律与痕迹，变成空间能指的转化。我们有可能在西安的行走中，用同样的行走方式做其他事情，越出城市空间含混的限制，为行走和在其中的城市带来新的可能。同样的都市景象，不同的变化。这便是熠熠生辉的城市和它新的观察者之间最奇妙的连结。这也是在行走中迎来像西安这样的城市更加壮观未来的开始。每一个人都存在着这样的可能；每一种可能，具体到每一个人身上，都肯定会有所不同。

在城市之间穿行

1983年夏天，我拎着一卷行李在兰州的大街上四处寻找我要去工作的单位——西北民族学院。或许是因为时值公休日的缘故，总之我记不清楚了，当时兰州人民大多显得悠然自得，闲适轻松。姑娘们身材匀称苗条，在海拔如此之高的高原之上，太阳几乎是贴着脸儿恶毒地照着，但兰州姑娘依然生得白里透红，像本地出产的苹果那样，闪着健康的光泽，这不能不说是个奇迹。

从天水路到双城门，年轻小伙子清一色的公安装，蓝衣蓝裤，白塑料底板儿鞋，头上扣一顶军帽。在这样一个陌生的地方，街上满是不戴领章帽徽的公安人员，着实叫人紧张。我以为兰州正在举办着一个全国公安系统的什么大会，大概是会议间歇，代表们在街上转转，忙着购置些地方特产。我的直觉反复提醒我，要小心一点，这儿的情况不比西安，尤其是在“风头”上。在我成为兰州市民最初的几天里，公安人员的形象反复在我脑子里浮现。当我估摸着该是会期结束的时候，便跑到街上去看看，发现兰州城依然如故。我想兰州该不会是公安预备人员的聚集地吧。带着这样的疑惑向我的兰州同事打问，方知酷似公安人员一样的装束，正是兰州青年时下最为流行的服装款式。细细算算，这样的时尚与西安相差大约10年。所不同的是西安10年前流行穿军装，遍布全城的草绿色，同样让人分辨不清谁是士兵，谁是老百姓。

从高处望下去，兰州多数地方位于黄河的南岸。北面是山，南面也是山，中间便是兰州。虽然兰州作为城市在世界上不算非常有名，但与多数著名的城市相同，兰州也建在河的岸边，并且是一条大河的岸边。沿河有一条宽敞的路，叫滨河马路，恋爱中的兰州人，多数都在滨河路上走过。在兰州开往临夏的长途车上，我曾听一个被抱在怀里的幼童用兰州方言反复念叨着：美不美，滨河马路，黄河的水。

在兰州的3年当中，我从未感到自己是它的一个成员。它的巷子、街道、学校与我没有一丝关联，环抱着它的群山，对我而言竟是那样陌生。南关十字相当于西安的钟楼，是兰州的中心，我站在那儿，不知道回去的路，觉得它像是随便两条道儿交汇的一个十字路口，没有站在西安钟楼下的那种感觉。

我时常在黄昏时分登上兰州南部的皋兰山，整个兰州城就在我的眼前。它起初清清楚楚，又渐渐变成昏暗，然后，像由天而降的银河，星星点点。我清楚，夜幕的深处，河仍然紧靠北边的山崖在无声地流动着。位于西边的河段上有一座铁桥，大约是乾隆或康熙年间建成的，站在桥中央流水冲击桥墩发出轰鸣声，整座大桥似乎时时刻刻都在摇动。汽车经过时，桥给人一种将要倒塌的感觉。这不是在梦里，也不是在文字和别人的转述里，桥的存在，在这座城市中比记忆还要久远。有段时间，我时常去那座桥，不是为了看它，而是想重温在它上面飘然欲飞的感觉。我在桥上获得了一种飞翔的姿态，像鸟类那样自由而又顽强。

兰州是我从书本走向生活的开始，同时又让我在生活之中更加接近书本。当我面对干枯的山野，奇异的种族和一种更为深邃、崇高的精神品格时，我清楚我孤身一人来到这地方是为了什么。我开始为自己的一切负担，孤绝地在物质条件严重匮乏的精神存在里流浪。在最底层，在异族人的精神空间之中活着。我要对我熟悉的东西说声再见，我要把脸背过去，赶上在黄尘飞扬的土道上远行的大马车。那些马贩子，黑店的老板和逃亡者的黑话、切口及私语，像火一样烧烤、刺痛、洞穿着我的心灵。它们是荒野之中一把明晃晃的尖刀。它们在语言的地下实施颠覆和破坏，在强力的高压之下完成对权威和等级的反抗。

兰州让我能够安静下来思考，让我有充足的时间通过书本来重新审视书本和我从小就认定的非常牢固的东西。在知识和语言当中，什么是我的东西，什么是别人的东西。兰州教会我怀疑，怀疑那些文化“精英”的话语，就如同寄生或依附在真理这个巨大贝壳表层的藻类植物，他们在所谓的文化与艺术当中钻营和栖住，到处建立联系，在真理的前面设置起一道屏障，把老百姓隔在外面。

在兰州我没有感到过自己的谦恭和自卑，它容纳了我，就像它容纳栖住在它任何一个角落之中的流浪汉、教徒、囚犯和各类异端分子；它像一个码头，收留了这些源自四方八面的逃亡者。兰州人像兄弟一样对待他们。在兰州你可以自由自在呼吸空气，它承受了更为宽泛的相异性，这绝不仅仅只是表层形态上的服饰、种族和各类的礼仪，更为深刻的东西直达血液、信仰和心灵最隐秘的部分。他们宽厚松弛的行为方式告诉你，他们首先能够容接的是你的丑恶，而不是你的善举。你是一个穷人，这个城市仍然把你当朋友，就这么简单。那些从青藏高原日夜兼程，奔向兰州的藏族人，他们腰挎着短刀，口袋里也许没有一分钱，结果他们会发现兰州人民仍然友好地向他们频频点头。回族人、撒拉人、裕固族人认定兰州也是他们的家。我这样描写兰州并不意味在兰州不存在暴行，恰恰相反，1983年在兰州夜晚的街头，依稀可辨出“砰、砰”的枪声，那预示着在又一轮街头争斗中一位霸悍“英雄”吃了子弹。这枪是一种土制的火枪，但毫无疑问是一把手枪，兰州人称它为“钢砂枪”，因打出的是与火药混成的钢砂而得名。在一步之遥的距离发射，可令对手的脸上开满紫色的小花，一辈子也没法消隐退去。1983年至1984年，兰州城内了结一桩桩恩恩怨怨和摆不平的事情，到最后都用的是“钢砂枪”。那时候，因为“钢砂枪”的原故，我在兰州大街上行走的心情更是异样地孤独。任何一把藏在兰州小伙子大衣深处的“钢砂枪”都会叫我心寒。我不由自己又想起西安南城河沿一带的环城林，城墙和雨后涨满的城河水，小学时的课堂，我用小刀刺在课桌上的名字。我想到小时候，扯着母亲大襟衣服的一角，随着母亲四处寻找，消失在人流之中大哥的影子。人们的脸色和衣服的颜色，不给我一丝一毫的希望和快乐。在兰州我的恐惧、孤独和不安，与西安多么相似，却又完全不同。兰州、西安，西安、兰州之间的距离真真切切。而我既不是来者，又不是归人，我只是有一段时间，在它们中间行走，身在其中。

可以说，在兰州对于宗教我是无知的，就信仰而言也大致如此。从兰州向西，是青海的湟中、湟源和德令哈，往东是陇西、定西，自然条件是残酷的。一切的一切也许都是可能的，但活着，再活下去是必须的和惟一的。在兰州我看到了真理，是底层、大众和穷人的真理，这便是活着。活着就是爱。它那样形象鲜活地充溢在我的全身，成为另一种书本知识和睿智的大脑所无法理解的情怀。

都柏林在爱尔兰，有一个叫乔伊斯的作家就生活在那里。在兰州初秋清冷的晨雾中，窗外的街道让我想起那个老人和我从未到过的那座爱尔兰城市。难道是这两个地方的恐惧和暴力事件，使我产生了如此奇怪的念头和想法吗。这是一个多么无助的妄想。都柏林是都柏林，兰州是兰州，一个在书里一个在现实中。眼下的兰州人正提着铝制的饭盒，蜂拥朝向西固工业区，他们有的在沿街的小饭铺子里吃上一碗热火的牛肉面，让身体暖和起来；有的用双手捂住铝制饭盒，以便双手不至冻着。兰州是工人和士兵的城市。约莫在早上九点左右，大街上便可看见三三两两从八里窑等分布在不同地区的兵营里走出来的士兵，穿着翻毛的军用棉皮鞋。那鞋子落在冻硬的柏油马路上发出“咯噔、咯噔”的响声，至今时常回荡在我的梦里。这是一座士兵和工人的城市，但是没有战争和起义。这城市多么美好。所有向西的商队，教徒和文化的“淘金者”都要经过这里。1986年当我背着那卷从西安拎来的行李站在兰州火车站的月台上时，我知道我被兰州打败了，我曾经坐着时间的列车在这个叫作兰州的地方被甩下来，3年之后，我再一次让兰州甩了出去。道理很简单，当我置身于它之中，我竟对它的一切一无所知。我所接受的教育和所持的文化立场，与兰州格格不入。所有以文化、艺术的名誉进入兰州的企图和行为都是可笑的，可笑的不是文化与艺术和人的行为，而是人对随身佩戴之物的误读。

在西北民族学院我的那间宿舍里，纯属偶然的原因，使两股人碰到了一起：一帮是我的同事，他们分属于藏、蒙、回、裕固等不同的种族；另一帮是上海过来的两位诗人，还有当时在兰州的封新成和普珉，他们都是北岛之后中国非常出色的诗人。这样的会面看似平和友好，又火药味极浓，对方谁都清楚谁是谁。意识和观念有相似之处，却又完全不同。尽管我已无法说清那天晚上双方都谈了些什么，但争辩、斗狠和平心静气的谈话气氛令我记忆犹新。很偶然的相遇，又非常坦诚地坐在一起直言相见，说崩了，大家仍能坐着保持着各自的尊严。是个人的尊严，而不是诗人和种族的尊严。虽然在整个谈话相聚过程中，有人不胜酒力，不时从椅子上滑落下来，但他们毕竟喝下的是烈酒，掏出的是素心、真心。这件事情之后，我决心使自己成为一个普通人，学会一个普通人做事情的本领，在人群中生活，在人群中思想，感受更为巨大，更为隐秘的心路历程上的暴风骤雨。

这是十多年前我在兰州的一段经历，这是我今天生活中的一个梦想……

大地记忆

我最早看见的大地是在自己的内心里。读小学语文课本，童年时立于故乡城墙上张望远处的田野，大地给予我身体了一种察觉。我那会儿还不知道大地的究竟含义，只觉得面对它，心头就会掠过一阵急促的热流。

童年在故乡南城墙上戏玩，近旁的大地，是南城外的一片菜田，农民们将它收拾得简净整齐，成行成竖的豆角藤蔓架，用竹竿一排排编扎挺立，像是被精心梳理的头发。每到初夏时节，茄子泛紫，黄瓜的丝蔓上也会开出黄花，这时候，青菜长得最为茁壮，在阳光下泛出油油的绿色。

菜田的尽头，相接着一望无际的麦田。越过我眼睛无法看见的道路、溪流和沟壑，一直向南伸向秦岭北麓的脚下。

出于好奇，我喜欢坐在城墙上，从眼前的田地开始，向着我目力无法企及的远方张望。乐游塬麦田间的小道上，农民赶着大车来了去了；眼前菜田旁边的农舍上空，炊烟，聚了散了。

白昼在大地的腹地萌生，夜晚又止于它的尽头。

我眼睛无法看见的地方，听父亲讲，是少陵塬，自古就是一块风水宝地，北接曲江，南望终南，塬下是樊川。西周时杜伯曾封疆于此，秦在此置县设杜城。杜氏的姓源大约起因于此。

对姓源宗脉回溯的过程，是很难说清的。听到一个地方与自己的姓源有关，却于不觉中有了触动。若干年后，我的母亲病逝，葬于樊川，究竟是不是冥冥前定的安排，依然无法确定，心里至少有了安慰。

重要的是在童年的经历里，近旁的大地给予过我依靠，如亲人和朋友让我觉得了安全。我见到过大地在冬天里的安睡。也只有在最寒冷的日子里，雪覆盖于泥土之上，才会变成一种温润的东西。我心最初体味到的温暖，大约也缘于此。到了盛夏，便没有这样的感受了。

大地像时间的灰烬，沉降在我的心里。随着惊蛰、春分、谷雨，这些农时的到来，农民们加快了劳作的速度，不断地更换手里的农具。

曾经一度觉得自己看见过终南山的樵夫在山坡上伐木、行走，后来我知道，这只是梦里情形的残存所致。我对大地和其上人群的了解，那时候也仅仅只是缘于自己简单的张望。人与土地之间的关系多么单纯，经由肢体的劳作，人拥有了基本需要的获得和大地持续永久的供养。在土地上劳动是多么牢靠的事情。大地不负人的心力。因为未知的收获，人们任劳任怨。

故乡的清晨是和缓的，像一层纱幔的雾气，在慢慢撩开的同时，腾升和展露。在这如梦一般逐渐显露的过程中，大地上时节的变化，显得从容淡定。不是没有苦难和灾祸，不是万事都顺人心意。在武斗、死亡的葬仪和没有尽头的苦作交替出现之后，大地仍然呈现出不可更改的沉静和吉祥。

我早先对城河上空飞翔的鸥鸟不甚了解，这些洁白的红嘴客人，显然不属北方鸟类族群。它们在城河上更高阔的地方盘旋，有时贴着河面滑行，似乎不把自己当作客人。我在城河近旁的菜地，见到过几只在觅食，弯弯的红嘴，十分宜人。田里的农人，从不打扰这些远方的访客。它们来自何方，为谁而来，我都不知道。

人们基本的智慧大多与泥土的本质元素有关系。那些在大地上终日沉默不语，辛勤劳作的农人们，也是智者。他们伴随着劳动，追随着自己的幸福，在季节里守候，简单重复的方式和节律，服从于更为具体的规律。从个人角度看，社会等级的划分从来就是为了统治的需要。高贵者未必就高贵。离开了大地的依托，离开了人与泥土之间的直接依存，再高的楼阁，顷刻间都会轰然倒塌。黑夜里的马，即使睡去的时候，也都是在站立着的，更何况它们还要行漆黑的夜路。农人们相信劳动。真正能够催促他们心灵的东西，恐怕只有时节了吧。错过了时节，便错过了一切。更高的规律服从于最简单的道理。

我根本不管那些唯灵论者是怎么说的。我也不相信神的存在。大地上万物竞存，一切应有尽有。它不以任何的意志为转移，也不以此所改变。但人和大地之间有一条简净的路，平和的路，就像是放置在时间里的誓约和早已默契的应许。

晨星在某个时间悄然呈现，又无声地隐匿于白昼的日光里。人在其中有所改变，沉静于天边云朵的徜徉，和缓地靠近大地的门窗，直到抵达自己心灵的内里。

我一直以为，除去烦扰的最好方法，便是心系一处，保持住自己个人的心情。大地让与它最接近的人懂得了安乐。安乐不是那种消沉中的迷醉，而是土地直接授予人的厚道和本分，没有这两样硬实的东西，人就不可能自足地依托大地生存。

我从前在书本上见过关于土地与劳动的种种大道理。那些脚掌实在地扎根土地，顶梁架杠，真正承载社会重力的人，是不讲这类言语的。重力的支撑和沉压，让他们的沉默更加沉默。历史像走马灯似的不停变幻，朝代的更迭，人祸和灾难，没有改变那些像汪洋一样底层人群对土地的遵从。他们被历史驱离，像散落在典册与生命的旷野之间的流星，倏而在大地的腹地显现，顷刻间就消散了自己的踪影。重复的日子，重复的劳动，在传递着一个简单、朴素的道理。这道理无需著书立说，便能传遍四方，依靠经年的实践，逐渐深入人心。

斯多葛派的修士靠苦行和禁欲来实现清教徒般的修行。戒律严格地约束着身体的举止，尽量不让行为偏离对于它的服从。人借助于身体持续的戒持而达到无我之境，确实是件很难的事情。不是所有的人都适应苦行僧般的生活。大地在此处于更宽泛的程度上接纳了更多的人，它给出一条退路，让多数人能够生息，并保持尊严。大地只要求多数人在时节的规律上践行必要的约定，它宽厚地承纳了多数人的依从。守护恒长永久的变化，益于精神的清洁和心灵的宁静。真正的幸福感并不是对所费与所得之间的功利比较的满足。人其实不需要太多的物质财富，仍然可以过得美好。自由从容地与大地的安宁交融，实际是在获得一种护佑与关照。除了简单的生活耗费，人可以不受过度消费的烦扰。

生活在关中土地上的多数农人是不信任立于庙堂、刻在名山之上的金科玉律。他们按在大地上获知的经验行事。从45岁起，人们已经开始为自己忙活准备身后用的棺材。尚好的松木和柏木，被精心看管打理，制成极讲究的棺材。上年纪的人常在一起攀比：谁的材板、棺盖厚了多少毫厘；每年春天伊始，是否亲眼看着工匠新刷上一层清漆。这样的过程，每年大约都要进行一次，直到生命停息为止。通常人们十分乐于打理此类事务，像是乡间的重要事情。看着自己的归宿，人们还能够欣喜不已。

我在西安南城外的一个大车店里，见到一位老者，手抚自己的棺盖不住地叹气，他大概是觉着等待得太久，生怕错过与土地的约定。在关中，年届不惑，便意味着日日月月都能看见自己的归宿。

死亡不再是生命尽头的深度，忽隐忽现的吊诡。不再是一个无法可视的大限。归宿就在眼前，归期就在某年某月某天。入土为安，知命乐天。

我对生命、大地和藏之于其间平凡如草根一样结实的道理，仍然知道得很少。但我在此生大地所给予的养育里，抱定了要信任简单平常的东西。去年春天，我去陕北靖边毛乌素沙漠边缘的镇子上小住了一段时间，结识了长庆油田的采油工邓振峰。我见到他的时候，他正好从散落在沟梁之中的井口上巡察归来，浑身上下全是黄土，只有双眼忽闪忽闪着，站立在黄土山梁上，一句话也没有。第二天早上醒来，振峰已经干完活，坐在露营房的一角，始终没有言语。窗外刮着沙尘，铁皮房被吹得噼啪响，振峰盯着房子的另一角，不用眼睛看我。整整一早上，我们没有多余的话，听着窗外的风沙一阵比一阵强烈。

在陕北黄土沟壑的深处，多望一眼远处嶙峋的焦土，心都会有一种灼痛。与振峰坐在一起，我却感到了从未有过的踏实。从见到他起，我就有了牢靠的感觉。我们在见面的瞬间，早已略却掉了一切多余的东西，彼此相知各自的味道。

振峰每天7点起床，7点半安排整理、扫院子、给井口投球、加药，夜里三点起床查泵。白天要去好几个井站巡察，保养抽油机。一次巡察下来，大约要走3个小时，两三个月就会穿破一双鞋。

他是石油工人的后代，接替父亲干了这份工作，两年中间极少和人接触，独自守护散落在山沟里的抽油机。他只去过扬井，是一个几户农家聚集而住的小地方。他希望能轮上自己换班，休息几天，坐一次火车。

在偏僻的大山里独自工作生活，对他的心理产生了影响。他对我说过：现在油液量大，设备跟不上，工作紧张，有压力。

正午时分，山顶上的老乡将一头驴牵在了振峰房子前的空地上打转。振峰说，他现在的想法已经不多了，看老乡的驴在院子里晒太阳，都是一种乐趣。

这位20出头的兄弟在同我说的同时，太阳已经照在绵延无际的黄土山梁上。我的眼睛被黄土上的光芒强烈地刺痛着。

马路的秘密

童年并不是已逝的一段时光，对我来说那些留在记忆里的东西，将终生与我相伴。一旦我所经历，就成为我之所有，它们并非像有些人所讲的那样，在时间当中构成线性关系。童年有时就是我的现在，它不是在此以前，而是我所有的现在和将来。

那个被人们称为童年的奇特的时间经历就好像是刚刚发生或正在发生的一些事情，我仍然置身于其中。昨天我8岁，而现在差不多快40了，这中间的距离竟然如此之短，仿佛只有一瞬间。那些人还在，那些个房子至少在记忆之中还存在；西安的街头，城墙和环城林带，我们住过的那条巷子里的故人，虽然我已叫不上他们的名字，但仍然能清楚地记得他们的样子。他们是永久不变的，就像是我的童年。童年里，我见到过普通人的生死，我知道他们在我们那条巷子住过一段时间后就离开了，有的被送回了出生的故土，被埋在那里；有的被送到南郊的三兆公墓。而今天，这样的过程依然如此。我看到人的存在和离去，他们一圈一圈倒下，就像是我曾经玩过的多米诺骨牌，一个接着一个。从那时起我就感到了自己内心的脆弱。生和死所构成的一幕幕惨景，让我过早在西安大街小巷飞动的“纸钱”面前亲自目睹了。我内心里涌动起一股莫名而巨大的烦恼和痛苦，这烦恼和痛苦改变了我，伤害了我，而且现在仍然伴随着我。我在人生这两个大字背后依稀看见另外两个字“生死”。一个刚刚开始记事的幼童，让他目睹记忆的起始和终点，对他而言难道不是一件残酷的事情吗？向他隐瞒则意味着更为凶残。没有人向他有意展露或掩盖这一切，他自己站在马路旁看见了，随后，他悄悄地躲开，把自己封闭起来，不与外界发生关系，并以此保护自己，抵抗迎面而来的东西。

记忆是抹不掉的，更多的时间里在与人有意作对，它固执地将人想忘掉的东西在黑暗中放大和强化，让你永远挥之不去。马路就从家门口开始，它在我们那条巷子里已经同其他道路相互汇合。世界上的路最终将汇合在一起。它们从这里通向那里，又从那里伸向更为广阔的领域。没有一条道路是完全封闭的。路和路彼此呼应。每一条孤独的道路在伸展开之后都与别的路发生关联，它们朝向对方的延伸，精细密致地在大地的表层织出了层层丝网。道路没有起始，或者说它的任何一点都是起始，比如家门口。人走了，又回来了，直到有一天他永远消失在路的中央和深处，便走到生命的尽头。路不仅伸开，彼此间构成更为广阔的东西，它还展露人的生死、命运和一生的辛劳。

我童年的记忆永远停留在西安城南那条浓荫覆盖的马路上。只要它还在记忆里，光阴的流逝便会使我安心。记忆能够穿透任何东西，使它所保留的一切不受伤害，完好无损。那条被枫树和槐树高大的枝干所环抱的马路，带来了许多陌生的消息。一条路，它张开又收缩，它带来又携走，它遮盖又敞露，全然不顾一个孩子内心的想法。马路重复地展现，飞快地流动，在他面前幻化出各种各样的景象，在由路组成的神奇的迷幻里，这个孩子要疯了。他内心的平静被路上的声音烦扰，被路的变幻和尽头的深度所吸引，并且变得茫然，不知所措。

他看见在路上刀子与刀子的追杀，流血的脖子如何向外喷射着热气；他看到夜游的疯子如何幽灵般地从一条街区，走向另一条街区。他的童年是在许多伟大的政治历史事件所导致的仇恨的阴影下度过的。那些仇恨实实在在，却像空气一样用肉眼无法看见，导致人和人之间相互的一次次砍杀、血洗。正是这些让人陌生和感到奇怪的东西，就散布在马路的中央，被人的呼吸所收缩和隐蔽，构成最为疯狂的思想行为的核心。仇恨是马路的另一条界线，一旦逾越，便会使路的千姿百态消逝在它的永恒展露里。仇恨的马路是一种缺陷，正像躯体的伤口可以洞穿心灵那样，它同时让你在眼前，看到自己如何伸向天空的腹地。

在我生长的城市，有一座被称作“钟楼”的古代建筑，耸立在我们这座四方城的中央。围绕它的是环形的马路，有四条马路与它衔接，或者说环形马路可以伸向四个不同的方向。钟楼不同于道路两旁的其他建筑，供人在路上观赏，它本身就是这座城市所有马路的“中央”。在路上，在所有路的交汇中它形成对路本身的视野。它无处不在，通过圆形的道路的环绕，它包含着行走的任何一个方向。在高出马路的完全开放的视野里，它获得了一种凝视，获得了一种比天空还要深广的覆盖，使对道路的注目变成了目光的笼罩、俯瞰与斜视。它的钟声不仅用来醒时，还参与了在马路上行进的步律调整，从脚步和道路以外的地方规约每一次的到达与离去，形成我们脑子里“承继”概念的连结点，形成一条路口与另一条路口的错过与汇合，形成心灵的时钟有规律的敲击和错乱。

自从有了记忆，路就无处不在，一种送达在彼此的相遇里，在一群被路隐隐约约浮现在天边的行人里。我从中看见车夫邻居曹伯，他的黑棉袄上紧紧地扎一条草绳，贴胸膛藏着一个烤熟的红薯。曹伯让我坐在“架子车”上一同出去跑活儿。他一辈子的时光全跑在了路上。在路上我看到我们的城市成为了活动的风景。

靠在路上日复一日，年复一年地奔跑，曹伯养活着自己和一家人。但我记得曹伯当时已经老了，已经不适合做“苦力”。他像一头毛驴，很小时就在西安城的大街小巷奔跑，所不同的是他已经不再像当年那样精壮强悍，而成了一匹拐腿的老马。他已经失去在马路上奔跑的能力和资格，马路对他而言不再是钱与一家的生计，但曹伯还愿意拉着车子，有时载上我，在马路上遛遛。我们多数时间将架子车放在南大街光明电影院存车处的旁边，曹伯对看车的熟人招呼一声便领我进了电影场子。曹伯老了，老得一塌糊涂，他来到这个世界，一生的好时光全消磨在路上。他进到电影院没有多久便睡着了，有时是在电影开场之后，有时则等不到电影开场。他在一群逃学的青少年中，在冬天温暖而又烟气瘴眼的电影院里睡得很香，呼呼噜噜的，直到银幕上出现“再见”。懵懵懂懂之中，他没有忘记将怀揣的红薯掰开，分给我一半。我在黑暗中间接过曹伯递过的红薯，我先是摸到了他的手，然后才感到被他体温暖热的红薯竟比他的体温还要热。我在瞬间里觉察出曹伯像是一盏正在熄灭的灯，与往常有所不同的是，这种熄灭竟是更剧烈的燃烧和热的聚核。

我记得我与曹伯在马路上度过的时光。黄昏时分我们回到家，他只是对曹妈说一声：“没活儿。”便坐在院子大门口的石墩上，一声不吭地望着马路上来来往往的人群和车流。

曹伯对马路再熟悉不过，闭上眼睛都能知道打他面前经过的车子拉着什么货，车夫是新脚还是老腿；他们从何而来，大约要到什么地方去。夏天时，曹伯就这么想着，躺在马路旁的老槐树下，直到路上的事情让他觉得疲倦。道路对他来说不再具有意义和象征，他凭借一生在路上养成的习惯所导致的种种虚幻，维持自己身体的尊严和老西安城一个车夫的尊严。人是脆弱的，当他走了许多路已经无力面对眼前遍布的仍然要走的道路，他甚至连想都不去想这些道儿的尽头究竟在哪里。即使他想过也没有用。在路上他的获得便是最终的失去。

前阵子，我回到童年居住过的巷子，30多年后，这条巷子也把我当成过路人。一家院子紧挨一家院子构成的巷子已经不复存在。曹伯肯定也走了。更多的住户迁移到郊外的住宅新区，只有那条马路隐约可以让我辨认出来，它再次让我感到马路与我之间的秘密。那些故人的生与死毫无意义，正像马路同样不具有高过自身的意义一样。这是我童年的想法，30多年读过的书也不曾改变它。关于马路留在童年里的记忆就是这些：人在上面走过，来了又去。而它今天还在那里,只是一个人的生死已在它上面看不到任何痕迹。

秋天里的秋天

戊子年的秋天也是在没有察觉中就来到了身边。我无法说清眼前的这个秋天与从前有什么不同。西安的四季分明，不像昆明一年里只有春天。中国的节气和农时是按照西安周围的天时规律变化而确定的，但真正感到秋意的阴凉，并不在立秋那天，而是要等到国庆节过后。

我对节气感知的能力已经变得很弱了。生活在钢筋水泥的丛林里，又没有必要赶农时，自然这方面的敏感就会丢失，但每年的秋天还是要过的。

秋天究竟从何而来是无法看见的，单凭日历更是如此，因为阳历八月的天气，在西安仍然的火热。这之后才会有一场接一场的雨，空气里的燥热便渐渐褪去。我小时候对秋天的确认是看西安南城外树林里的老柿树，枝头的柿果红透了，我感知中的秋天就到了。

昨天晚上的雨断续下了一夜，午后放晴了一阵子，黄昏前又接着嘀嗒，到午夜临睡时已能感觉出凉意。

老一辈人对季节的变化更为敏感，而我现在往往是身在其中，却手足无措。我记得母亲在秋天的太阳下晒过的被褥，在夜晚里还保留着十足的温暖，阳光的味道在其间清晰可闻，像是从灵魂里漫散出来的，让人无法言喻，伴着微暗焦灼的清香，是秋天作为秋天所特有的那种气息。我一直把对于秋天的记忆与我心中所想的健康本身联想在了一起。那种源自光的温热，被用另一种方式传递和保存，然后经过人的体液传遍全身，像是在有意告诉生活中的人们，该如何懂得珍惜。

从前在一年之中，人们清楚应该为时节的到来做好准备，而现在这已是久违的想法和记忆了。人们无形中丢失了这种能力，与天地自然越来越疏离，年复一年的奔忙，却绝少是为了赶赴季节变化的邀约，更多是因为欲望，被本不属于人固有的东西所不断的驱离。时节的最终来临会使人们为之所进行的劳作回归平静。内敛平淡安静的生活本身就是一种尊严。而欲望往往激发的是心绪永无休止的不宁。两者的区别显见，到了秋天结果也更为不同。

树叶渐黄，风声更利，楼下扫街的老人这时候常会念叨，扫完落叶又该扫炮皮了。在秋天里，我从未感觉过时间像车轮，在我看来它更像环环相接的圆廓，不断向着世界的深处延伸，一直朝向我身体的内里。而我未有察觉，就已全然身不由己。

还是在多年前的秋天里，我独自去户县公干，归途中顺道去了净业寺。已是深秋时节，庙院中显得有些空落，只有经霜后的枫叶如雨而下，地上落满了橡果。方丈在禅房外的角亭中打坐，待完茶之后我们就空对着寺里的秋天，没有谁愿意开口说话，直到黄昏降临。

在下山的路上，方丈对我说起熬雕的事情：接连大约七天，必须面对凶猛的雕静坐，考验各自的韧性和耐力；这之后雕才顺服进食，成为人的朋友。说话的当头，我们已经出了山门，头顶上空有两只老雕，一只小雕围绕着我们盘旋。

我一直记着方丈师傅的这番话，时常在脑子里想他说的事情，也许是因为自己的悟性，终觉得还无法理解他的全部用意。

自然中的有一些东西只属于季节，就像人在年轻时候的那些想法。一个人的内心远比外表所看见的还要真实许多，而我自己也正处在人生秋天的年纪，想法已经不多，也不再惧怕内心一天一天变得更空寂。人生有时就像季节一样，所不同的是：时间是从身体里经过的。该来的来，该去的都去了。

我在秋天里想象过另一个秋天。在另一个秋天里仍然有所期待。这之后，我好像是看见了我的命运之船，正处在茫茫的大海之中。秋天并不是码头，对于它的想象，根本与它本身无关。那是我自身的一厢情愿和多情。秋天在我眼前一晃就过去了。

我自己总像是站在时间的路口，与秋天相遇，然后再在道路上同它汇合，一同去追赶仍然无法预知的未来。一年重温着另一年的记忆。秋天紧邻着四季的末端，一旦走到季节的尽头，便会发现自己原本的期待，其实根本就一无所有。而我还必须等待，就像在岁月之中的守候，告诉自己秋天过后还有另一个秋天。

这其中我知道了：或许快乐本身有它特殊的含义，不只是笑脸和幻觉中的慰藉，还包括走向它的过程中的艰辛与焦虑。与人生擦肩而过的经历，并不像所想的那样会转瞬即逝。它们都存在着，并且在不经意间又会重现灵光。尽管我们有可能对最初和最后的事物仍然一无所知，但我们在季节中获得了诚实如一的坚守。

秋天之中孕育着另一个秋天，也包含着我的好奇，期待与希望。

但我现在已经不相信承诺和应许，更不需要天赐的良机和自身之外的给予。我知道人最终面对的仍将是自己。住在自己的身体里，感受时间的冷暖更踏实。

我的内心远比这个秋天呈现的悲凉还要空寂。这又有什么意义呢。就像树叶的剔落，何止一次又一次再一次。更深的耻辱不在耻辱本身，而在于明知其有却无力防范阻止。被日复一日的节律所造成的机械呆板的惯性支配，感到有些东西愈加变得不可更改。

我所惧怕的并不是无力自拔的感觉和眼下世事对视觉造成的眩惑；我惧怕的是这秋日的高朗，和这其中变得更加透明又道貌岸然的东西。它们遮蔽了阴影和黑暗，与黑暗同质同构。

在透明的黑暗里，一切都可以被看见，又成了新的视野的盲点。萎缩其中，我的身体软弱，骨骼松脆，像石膏，只要轻微地抚弄，就会断碎成块垒。

我看见了面具后边的面具，还戴着面具，不是别的，正是我自己。

解释自己的人生境遇与这个秋天之间的关联，寻找词语同它们的相似性，只是文字游戏。用来解释被解释的东西，早已被解释殆尽。秋天在这中间像是一把铁椅，等待人来不断地落座加冕。从哪一点上它异出了自身的同一性，不再执意地等待确认从前、现在和未来对于自身的解码。

在秋天和人生呈现的东西中，尚有表达无法加以编码的东西。只是在我或许已经看见，却仍然无法能够说出。我所以还要写，也只是为了抵抗自身的毁灭。

火车火车

游牧民族是那些不欲迁移者。而他们所以游牧，正因为他们拒绝离开。

——汤因比

西北民族大学位于兰州皋兰山下，沿山而建，离市区不远，1983年至1986年间，我曾在那里工作。在学校的好处是时间充裕，除了讲课，没有多余的负担，每到夏天的黄昏，全国其他地方来的青年教师就会结伴去登学校背后的皋兰山。

到兰州工作，是我人生第一次离开家人独立生活，那一年我刚22岁，时常会有想家的念头，坐在皋兰山顶，看见火车冒着白烟，从东边的西兰线开过来，我便会陷入思乡的情绪中。

兰州火车站是西北高原上铁路网线的中枢。从此向西通向乌鲁木齐，往西南可去青海，朝北是到银川，正东通往西安宝鸡方向。主干线应该是东西走向的西兰线。包兰线与新兰线在兰州与西兰线形成连接交会。

从西安坐火车去兰州有两趟车：144次是西安开往乌鲁木齐的普快，经过兰州，时间需要18个小时；南京到兰州的168次是直快，大约16小时。沿途经过的大站依次是：咸阳、宝鸡、天水、武山、陇西、定西，最后一站是夏关营。到了夏关营就离兰州不远了。后来知道夏关营属兰州地面，所以在此设站，是为了在当地驻扎的部队上下需要。

到兰州之后，我才知道一个人在外独立谋生是多么的孤独难受。除了与同事在爬山时看见火车外，我有时候也会跑到火车站，站在铁栅栏外看一看火车，等着西边方向来一列火车在站台上停稳，又朝东边开出之后，我才愿意离开。

这样反复多次去看火车，也没有更多的理由，只是在我心头，会舒坦一些，对家的思念能够变得和缓。

我有几次按捺不住回家的念头，买了车票，在车厢里摇晃一夜，到第二天中午赶回家，晚上再坐144次车回兰州。在家里能待的时间不过5小时。母亲见我回来又惊喜又快慰，之后就怨我做事性急，欠考虑，不断催我早回兰州，以免破坏了学校的规矩。

坐火车与看火车的感受是不相同的。在车厢里我无法确切地辨认车的速度和方向，只是一味地随着车身左右摇晃。遇上春节前后，人更是拥挤，空气窒息，我希望火车快跑，能早早赶回家。

从高处看火车在西北黄土高原上行使，会觉得它的速度比想象的要缓慢，穿越隧道，绕过沟梁，明显地是在一直坚持着自己的方向。火车在兰州东站经过后，还要进行一次次的并轨，来决定最终停靠在兰州大站的几站台哪股道。并轨过程中的车速更加缓慢。

兰州城处在两山之间的狭长地带，火车从兰州经过必须穿越整个城市，无论是从哪个方向进入兰州，都要沿着城市的南部边沿，进夏关营出西固，或者进西固出夏关营。中国没有哪一个城市与火车的联系会如此紧密，让火车参与了城市的流动，成为城市景观中抹不去的印痕。

上世纪八十年代，对于我个人来说属于火车的年代。火车向西而行，把我从家乡带入一个陌生的城市，只有它还连带着我的以前。火车就像是一个大人一样，将我放在了兰州，然后每天又从我的门前来来回回经过。它经过的时候，我会跑出来看，同它打招呼，让它知道我的心事。

我在兰州生活了足足有3年，熟悉的地方不多，除了双城门和中央广场附近的书店，最远的去处是经过东方红广场，到甘肃省电视台的后院。到的最多的地方是铁路新村。我想知道同火车有关的一切消息。

有一次，在皋兰山上，天气格外的晴朗，从家乡方向的天边浮起一团白色的云朵，在慢慢向我靠近，它在高原的天空上显得那么的从容舒缓，等到我能够看得清楚时，知道是一列向我开来的火车。在兰州，有好多回，我所见到的火车，都像是从云的泉水之中浮现出来的。或者它们来自于我的灵魂。

从皋兰山上向东望去，笔直的钢轨伸向了无尽的远方。我想到过最终偃卧在钢轨之上的海子，他写过的亚洲的天空。我觉得海子的诗歌和生命，也像钢轨一样那么笔直。此刻，它们都在诗歌和常识之外，在钢轨能够穿越的尽头之外。

在兰州我如饥似渴想要得到与火车有关的消息，让火车的声音交替出现在我的生活中，一有闲暇便坐下来看它从我的身旁经过，想着远方的家，还有母亲、姐姐的挂念。我的信件大约也是火车带来的。收到家里的来信，我的心会平静好一阵子。

我没有写过与火车有关的文字。在兰州时写过一首诗——《看火车的孩子》。那个孩子就是我。火车与火车无关，而是指当时的生活，有节律而又单调，尽管处在移动当中，却并不匆忙，是生活本身的自然呈现。

我在学校的宿舍到了夜晚，能听见火车过往的声音。通常午夜有一趟西去的列车，汽笛的轰鸣声，在静夜里震撼强烈，我一般要等到这列火车过去才打算睡觉。有时候它会晚一些，但仍然声音剧烈。据我的估计：从晚上10点到第二天黎明5点之间，会有37趟火车经过，多集中在上半夜，下半夜最多时有过12趟，一般情况下只有7趟。

我起初对于火车经过的回数计算不清，更不知道该如何辨识它们来去的方向，后来我就在房间里独自倾听，记下它们来去的时间和对它们去向的判断。这样经过一段时间，我已不需在纸上记写了，只要躺在床上，便能知晓。一年之后，我不用挂记火车的事了，它们不再是从我的身旁经过，而是经过了我的身体去往了别处，即使在梦里，我也对火车经过的事情了如指掌。

这中间也有特殊的情形：午夜过后，黄土高原变得出奇地安静，没有谁愿意来打扰它，也不愿走进星空下的睡眠。火车早早地绕开了那片沉睡中的地方。但我的身体依然被火车剧烈的轰响所充盈。接着是第二趟车的经过。第三趟。又一趟和另一趟。等我弄清了其中的原由，已从梦中被惊醒。

火车有时候还把我的身体变成了一处纯粹的空白，我只是一次又一次等待着它的穿越。

青藏秘境

从四姑娘山回到西安将近一年了，一直不敢动笔来写我在它之中所获得的感受。写一篇关于四姑娘山的游记，并不是我内心的愿望，如今类似的文字到处都是，却难符合我所以为的像四姑娘山这样的秘境对游人的期待。我想把四姑娘山带给我的触动和改变，好好在身体当中封存一段时间，希望这样的经历与记忆，能像陈年老酒一样变得醇厚。

旅游登山，既不是我的爱好，也不是我的兴趣所长，只是一段时间之后，总希望自己能从身处的生活中抽脱出来，像一个陌生人，去到陌生的地方，漂泊或流浪，体味陌生的环境中，有哪些事物令我觉得熟悉，静思自己的过往。

每当出门远行，总有一种重新开始的喜悦，让我可以在原先重复单调的生活节律中获得新的开端，后来我逐渐感到，每一次的远行又都回到了自己所拥有的过往，看似能够暂时摆脱掉自己眼前的生活，实际只是又一次重回、审视、静观自我的机会。远行给我一个类似旁观者的视野，来重新打量自己。去四姑娘山的经历也是如此，所不同的是，它在我心里激荡起来的东西，至今仍然无法平息。

小金县的日隆镇是去四姑娘山最先要到达的地方。这个小镇是登四姑娘山的营地，在整个登山的过程中，需要回到日隆镇调整休息。

日隆小镇只有一条街道，属于小金县城通往汶川之间极短的一段公路。在镇子的高处，可以看见四姑娘山峰顶上的积雪。2009年我去四姑娘山之前，竟然对这座圣山闻所未闻，自己见识之浅是可想而知的。

街道在日隆镇谷底伸向了远方。沿着两山之间错落着嘉绒藏族石砌的民居，而公路两旁是一些店铺。走在日隆镇的街道上倍感亲切，有一种在陌生的地方遇到熟悉情境的感受。尽管路上没有行人，店铺也冷冷清清，还刮着大风，日隆镇却并不让我觉着孤独，像是一个可以停靠的港湾。镇上的生活节奏要比成都这样的城市还要缓慢，偶尔有行人在风中走过，也是非常徐缓的。餐馆和商店的主人，见到来客，似乎也不想急于挽留。时间的分秒感觉，在日隆小镇是不一样的，要比其他地方显得长而舒缓，日光在嘉绒藏族的屋顶上停留的时间，也要久一些。我感到了由于日隆镇表面所显的从容，使我的心跳也放慢了下来。面对海拔6250米的四姑娘山的主峰，我只有发呆了。

中国的藏族分为安多藏族、康巴藏族、白马藏族和嘉绒藏族四个支系，后者的历史可以上溯到唐朝，属松赞干布由西藏向东派往东部的一支部队，在四姑娘山周围地区的山谷中定居下来，与当地的羌氏部落和土族部落通婚融合，逐渐形成的一个藏族支系。藏语中“嘉”是“汉语”的意思，“绒”是“溪谷”的意思，连起来的意思就是“接近汉族的溪谷居民”。

嘉绒藏族的碉式石楼多建在半山腰，通常为三层，房顶的一半为平台，三面围着女儿墙，墙角上翘呈角状。平台安有涧槽，把水引出屋外。另一半歇山式，覆盖着红瓦。一楼用来围养牲畜，二楼是锅庄房，呈长方形，中间放着火塘。火塘里的火种自房子建成后引烧，一直保持不灭，称作为“万年火”，像藏族人的性格一样，恒久持一。小金县内的木坡木龙，沃日官寨，结斯向花等，都是著名的藏寨。马尔康的卓克基藏寨也很有名气。四姑娘山周围地区的风水养人，嘉绒藏族的青年男女，生得英俊漂亮。

属于四姑娘山的自然区域面积有1375平方公里，可以供游人观光的地方由“三沟一山”组成，包括双桥沟、长坪沟、海子沟和四姑娘山。雪峰、冰川、原始森林和高海拔的山谷气象，是这里可以称奇叫绝的地方。

每个人到自然之中去的想法和目的或许不同，在我看来，四姑娘山是一个永留之地，它能将人对它的感受永留于记忆之中。

面对雪峰和背后的天空，我胸中涌动的热潮，平静下来之后，仍然只有对它的敬畏了。在四姑娘山更容易使人陷入对自身的思考，有可能使自己，一对一地面对自己，探寻对自己究竟是何为的更深了解。在这个安静、洁净，位于世界上最高的高原山谷里，有可能为一个人真实地回到自身，提供广阔的空间。

高山草甸、冰川的融水组成的河流，还有原始状态中生长的植物，以及关于四姑娘的传说，它们比世界上同类的事物，都要更加接近天空，又都是具体实在的，但是，它们在自然之中打开自己存在的过程，却是没有尽头的。四姑娘山既具体真实，又潜藏着未知的秘密。我自己总是无法将它看尽，总是被它在我眼前的展现所牵动，沉入它，随着它，想像着能够进入它之中隐藏的秘密，向它索要自然最真实的坦白。

四姑娘山，根本不可能提供对上述问题的最终答案。世间的一切，如果都对应着类似的东西，存在就会失去它谜一样的魅力。生命的终点是死亡，而对死亡的靠近与发现，却各不相同。关于存在，或许本身就没有答案，或者说，答案需要每个人自己去寻找：在一个一个的过程中，在一次次的靠近和错过里。具体地面对个别的事物，或许是认识事物最牢靠的方式之一。

在四姑娘山，我清楚不可能一蹴而就地实现脱胎换骨，只是它的神秘和令人冲动的新奇感，引发我重新开始面对自己的思考，审视自己以往经历过的生活。四姑娘山的雪峰，在召唤我前往，诱发我不断对于未知的想往。

我无意要为四姑娘山打上人为的印痕，它只是自然之境，它既不会对我说话，更不会向我发布如何行动的指令。将任何一个反应迟钝，感觉麻木的身体，放在这样一个纯净得如此透亮的地方，都会有触动；再微弱的暗火，置于这样的高山幽谷中，自己就会幻影般升腾。

想想这两年，进出青藏高原的边缘或腹地，都与藏族有缘，也都多少同地震有关。去年到四姑娘山时，汶川地震已过去了一年，看不到受地震影响的痕迹。四姑娘山景区管理局的老侯同志对我讲，景区距震中直线距离20公里，双桥沟的小电站遭毁，3.43公里的公路，路基沉陷、边坡垮塌、栈道19.2公里损坏沉降，挡土墙受损7592立方，景区职工和办公用房285间大面积裂缝、垮塌，山体滑坡、岩崩、雪崩、地裂缝等造成地质地貌损毁50多处。在“5・12”地震中，滞留在四姑娘山的游客，无一人伤亡，全部得到了安全疏散。

老侯同我聊起这些时，平静地就像是在讲很久以前发生过的事情，灾难、痛苦和关于死亡的记忆，被他深埋在了内心深处。

藏族人令我敬佩，尤其当他们面对灾难和死亡的考验，总是显得那么沉静与从容。他们能够视死亡如归。

同样是面对突如其来的灾难与死亡，同样要承受家园毁灭之后无数的磨难，四姑娘山的嘉绒藏族，与我今年在玉树震区10多天所遇见过的康巴藏族一样，都有着相同的生命气质，都有着在极难中支撑生命顽强存活的硬气，都崇尚力量。

我从前羡慕过富裕的生活。在中国，让更多人富裕起来的各种努力，再怎么做都不为过。即便如此，人的精神和情感，在这样的过程中，都不能失去依托。四姑娘山所在的阿坝地区，在物质生活上并不富裕，但这片广阔的区域，连同青藏高原上其他的藏族居住区，却有着远未人知的精神承载力，为这里生活的人们提供了护佑。

青藏高原是另一片广阔的精神空间；在四姑娘山更适合进入对自己个人的静思。

春天纪事

春天在我们那里是随着风飘来的。正月十五刚过，风摇醒南城门楼上的檐铃，城中人便知春天不远了。

在郊外空旷的田野旁行走，已经不像冬日里那样觉得寒冷，手可以从裤兜里伸出来，尽管还刮着风，那风的气息却已带着极其温润的暖意。

柿树在整个冬天的严寒里枝杆蜷缩在一起，它们拧弯曲折的形状，似乎是在收缩保留生命的心力，等着来年的春日。而这时候包括槐树和杨树，都向天空伸张开枝丫，抖落掉了身上的残叶。贴地的蔓草已苏醒，仿佛是在一夜间，退却枯黄，生出嫩绿的芽子。报春花最先开出黄色的星点，在灰墨的草丛里；柳树也应当是最先知春的植物，先是枝条的皮层呈现出绿色，尔后，翠绿的芽头才从皮层上探伸出来。我身体里的春天，是远远望见城河沿的垂柳周身弥散的淡淡的绿意所生的感受，在近处看，它们的叶瓣尚未露出端倪。柳树身上萌生的气息，让春天里张望的眼睛得到慰藉，如果这时下一阵春雨，我们那里的春天就要比往年提早好些天。

货郎手中摇动的拨浪鼓，是我记忆中和春天紧密联系在一起的东西。时节在催促勤快的下苦人早早走出家门；他们走在春风里，并且和春风一道游走在大路上。听到货郎声响，城南一带的老户人家就开始了动静。明才他爸有一手绝好的木工手艺，他此时没有丝毫怠慢，已经坐在院当中收拾起刨锯、斧锤和墨线，只等天气变暖，雇主定会登门不断，大半年里，明才他爸就吃百家饭，有香的有辣的，直到杨树开始掉叶子，才背着工具和行李回到他家院里。明才他爸是我的启蒙老师，他有板有眼拨弄自己的工具，叫我知道了做事的规矩。

货郎的背褡里装着孩子们的欣喜，一旦他们跨进我们那条巷子，便被娃娃们团团围住。我把一冬里积攒的牙膏皮和废铜线圈找出来，从货郎手上换下糖块、娃娃哨和放风筝用的线盘，此后的整个春天里，便有了能吸引我的玩具。

春天对西安普通人家还意味着早起。天还麻麻亮，进城送菜的马蹄就已经响起。郝鸣的双手在春天里依然肿得像青涩的柿子，他的脸颊通常也有冻伤的红斑，耳垂也被冻烂了，一到春天，那些地方便裂成像刀尖划过的口子，脓水从里面渗出来，郝鸣就用锅灰贴封住脓口，没有多久便结成厚厚的一层疤。大约要到五月天里，随着新皮肤长出来，那些痂斑才会退去，此时，郝鸣会双手伸过头顶，不停端详。春天里他又拥有了一双干净漂亮的小手。

早先在路上我总会遇见郝鸣一家拉着煤车：他哥驾着车辕，他母亲在辕根处的铁环上挂一条绳子，搭拉在肩背上走在前头，郝鸣在后面使力推。我对下苦人劳作的直接感知就是从眼前郝鸣母子开始的。垒满蜂窝煤的架子车，由他们从南门外的煤场，一趟趟送到南院门附近的家家户户。从南门外到南院门往返运煤，加上装卸用去的时间，他们一天能走四趟来回，每趟挣0.25元钱，一天下来就有一元钱的收入，雨雪天里也不间断。

有一年春天，郝鸣开始驾起车辕，后来我才知道，迫于生计和出路，他哥已随着一帮同学上了“三线”，在陕南的大山中修襄渝铁路线。这当中，郝鸣还戴过一顶崭新的军帽，估计是他哥带回来的，帽子的内侧用一张报纸叠成的圆圈衬着，从远处看，帽棱子高挺而又齐整，出了南城门，郝鸣就把军帽拿掉，藏在胸前的衣服里。

春天多么美好。经历了长久的期待而郁积下的新鲜渴望，被春天唤醒，在春风里蕤生。春天揭开幔纱，让一种醉人的气息萌生在骨头里。和慕的天气让人浑身痒痒的。我已经感到自己被春天所驯服，皮肉酥松，骨骼脆裂。这是一种幸福的感受，是经历的开始与结束，是痛痒的毁灭形成的美，像黑夜燃烧的火苗，温软地痛着，易逝而又短暂。

郝鸣已经彻底不来学校上学，他母亲在春天里换上了一双自己缝纳的布鞋，面子蒙着白色的纱布。那个春天来得突然，人们还没有做好准备，郝鸣家的大门便钉上了一块“革命烈属”的牌子，一只木头盒子摆放在他家的箱盖上，裹着黑布。此后，郝鸣便只身拉起了沉重的煤车，开始在西安大街上奔跑。

如果你在春天里尚未有所改变，或许你的心肠硬冷如铁石一般。春天萌发于心头，激活人身上潜藏的东西，唤醒身体里的安睡。我感到自己对自然授予身体的禀赋，反应迟钝，仍然有所不知。在不知不觉享用了藏匿在时节带来的欢愉之后，如果不知有所感恩，无论如何是说不过去的。人身体一旦拥有知恩的感情，才算有了灵性。不知什么时间郝鸣家的箱盖上敬供起了佛陀，初一或十五燃着供香。苦难让郝鸣母子退回到自己的内心里去，只面对佛和自己心灵的宁静。

我们那里的老户人家大多在清明之前，去看望埋在地底下的祖宗，顺道还去大雁塔旁的曲江寒窑一转，新一年的日子就算忙活开了，此后再不会有什么牵挂和担忧。

我听到老家这个词大约也是在春天里。我们家的祖宗埋在乡下老家，每年开春后回去拜跪祖宗是件大事。我的先人清末时由陕北迁到山西，我记得火车开到风陵渡的河岸上就停下不走了，然后，得搭船渡过黄河，再走一程路，才能到永济县境内。先人和老家对我而言是陌生和神秘的。那些埋在地下的人们，我从未见过，站在他们跟前，我知道与他们有一种看不见的联系。我从未见过神灵的存在，但是因为有了祖先，我能来到这个世上就已经是早早约好的事情。人死不能复生，老辈人在世上活过，走过一趟，他们有过想法和念头，信任自已为人处世的道理，对后代有所期待和愿望。这些是不会死的。他们像一道咒符，护佑着我们这些后来人。我感觉到那些不知名的先人在我的生命里存活着，我脑子曾经出现过许多奇怪的想法，相信也本不属于我所有，是他们在想；有时候我主动做的事情，想必也是在替他们。他们只是弥散在了时间的灰烬里，让我无法看见。生命不仅仅存留在具体的个体身上，还是一个薪火相传的时间流程。每一个个体的生命，都属于这个更为宽泛的承续环节的连结点，都是一个时间段里的担当。无数的点，最终才能构成生命的连线。

春天在我们那里非常短暂，就像人的生命一样。明才他爸年头上还好好的，嘴里不断念叨着来年有做不完的活计，端阳节没有过，就被人抬送回家，咳血不止，在大暑天里归西了。狗成从小同我在一起玩耍，他什么都好，就是人胆小，身上在春天里生出一些红疹子，有好些时间不去学校。我看见狗成他妈从医院抱回包裹狗成的褥子，知道狗成也紧着赶着走了那条道。生和死一同来到我们那里，活着的、延续的仍然还是命。生命在一个人身上结束，在另一个人身上又重新开始，我们那里的人把这叫作传宗接代。人生的事情都像是先前约好的，该怎样就怎样。惊悲和欢喜不经耐活，也不必在意。日子还得一天天过，能够受活住日子，便是幸福人。曹伯叔常说这话，他现在也早不在人世了。一转眼功夫，暑热就降临了，大麦杏已经熟黄，成群的麦客从东府一镰刀一镰刀割到了西安南城墙根的麦田里。

我们住的那条街叫小湘子庙街，东头是大湘子庙街，直通着南门盘道的花园。我们去南门不走大湘子庙街，而是绕道南院门、粉巷；大湘子庙街的人到南院门，也不经过我们巷子，直接走了德福巷。一条巷子，被中间的湘子庙划开，人们相互间也不来往。我们小湘子的人看不起大湘子的人，不是因为他们不属于西安的老户，欺生。大湘子因临着南城门的便利，落得了许多地利上的实惠，也不屑于同小湘子的人搭理。一车便宜的新鲜菜，经过大湘子之后到了小湘子，只剩下菜帮子和残叶。两个地方的人曾经共用着一只水龙头，因吃水打过一次群架。建华就是在那时候出名的，他搂着衣服里藏的半截城砖，猫腰窜到两伙人群前，跳起照着大湘子为首的人头就是一闷砖，那人撑了几下腰腿便被放翻了，不等我拔出皮带上插的锲子，已经被乱棍打晕。等我站立在马路正当中，人群都已散尽，街道上留下了一层半截的砖头块子。后来，区政府在两地新建了供水管道，两条巷子的人心头的怨恨才算慢慢平息，我也敢从大湘子庙街经过，但衣服里常常都藏着凶器。我弄不清楚这件事情与春天究竟有多大的关系，记忆中大约也是在春天里发生的。

时节是大规律，之后才是人能够做什么。人们按自然的规律打理生活。历史上的十三个王朝，并没有给我们那里留下什么值得称道的东西。我知道诗人杜甫曾经在长安的酒肆笙歌里穿行，但我无法想象更为具体真实的情境。汉朝的兴盛，现如今已变成废墟；盛唐的唯一见证是一大一小的两个雁塔；明朝将我们那里围成了一座四方城池。历史给人的印象就像是盲人摸象，不是已经摸到的东西，而是认为被摸到的东西。不变的是我们那里人的性格——生愣硬倔。在北京连拉板车的人都有王气。我们西安人相形之下就显得绵软了。帝都是昨日的。朴素生活，厚道为人才是自己的。

在春天，我们巷子里的人仍然是沉默的。晓阳顶替了他爸的工作，就变得跟他爸一样了，整天早出晚归上班，没有一句话，他娶媳妇时穿着一身的确良面料的新军衣，脸上充满着笑意，见了街坊邻居还是不说话。春天里，光明电影院尽是恋爱中的男女，重复着一部老片子，暗地里牵着对方的手，表面上专注着银幕，心里感受着爱情的醉意。郝鸣他哥活着时最大方，他敢于在电影院里正大光明吻女性，一点也不羞怯。

春天提醒人们该做什么，要是谁错过了时机，一年中什么事情都会迟缓半拍。新亮的大姐曾经喜欢上一个火车司机，由于拿捏忸怩，一段美好的姻缘就此了断。在一个早上，一只布谷鸟落在新亮家的大树上，叫了几声，新亮他姐就疯了。我对那个火车司机印象深刻，他是个内向的人，每次到新亮家，手里总拿着一只烧鸡，他离去时的背影，叫我想到伸向远方的铁轨。

生活中的普通人是一些知足者，在平凡简朴的事物中获得幸福。能够领受时节赠予的人的确有福气，同时也懂得生活的真谛。那些看似庸常细碎的东西，需要的是更具智慧的眼力。知道在时间里守候那些恒常的规律，便懂得由此而形成的变化是受之不尽的。最少的耗费，便是最实在的安宁。我在从前能有一顶新军帽已经觉得幸福无比，现在这样的感觉不曾再有，而我又无法说清其中的原由。也许是我从来就不相信生活中还会有新奇的事情，在春天里回忆春天，就像是我在重新经历所经历过的经历。在春天里，要学会安妥、接纳和重温。

寻找《瓦尔登湖》

《瓦尔登湖》是梭罗带给人类的自然之音，这声音透过世界的表层占据着人们心灵的位置。

一个人，当他面对思想，当他清醒地意识到自己的存在，并且认真加以关注的时候，心灵和身体便更加接近自然。它们彼此之间相靠得是那么近，互相依托着。“心灵入睡了，好像根本不存在。”（拉·梅特里）它像呼吸一样，缓慢地散布在林中湖面的每一个角落；它回到了老家，穿上自己的衣服，成为它自身，像它自身那样存在着。

我这样想像着《瓦尔登湖》进入人们心灵的整个过程。诗人海子当年怀抱着它，这位在我们生活世界的深处，呈现本质元素的天才歌手，携带着它返回了大自然。我感到梭罗之音，源自于风的琴弦之上。它那么柔和，像一阵气息，只要轻轻搏动一下，湖面便会泛起层层涟漪。《瓦尔登湖》与海子，让我想到世界的绿地，仍然有雪白的绵羊，它们吃着清淡的素草，偶尔“咩咩”叫几声，从不与谁争斗，但终又无法逃过注定的命运。他们的存在使朴素、善良、平静的精神情怀得以延续。在更为险恶的世事中，究竟有什么必须用胸怀和双手，才能承载。

《瓦尔登湖》也许是自然的馈赠和恩惠。我怀着敬畏的心情，在西安的大小书店和街头的书摊搜寻着它；近8年的时间，在我去过的每一座城市和乡村，这样的过程从未间断。我向着它一步步走近，感觉到它放在一个有玻璃拉门的书橱里，山羊皮做的封面，充满着对自然和人类的感激、爱戴和热情。

它尊重我个人的内心情感，即使那情感是卑琐的，因为它是向善之举，是人道。它丝毫不做出损害；它爱自然，爱天底下所有的人，包括穷人和富人；它怜悯恶，宽容所有的过错。在走进《瓦尔登湖》的漫长历程中，我的头脑充满着这样的想法。

我曾经想像《瓦尔登湖》是一座圣典，在没有信仰的年头，我的想法更加清晰可辨。我和喜欢它的人们，手拉着手，围绕着它，整日整月整年走在它的周围，狂热地追逐着能使我们心清耳静的精神和理想。它不是以语言形态的方式存在的“经”，它只是一种气息，清纯得连味道都没有。

它让我们在信仰的狂热中保留分寸：己所不欲，勿施于人。

我想到了弗雷泽先生的《金枝》。他写作《金枝》的同时，也呼唤和创造了一只攀折它的无形的圣手。世界的花枝和手，只要有这两样东西，它们便带出精神与想法，以及生活和宗教所规定的“功课”。当一个人行走，当人寻找并决意要使自己的心灵和身体贴近某个地方，他便放逐身体和各种欲望追随自己心中的念想。这时他还需要什么呢？金钱也许对他来讲是另一种需要，但是，谁又能使他在金钱面前弯下腰，低下自己的头。钱也许不是最终拯救人的道路，正像精神同样不是那样。精神的作用在于能够引领我们，朝向更为广泛的领域，而人们有能力在这一过程中，冷静地保持住自己。

在寻找《瓦尔登湖》的路途中，我想到了加缪那本《西绪福斯的神话》，还有威士登女士的《圣杯传》。他们为人们提供了生活中的正义和反抗者的形象与神话。《瓦尔登湖》似乎什么也不说，它只是让自然像它的本身那样呈现。不了解自然，人便一无所知。

在当代最伟大的思想家、理论家笔下，关于人，他们的结论总是：没有出路。我们看到了荒诞的一幕，残酷的一幕和支离破碎的一幕，这可怖的一切确实都与人有关，实际情况往往甚于文字的记述。尽管现实的或文字的图景涉及到人类的部分都不容乐观，但我们没有理由放弃,更没有理由在人所站立的每一个点上后退半步。世界上有一个地方和一本书，它的名字叫《瓦尔登湖》。

今天，几乎人的所有方面都存在着，或正在被物化着。人作为物而存在。人和他所创造的、拥有的一切，作为异己的力量而与人对抗，构成了人的“单面”性的存在。交换关系渗透社会生活的方方面面，技术的理性对人性的挑战，权力商品化的整个过程，像一块硕大的吸盘，消解、软化着精神的力量，这是我们时代的思想和头脑必须面对的问题。

想想特雷沙修女，她在孟买或加尔各答为孤儿和穷人所做的事情，尽管与我们所感到的人类存在的“可怖”图景相比较，显得孤单和细小，但特雷沙修女无疑是我们生活世界慈爱、热心帮助别人的希望之所在。她感到了别人肉体和精神的巨大痛苦，在她感到这种痛苦的时候，她将这些同时也当成自己的，与她每一根细小的神经有直接、本质的关联。在别人痛苦的时候，你也深切地感到了，这便是希望；当你欣赏别人的痛苦，并以此来娱乐自己，这就是堕落。

我脑子里总是有这么一幅图像：特雷沙修女静躺在密林掩映的《瓦尔登湖》面上，孟买的孤儿，加尔各答的孤儿，全世界的孤儿和穷人，都朝着她躺下去的地方祈祷。

《瓦尔登湖》真的是一本万能的圣书吗，有了它似乎就有了希望。世界上有称作“圣书”的东西，显然，《瓦尔登湖》不能算作其中的一类。在许多朋友的言谈中，它并不是白璧无瑕，肯定会有许多人不喜欢它。世界上有许多书，也有许多读书的人。有的书给人希望和快乐，有的书则正好相反。《瓦尔登湖》以及关于它的一切，给我的是无尽的联想。我至今尚未见到它，而它却给了我乐趣。我真切地感到了它在某个地方存放着，它不停召唤我去用手翻开它的扉页，从第一页开始，读到最后一个字。或许有那么一天，当我真的拥有它之后，那些关于它的所有想法都会截然不同了，但它曾经带给我的一切，都完全是真实的。它现在仍然在远方某个地方，引领着我的躯体，牵动着我的想像，让我相信世界上不仅仅有恶，同时还有正义和善良。我们每个人能够与这些美好的事物更为亲近，即使这是某个人能力所不及的，也能够缩短这种存在的距离。

我们人能够与自己、与自然和睦相处。

“水是这样的透明，25至30英尺下面的水底都可以看到。赤脚踏水时，你看到在水面下许多英尺的地方有成群的鲈鱼和银鱼，连前者横行的花纹也能看得清清楚楚，你觉得这种鱼是不愿沾染红尘，才来这里生存的……”(梭罗《瓦尔登湖》)关于《瓦尔登湖》，我见到的文字就这些，它来自一位诗人的转述，我读了，与我想像中的文字没有差别。这些文字是具体的，没有语词之外的任何企图。语言在行进的过程中像水一样四处漫溢，形成条条细细的支流，在空间和时间上，它们进一步展开，又互相交错。你分辨不出它们究竟怎样展开和交错，而它们在展开和交错着，让你感到语言正朝着你走过来。《瓦尔登湖》是洁净的，尤其当它在语言的光辉之中。我们在语言中与梭罗和《瓦尔登湖》相通，与世界上某个干净的地方相遇。

我更愿意将《瓦尔登湖》当成一个谜。在我看来，与它相关的一切都遮盖着一层薄雾，而我只能这么站着，没法穿越过去，正是这实存的距离留给了我想像的空间，此时此地，我的想像真真切切，都与《瓦尔登湖》有关，而梭罗与《瓦尔登湖》，还有自然中的那面净水，并不知道,也不理会我内心的所想。它们的实存也就是能给予我的，剩下就要全凭自己了。我借助文字记下的所有这些，在多大程度上与梭罗和《瓦尔登湖》保持着程度上的接近，这是关于《瓦尔登湖》的另一个谜。

这个春天我要带女儿到郊外去，让她看看真山真水，看看春天在大自然里是什么样子。她已经过了8岁，在此之前，也只是有几回在城市的公园里见到过春天。她确实已经长大了，应该在这个春天里有一张自己的睡床。我得在最近几天里请来一位木匠，把楼下放置多年的原木锯开，放到阳光下晾晒。

我要为我的女儿打一张崭新的床，上面还弥漫着松脂的清香。我要让她好好睡觉，快快长高。如果这期间我能得到一本《瓦尔登湖》，我会让女儿躺在她的新床上，听我给她读最精彩的那一段。

卷三

今日写作

今日写作是在个体逃离了主体之后的匿名状态下展开的。在充满着仿真类象的虚拟现实中，写作旨在创造一种无作品的艺术、姿态的戏剧、身体的诗歌。

作者与写作

写作就是面对语言说话，就是用语言的可塑性进行塑造，通过对语言功能实施的结构性转换，在语言的多样性中，引入更加丰富的多样性，并且最终改变语言的多样性。

语言使写作得以成立，又限制写作的自由。因而，作者在写作中，既要克服语言本身的制约，又要通过语言实践重获写作的自由。

写作最终与它的内容，与它的社会性，与真理形成的机制均无关。它是关于自由的游戏。写作之路没有归途。作者在写作中向自己揭示自己，让死亡经历因写作而重启的生命历程。

语言在它最纯净的层面上，才能够激发写作成为一种献祭的想象，促使写作回到它的源头，清理关于它的各类预设，反射出它严格的自我毁灭的力量。

作者同语言的关系，不是认同的关系，而是变异的关系、创造的关系、变革的关系。福柯在语言中，表现得既不是这种人，也不是那种人。他为抹去面孔而写作，并且在写作中，彻底地拒绝语言对于作者实施的各种有形和无形的分类。

写作并不是要再现已被认为的存在与真理。语言同现实之间永远无法实现真正的对接。语言不等同于现实。借助语言，没法抵达实际的“在场”。作者在写作中无资格替真理或存在代言。以“在场”为己任，拿“本真”作为合理性的依据，实际在暗中已经先在地预设了这样的“作者”，具有真理主体地位的天然性与合法性。这样的写作，只能是充满暴力的写作，其结果，只会在写作领域里塑造出一个又一个语言的暴君，并终将被自身无限膨胀的重量压垮，摔成碎片。

作者在语言之中展现自己是什么，对写作而言还远远不够，而是要在此基础上朝向这一切发问，就是要向“我是什么”的事实发问，对自己究竟何为进行另一番别样的探索，探寻界限之外那些未知的领域和未思的东西。写作是对于无数未知的咏颂。这种咏颂，既使写作实施的抵抗成为一种绝对的抵抗，还使作者置身于无底的深渊，同时又在这个毁灭的瞬间时点上，呼唤回关于自身新的无数可能。在写作中，作者唯有牺牲，方可新生与永生。

抵抗源于叛逃。逃脱一切之前为写作和主体所设置的迷信，逃离那些在价值和效用的范围内给生命做出的安排，拒绝充当资格的囚徒，也不接受任何分类和对于等级的划分，不寄希望于将要到来的估量和评价，成为一个无法再分类的个人，成为一个剥落殆尽，纯粹的存在，再无其他。这一时刻，才是作者诞生的时刻；这一时刻，才是写作向语言发声的时刻。作者与写作，在这样的时刻里，才会有新的多种的可能，才使自己个人的写作不仅仅留于空洞的拒绝。

拒绝自愿的屈从，仅仅是解放性的一个开端。作者还要敢于承担任何条件下的诚实与坦白所带来的一切实际的后果，敢于面对极限的挑战，这样才能使语言在与作者自身交互反射的过程中，成为回到自身、关照自己的旅途。同时，作者在其中还有自己的任务，这便是在犬牙交错的语言关系中，破解关于自身的谜。

不服从服务于语言外在的指令，也不受制于它内部结构的约束，而是最大限度地向着自由敞开着大门。永远只寄托于具体、个别的未来者，永远只是下一个；使语言成为一种纯粹的结构，并且在它否定性的反射里，映照出因绝望而生的希望的光辉。

正是基于个人的立场与态度，写作者在写作中，不断通过对于自身意指的拒绝，才能使自己永远溢出于关于自身的定义之外。

诗人的偏执

周公度的《夏日杂志》，潜隐着一种无限逃离群体言语的力量。口语在他的诗歌中根本就不是那棵救命的“稻草”，类似的伪问题，早已被他在门户中清理殆尽了。

未被分类之前的事物、根本就不在场者、界限之外的镜像，在他诗句意指的过程中，不断地向着上述的梦幻漂移，并且在努力展开这样的梦幻。他诗歌的意指方式、记号框架、深层句法，早已剔除掉了简单的能指和所指关系，而是在其间不断地移入与所指相联结的词句。强行的中断、错格，在缝隙中的不断漂移，就像时间本身一样，既不是对象，更不是目的，而是一场缺席和在场之间的背反游戏。

《夏日杂志》在诗歌中根本就不存在。不存在之物才是对于《夏日杂志》的诗歌抒写，是这些诗歌的专有名词。作为记号系统，它可以在断续中被自身引证，一旦进入实指对应的顺序阅读，功效则会全无。

诗人在诗歌中扮演的角色是：一部再生产永续之力的能动机器。他的威慑力不在破坏和打碎既有的一切，不是去发现一个新的世界，而是展布由于差异唤起的冲力，以及对于这个世界极限的撞击。与语言带给人的识别力完全不同。语言的识别力最终只是诗歌中的垃圾。诗歌的生命，来自于未被识别和不可识别的领域。诗的本质，意味着清除一切对于它的预设，就像是一个需要保卫，又不断失守的堡垒。

诗歌的先锋性，体现在不断地重新开始，又在顽固地重复之中，就像平凡中的伟大，给出了我们生活的所有依据一样。周公度的诗歌内聚于汉语文学的古老传统之中。向源头的内化愈加深入，外延边界的广纵便愈发清晰。周公度清楚：用来清理传统的东西，究竟有多少就是传统本身的东西，在此节点上横向切入，中止其中令他质疑的意义和关系。他的诗歌，带人看见了传统尽头的起点与可能。“在止渴时又产生了另一种饥渴”。永远寄希望于将要降临的诗神，永远在下一个路口。

字词在他的句式中极度收缩，不再受关系牵引，也不再沉入一种试图与现实同构的意图之中。它们在诗句中只爆发，断裂，并不以语言本身为家，只是展示突如其来瞬间的偶然和启示，就像是壕沟上空，已经燃起，又顷刻散尽的硝烟。诗歌写作浓缩了文学实践综合机制的极端方式，它向着瞬间多元，即刻流动的变化格局发问。并不期待答案，反而更加让人期待。

与写作者个人身心气质倾向相关的特殊修辞学倾向，在周公度的诗歌中呈现出的是固执与偏执。检验这种个人风格的力度存否，在于对文学内部所开辟的一方自由空间的运用程度。必须清楚：语言才是最根本的统治要素。是区隔、分类和造成等级等体制效应最有效的容器。在用语言实施抵抗的同时，还必须达致对语言强迫性本身的自反。

不只是语言的问题。这其中需要作者身体的热度，需要血气的加入。身体的指向，在周公度的诗当中体现出的是偏执，根本就无法定义。因为周公度在诗歌中并没有反对任何东西。但他一直反对：在诗歌中将任何一种价值凌驾于其他价值之上的种种企图。

黄海的不同

黄海曾经提出过“原散文”的创作主张，对此进行优劣的价值判断，对理解他的写作是无效的。从历史和谱系的角度看，流派在文学创作史上并不是什么新奇的东西，新的写作的出现，往往都先于对它们的命名。命名只是一种后设的需要，对于写作真正有效的东西是：作者对现代知识的警觉和忧虑的意识。也许未来的文学将不再以流派的方式出现，每个个人都将成为写作的战斗堡垒。

《黄石手稿》的生命力首先在于手稿所保留的作者身体的温度与精神的热力，它们通过写作使作者的血性贯通于语言的每一个末端。这也是一个在语言的容器里，留下个人特殊气息的过程。

黄海的不同在于他的写作呈现出了新的形态：一种具体个别与移动的形态；既是物体与人移动的形态，又是他们之间关系移动的形态。作者在其中，既是观察者，又是被观察的对象，他的观察还作用于其他人的观察，又始终受制于观察本身。《黄石手稿》写的不只是个人经验与经历，而是个人在词与物之间纯粹的移动，永恒的移动，不断地移动。没有因果关系。词与物同个人相互围绕，带动了经验世界背后的东西，标明了不可见之物存在的希望。《黄石手稿》也不是在表达兴趣、奇遇和痛的感受，而是在向这一切发问：通过什么，存在成为了像作者的文字所述的那样。黄海在《黄石手稿》里走得更远，他要绘制的是一幅个人同词与物的运动轨迹的地图，而且不必再求助于人们日常的共同经验。

在《黄石手稿》里没有以一贯之的时间维度，只有时间的碎片和散点，也看不出首尾一致的逻辑对于词语运行的支配。具体、个别的物自身，在固执地拒绝其他物的靠近和加入，只是以它的所是而存在。《黄石手稿》已经简约得不能再简约了，只剩下了物之间的缝隙和距离；已经真实得不能再真实了。当它们比真实还要真实的时候，也就越发变得比梦幻还要虚幻了。《黄石手稿》的重量感，正是这样缘自自身的结构，而不是依靠作者的修辞方法与手段。这也是黄海的力量所在和不同所在。在写作中告诉别人自己是由那些碎片和部件组成的，远比美化、炫耀自己的不同凡响，要深刻有力得多。

《黄石手稿》的结构之中存在着意义的盲点。这也正是它的意义所在。黄海不像其他的作者那样，极力想在他手触的文字之上赋予意义，建立繁复的联系。黄海更直接坦率，更加单纯，他清醒地意识到：意义从来不是通过作者附加在语言中的东西，不靠隐喻、类比或象征的方法，通过建立起对象之间的关系而获得。相反，它是一种否定性的力量，是在对意义的疑问里，而不是在对意义肯定性的回答里，来破解自身与这个世界之间的意义之谜。文学只有随时随地、具体不断地靠写作来探索的意义，没有普遍的、一劳永逸的所谓意义。

在《黄石手稿》里，黄海的不同还在于：他具有驾驭对象自身并同它们一起运转的能力。与自己所写之物保持平等，并且把自身平等地奉献给所有的存在。

黄海在写作中阻止了他所写的具体之物成为别的东西的可能；在《黄石手稿》的文字中，存在着一个由纯粹能指组成的结构，它们就像是一条由动力交汇点组成的连线。这条被法耶称为写作的中线，在现在与过去之间，在我与他之间，是一个既在那里又难以把握的点，是一个隐而不显，不存在于公共经验中的点。它是一个假想点，人们抓住它，创造的正是它。《黄石手稿》还让人们从熟悉的事物里，能够感觉到从未有过的陌生。

作者是谁?

成为作者的涵义便意味着永远被写作剥夺了“家园”。作者肉身承载的在有无之间的失落感、错位感和流亡感，正是作者生命的中心内核。作者的流亡感无法治愈。永远都在别处。永远都同那个所谓存在的本质或在场格格不入。

在场、去蔽、敞亮，预设了一个存在固有的“本真”，进而向作者应许了一条通往“本真”的道路。最终它没有逃出再现的真理呈现模式。处在这样语境当中的作者，一方面变得全能全知，因为世界的本真本源，早已成竹在胸；另一方面，作者又无比的卑琐，畏首畏尾，成为机械地迎合这个世界本真而毫无创造力的动物和奴才。这个时代呼唤的作者，是要对既往的一切价值进行重估，而不是重走存在主义的老路。

没有人能够穷尽写作的全部。这其中没有预言家，也没有结论。作者只能以个人的名义讲话。讲他自己与这个世界相遇时感到的东西。他无资格替他人代言，更没有以存在的名义讲话的权力。他能讲的仍然只是无法廓清的事物的面貌，持续新生的故事和瞬间即逝的动态变化的格局。流动的现代性，出自作者身体的活力，它召唤的是创造，而绝非为了回到对于这个世界假设的母体。

对作者的写作而言，唯一牢靠的是自己写作的失败经验。那些现成的方法规则，只有差别，没有高下，其有效性，必须经过自己身体的检验，必须能够用它来解决自身写作当下性的问题。唯有从失败开始，才有可能挑战自身的极限和写作的极限，才有可能不被既成的写作框架固化在一种成规里。让既有的知识系统无法辨认，无从分类和排位，写作才真正地超越了自身的体制，成为体制之外的东西，成为超越体制的东西。

20世纪60年代之后，就写作而言，流派已经变得臭名昭著。新时代的一个显著特征，便是让人人都是作者成为了可能。公共知识分子在社会空间领域里相当的启蒙角色也日渐式微。世界无限大，而人与它相遇交叉互映时的角度，却变得愈来愈小。用自己个人的视角观察与思考，讲自己的话，并且在第一时间给自己听，对作者而言，有什么比此更加牢靠。

按照一种给出的成规和方法，忠实而毫厘不差地去努力实践，然后沉浸在这些陈规的应许里，进而获得认可，最后顺利安稳地进入历史排定的等级和座位秩序，对于作者，这一切都意味着死亡；对于写作，则意味着它的反方向，它要抵抗的东西，最终又被它原封不动地接受了。在这样的语境里写作，连同作者本身，都是可耻的。

作者面对的永远是一系列的写作困境。不断解决写作过程中的困境，目的正在于连续不断的过程之中。常识的意义只在对常识的违反中才有效，通过写作形成与常识的重合，不是要回到常识。作者也许懂得从常识开始，常识是起点，但他更应当明白，他要去的是何方，而不是常识。写作既对常识尊重，又对它加以违背。

作者是那些拒绝成为对其所使的人们。在写作中，他们创造了生命的意义，又不断超越自己绘出的意义。但作者也同所有的人一样，诚如帕斯卡尔所言，是有限者，最终无法获得关于自己命运的一切。那么在有限的生命中，人怎样才能承担自己的命运呢。成为作者，就得同写作和命运打双倍的赌。或许作者绝望的努力，正是未来人希望之所在。在写作中赌存在的本真在场，其结果意味着作茧自缚和身体患上早熟的僵死症；赌道德在场，有可能毫发无损。

福柯曾经提议在写作中玩这样的一种游戏：隐去作者的名字和作品的写作年代。他曾经发问：谁在讲话真的非常重要吗。重要的不在于作者是谁。是存在主义者，抑或是在场主义者；是先锋，还是前卫。福柯提醒需要作者自省的是：要真正逃离黑格尔，其前提便是我们要对脱离他的代价有一个精确的评估，知道黑格尔离我们有多么近；知道在能让我们反对黑格尔的东西中有多少仍是黑格尔的；以及能够衡量出我们用以反对他的手段在多大程度上也许正是他用以反对我们的一个策略。

作者最终也许通过写作需要反对的，只是将一种价值凌驾于众多价值之上的种种企图。去掉强加给主体的超验构造，在此基础上来展现历史的面目。在历史和现实的无常面前，消除掉所有超验的自我陶醉。

作者是谁，是对未来之人，未竟之事的持续不断地召唤。

诗人在商业时代

我的桌上摆放着几位诗友新近出版的诗集，类似的情况在最近的六七年间回数不能算少。这些集子从装帧设计到内页纸张的印刷质量，明显给人一种一切从简的印象。毫无疑问，这回又是诗人自己掏的钱，自编自演。我不愿意将手放在那单色的封皮上，我甚至也不愿翻动它们，这其中包含着某些对诗人的不恭不敬，但是，对于诗歌本身，情况则相反，如果手指再次碰到它们，我生怕会将其弄脏。我个人长期固执的一种偏见是：一首诗歌一旦完成，其他的事情就与诗人无关了。

实际的情况却恰恰相反。诗人们将养家糊口的血汗钱，从肠子上一个一个取下，为的是更加牢固地戴着那顶纸糊的“桂冠”。今天，难道还有别的方式比这种自残的行为更为凶狠吗？这无异于用自己的刀，割自己的肉。令人受到伤害的绝不仅仅是源自物质层面上的那几个金钱；心灵从中留下的疼痛无法言喻。诗人朝向了他的背面，权利和荣誉的王座，远离底层、民间和大众的心灵，也背弃了人所应当面对的最基本的生活。“名垂青史”的涵义是其意义永久地悬置，对个人而言，“青史”是废词，但是，它在功利性的光环之中便会幻化出奇异诱人的色彩，这色彩足够使追风赶月的人们自鸣得意。而历史却让那些人以“留名”的方式进去，然后又以“过客”的身份再把他们请出来。诗人难道必须依靠名气喂养才能活下去，难道诗人最终要到达和归去的地方，仅仅是那个残垣断壁横布的“青史”吗？

真正的诗人大多活在“青史”之外，他们要去的地方叫未来。他们要以平等的方式使人和人之间的心灵相互发生更为亲近地接触，越过俯就、换装、加冕、脱冕这些包罗万象的仪式，直接抵达生与死这些人的最后的问题。他们是精神世界里的漫游者和流浪汉。他们为大家，为人的命运祈祷。诗人敞开的是心灵的言谈，让那些孤独者和受到伤害的人们，走进他们内心的长廊获得慰藉，但是，海德格尔的追问仍然是永久的追问：诗人何为?

一顶帽子逼得写诗的人走投无路，他们必须以舍弃最基本的生活为代价来换取心灵的清洁和诗歌的崇高，似乎只有将诗人密封在真空的罐子里，才可保持他们在人格上的独立性和纯洁性。真空的玻璃罐子，阳光和病毒同样都令人麻木不仁。

商业时代，对诗人的描述很容易使人想到卡夫卡笔下，那些被关在铁笼之中表演饥饿的人们。有人今天惊呼“饿死诗人”，不错，饿死的是诗人，但那只发生在靠诗歌谋取高官厚禄的伪诗人身上。诗歌不能与金钱相互交换，它的价值不等于货币的价值，更不是进阶时垫在脚下的一块石头。诗歌本身不适用简单的加法或减法法则，它拒绝对其作任意的增减。写诗不会有任何饥饿的感觉，吃饭的问题具体涉及到农业。让那些梦想着靠写诗能在一夜之间暴富的诗人们饿死去吧。他们的离去会使诗歌和诗人显得更为纯粹，这是商业社会有益的一面，它让诗人首先学会自食其力，自己先养活自己。

今天，另外一幕上演的闹剧同样令人悲哀；许多人开始演练从诗歌的阵营中纷纷逃离，这是精神虚脱缺乏水源的另一种表征，与整个国家都沉浸在诗歌的狂热中毫无二致。诗歌的冷落和流行同样都是诗人的悲哀，其最直接的根源便是他们自己的写作。假使逃离的是自觉无终极性的写作，假使这样的写作本身就存在着忠实而又内在的思考方式，那么诗人们又要逃向何方？商业时代应当是诗人聚集和抗议的时代，应当是无数逃亡者归来的时代。面对金钱将诗歌所谓的神圣光环一点一点剥尽的现实情况；面对只以精神的价值存在为其理想追求的诗人，在一夜之间又受金钱雇佣，成为钱的仆役这样残酷的现实，要想成为真正的诗人，仅仅只是坐在房子里已经远远不够了。商业直接毒害着诗人的独立性。

诗歌的写作只关涉到诗人个人，诗人既是作者又是读者，别人的冷与热与他的写作和阅读没有关系。诗人首先是个人，而不是他人和别人。他听从自身的心灵召唤，也是诗的召唤，他只在自己的心所想之处停下来。在商业时代形成的多元文化语境里，他的写作不要求别人去欣赏和理解，当然，有人理解那该多好呀。从个人的立场出发，诗歌不存什么兴盛和没落，诗人对物质财富的轻视，并不意味着他有这样的权力来要求所有的人与他采取同样的立场。那些以大众或社会的名义，谈论诗歌，对诗人提出种种要求，言说诗的冷与热的人们，一方面在向诗和诗人们下毒手，另一方面是为了阿谀大众。作为个人的诗人，是社会的一员，也极有可能是底层大众的一员，但是，他没有能力，也根本不可能成为社会主流意识和大众的代表。诗人的身份是个人，是他自己，而不在于是不是大众的代言人。诗人并不以自身存在的真实性来取代他人真实的存在，他在思想和精神领域内忠实而又深刻的态度，并不意味着能够替代他人在同样的方面所持有的观点和立场。人的精神领域是开放的，并且长久地存在着多种未知，它不拒绝任何人，不论你是诗人还是屠夫，也不管你富有或是贫困。这是诗歌与商业最为不同的规则。诗召唤任何一位来者，但受它庇护，让它收留的往往都是受难者。

在一种存在等级的文化制度里，对诗和诗人的言说必然充满着经世致用的语境，时常推出一两个“西部诗王”、“东部诗圣”、“南方诗仙”这样的诗歌明星，是极为正常的事情。不断地排位，附会于“乡土”或“西方”文化强力中心，也非常合乎情理，这一切不用冒任何风险，不存在面对个人的任何挑战，只需坐在房子里，铺一张白纸，拿起一枝笔就行了。但是，在这样的情形下，讨论诗的冷和热，就不能不令人啼笑皆非。

“一切等级制的和凝固的东西尽行消散，一切神圣的东西概被亵渎。”

“一切陈旧凝固的关系，都连同那些与其相当的历来被尊崇的见解与观点破坏下去；而一切新产生的关系，也是不等凝结就成为陈旧的了。”（卡尔·马克思和弗·恩格斯合著《共产党宣言》）诗人在商业时代活着，因为，无论如何他身上始终都具有一种情怀。

个人写作

随着西方理论批评话语的平移植入，以及这种强势文化所形成的话语霸权，明显使中国的写作者感到边缘状态失语的创作境况：投降与屈从，依附于西方话语霸权的表层，心甘情愿地让精神的创造力、自信和勇气这些天赋的东西，活活被一种盲目崇拜给淹死了。瞧瞧我们那些最新潮、最前卫的作家，他们的方法是法国新小说的，结构却是博尔赫斯的，对生活的看法又与卡夫卡极为相像，就是这些拼装起来的大路货，竟被冠以“新”的称谓，它们究竟“新”在何处，“新”在没有原创的东西，“新”在个人彻底在文学文本里的丢失。

我们的文学作者从来没有欲求过在写作中实现与既往文学的直接断裂，在他们的文本里看不出“分裂”的意识和欲超越这种分裂的努力本身。中国的先锋文学，从作品到理论和思想观念，成了西方现代与后现代文学的另一类摹本，而文学的先锋正是它的制造者。那些拿出来一再被标榜的文学文本，是二手货，是西方文学中国化的“拓片”。在这样的境遇里，语言存在着严重的异化。作者个人化的独立性质被语言陷阱在整体上吸干了；语言不再是一个具有活力，产生新的精神力量的有机体；语言成了替代虚假、阴谋的某种东西。对个人而言，它既危险，又处处充满可疑。语言在此剥夺个人独立言说的能力，并不是让你终止写作，让个人闭嘴。它叫你说话，让你感到个人具有独立言说的能力。语言的“圈套”正是通过不断地言说与书写，完成自己的收缩和对个体言说自然化、独立性的捕获。借助透明造成黑暗，凭借凝视、注目达到对个人的忽视，通过给予实现剥夺，这便是语言“圈套”实施的诡计。

抽去粘着在个人语言活动表层的抽象概念和头头是道的东西，

个人的写作和精神才能够呈现出自身最纯洁、最单纯的形式，但文学的知识分子，在这方面依然是无所事事。这样的文学，这样的作者难道不令人从根本上产生怀疑吗？他们在失去对自身精神、躯体的自信中，屈辱地活在文学里;他们在被肢解得毫无尊严的母语里边，玩着西方人早已丢弃的文字游戏。这其中哪有独一无二的精神性可言。

文化从来就是一种化合剂。它将既有的东西，强化成每个个人的东西，并且让你心悦诚服自认为这东西原本就是你固有的。文化让你替它说话，它却远远地躲在幕后，早已把你扔在了一旁。我们时代的那些思想明星、作家明星和文化明星们，他们如今在“场面”上风头正劲，他们像演员一样，在“戏”里正扮演着各种“角色”，忙着展示自己的才华，要着思辨的鬼花样，并且以进步和解放的名誉履行着自己想像中的道义和社会责任。他们像是被什么东西雇佣而来的。写作问题仿佛能够在一次理性的讨论中得到解决；它指涉的有效性，似乎在共约的基础上已经获得了普遍性。这正是文化权力和文化等级制度期待的：好了，你们自由了，可以戴着“锁链”尽情跳舞。而真正的写作问题一再被延迟、被推后，以一种自觉的和实践的方式对它进行探究，或许才刚刚开始，尤其是在个人化的视野当中。

通过对话和书写达到交往的可能性在今天已经变得微乎其微。不是人们在这方面拥有的知识少了，或是没有足以构成导致新的表达和发现的思想资源与文化资源，实际的情况并不是这样。20世纪知识的生产和传播方式所产生的一个惊人的结果，便是知识的泛滥，它多到了足以将人彻底淹死的程度。语言系统全面的扩张和自我膨胀是本世纪的一大文化奇观：只见知识，惟独看不到个人。在语言这个巨大无比的陷阱中，有着自启蒙运动至今仍然镂刻着的一般意义的人，和关于他的解放的种种许诺。知识的普适化在揭示人们思想与生活基本规约的同时，并没有给出每个个人与世界、与自己之间所构成的真正关系。语言留给每个个人的空间究竟是有，还是归于无；迄今为止人类关于自己及其历史所形成的全部书写，是像人们期望的那样，正是现在这样的状况，是人们所为，还是远非如此，超出了人的预料、愿望和期待；从写作的角度看能否区分出历史的、集体的和个人写作之间的不同吗？如果要作出如上的区分，它们又是在何种情况下得以进行和完成的呢？今天提出这样的问题能否在形而上的秩序里得出类似结论性质的东西，或者说这些问题本身就是形而上之外的。对上述所有的疑问进行清晰的文化描述，作出回答是极其困难的。显然，没有人具有使业已存在的东西顷刻间完全被击垮的能力，重新开始的书写是对既往的写作作出的一种反映。写作既构成规则，又对它加以反对，只有个人的写作行为本身，才是在任何情况下能够被法则辨认出来的东西之外的一种体验；它一经完成，便旋即消逝，与既存的书写和文本永远保持着一定距离。

写作只有放在纯个人化的视野里，人的个人性质才有存活的机会，这是我们能找出的仅存的属于个人的空间。在社会的现实中，人的个人性在一体化的社会角色中被抹去了，被排斥在了正常的社会生活的外面。不是个人丢失了书写和言说的能力，恰恰是在连续不断地言说中，写作本身失去了个人的性质；写作不再表明自身和个人的时候，它就不是自己了，作者因此也变得高高在上，语言统治所导致的暴力也就在所难免。我们今天所看见的种种喧哗和嘈杂，不正是一种相互争夺的表征吗？它们并不触及个人的写作，但它们企图对个人的写作造成摆布。个人的写作是宁静的，从不与谁争强斗狠，这种平静守护着一切力量和关联。它作为另一种类型的生活，今天不再具有神性复归的意味；它有可能使人在梦幻奇异，非人性的物质世界的挤压中，保留知觉系统敏感的残余。写作提供了对这一切非人化的生活见证；是对语言所造成的阻隔和虚伪最直接的体验。它就是要彻底终止人在实际生活交往当中低沉压抑的东西，让躲藏在精神中最黑暗处的东西都表露出来，让语言在明晰的状态中终止它的意义，形成巨大断裂。写作构成了意义系统和价值评估系统的反面，它借助语言限度的张力所阻碍、隔绝的东西的聚合，形成语言反叛，从而在生活的根基处，唤回语言未曾表达的东西，唤回现实生活和人的状况中不曾有过的新东西。写作如果不是对既定成规的逾越，如果不是预示着世界的某种可能的存在，即使从游戏的角度看，也没有任何愉悦可言。来自游戏的快乐，是在既有的游戏规则之内，超越这些规则形成的欢乐，是在旧有的游戏方式中诞生新的规则和方式之后的那种欢乐。

写作从无的起点开始。它的对象并不是我们都已经知道的那些东西。对写作的个体而言，那些曾经出现过的大师作为写作行为之前的历史，将是一种永恒的存在；对个体当下的书写来讲，大师已经远去了。惟有写作个体的存在，惟有将个人哪怕是与大师相左的歧见固执地以前所未有的方式表达出来，才有真正个人化的写作独立性可言，否则，写作就会与语言操练的“手艺”相互混同，毫无任何尊严。

个人化的纯写作在今天是完全可能的，它可以在现存语言意义系统终结之处，在与现存公认的经典性的东西隔绝中，在断裂与临界的毁灭中重新建立起来。个人的写作不背负诸如世界性、民族和集体这些沉重的担子，它不以上述那些东西加重自身的分量，它只是世界性、民族、集体之中个人化的东西，是世界性、民族、集体永远无法替代化约的东西。在个人化的写作中，每个人的差异、文本的差异最大限度扩大化了。每个个人的书写和言说，都是风格、样式及种类上独特的差异性的体现，是无法通约的东西。个人的写作有别于商业写作与权力写作的方面正在于此：它获得的是独一无二的个人性，既非权力，也不是金钱那样的东西。写作首先是一个个人面对“非可知性”的问题，正如德里达所言：“不是对知识的一种限制，不是知识前行进程中的限制。它在某种程度上是结构的非可知性，是异质的，是外在于知识的……这是某种知识不可能涉及到的东西……但这完全不是为了故意算计或使诡计，或设置障碍不让人接近某种我知道而别人肯定不知道的东西。这是一种对于秘密（如果你愿意用这个词）的更古老、更原初的体验，这不是我隐藏或某人必须隐藏或掩饰的一样东西或一些信息，它是一种不向信息敞开的、抵制信息和知识的、即时性地自我秘写的体验”。在现存的理论话里，找不出它的意义和价值标准，它没有目的、方法、手段，或者说它本身就是目的、方法和手段。写作在此才让人们看清了它们竟然是无可比拟和相互间根本无法比较的一种尊严。惟其如此，写作才产生接纳和保留个人以外的东西。

阅读手记

读张承志

上世纪八十年代西学东渐、思想解放的风潮，也是一次普遍的文化殖民，西方中心论的文化想象和民族文化尊严遭受的怀疑都是前所未有的。与崇洋情结的了断和对文化入侵的反击和清算，是到了应该行动的时候了。

尽管民族主义的视角最终是靠不住的，相对于一片盲从，奴性的文化心态，张承志的写作所表达的反抗、血性和骨气，远比其他的写作来得更加彻底。他的自觉和警醒，批判和怀疑，尽管有着浓厚的宗教情结，但他展现了一个人赤手空拳，单打独斗的抵抗，并且无所畏惧。中国的写作，自上世纪八十年代后均是以流派和圈子呈现的，无论地下还是公开，无论官方还是民间，团伙给了写作者庇护和安全，从另一个方面也反证了张承志写作的高贵尊严。

张承志的文字有体温。读他的文字能够感到心手的触摸。他在文化的眼睛无法辨认的地方，发现了另一种美和价值。这些东西因为他身体的直接介入，由于他独异的立场和决绝的态度，而骤然充盈着生命的活力和张力，远非文化的鹦鹉学舌所能够比拟。

中国式的前卫或先锋，只会解构，无从建构；只一味地批判和质疑，最后就像是在上演一出价值虚无的相对主义游戏。看似自信和强大，骨子里却依托着西方宗祖的拐杖，根本就不信任自己和自己的身体。

张承志的写作，废除了暗中强加于汉语写作本身的霸权，将写作的标准确立为他个人，即每个写作者自己。以个人的名义讲话，无资格替别人代言。这便是当下写作的深刻伦理。

读张岱

周作人先生大约是在十三四岁读到了《陶庵梦忆》，我因为阴差阳错，读张岱已快四十五六了，当然不能与苦雨斋的主人相比，但自己的愚滞和寡闻是心知肚明的了。

张岱的趣味属于闲适一类的：

红弦翠袖，影烛参差，丝竹声里同家蓄的名优对戏，张岱在词采、音律、念白、科诨上，一点都不含糊。家中的王畹生与当时的柳如寔齐名。

月下饮酒，花前品茗，兴之所至，与名妓们还吟诗填词，同高士论道说佛。所不同的是：张岱还喜好看雪，于崇祯五年十二月，拥毳衣炉火，挐一小舟，携家仆，在西湖之上，看天云山水，上下一片大白。

张岱似乎也不避秦淮河房，广陵二十四桥上的风月。

有书画癖，有蹴踘癖，有鼓钹癖，有魅戏癖，有梨园癖，有娈童癖，有豢禽癖，有藏物癖。张岱的所爱：谈谐、听曲、旅游、博弈、狎妓，花虫鱼鸟，无所不包。

无癖之人他不交，因其无情；无疵之人也不交，以其无真气。他在西湖上赏玩阅人，直至东方泛白，也不肯离去，还要酣睡于十里荷花中，独享香气和清梦，痴迷得不可理喻。所存的美灯，以烧珠、料丝、羊角、剔纺罩辅，穷工极巧。

牙婆瘦马，皆可入文；逸夫青手，游方僧道，形形色色。无俗不雅，无雅不俗。

张岱所述之事，已无从可考，能确定的是：他为文心无芥蒂。在他眼里的人事：无高低，无贵贱，无大小。活脱脱一个真，也不讲道与德。

“管他是谁在说话”

——关于福柯的随笔

福柯曾经建议玩一场游戏：即让来一个“不署名的年份”。在一年的时间内，所有的作者只能以匿名的形式发表他们的作品，而批评家必须面对这样的无名氏作品做出自己的评判。

为抹消自己的面孔而写作，是基于对人的有限性的具体认识，是将人从无限之中唤回到有限之中。福柯在游戏的建议中，期待着匿名的思想，无主体的知识，无身份的理论。

福柯的写作态度，对分类、区隔、排位、等级和身份等有可能导致微观权力效应的东西，在根本上是极力拒斥的。在“五月风暴”之后，随着“大学体制”的轰然倒塌，他的立场更加义无反顾和决绝。从对“公共知识分子”角色的质疑，到对启蒙等深度空间的诘难，福柯惊世骇俗，振聋发聩。

《词与物》的写作，肇端于中国古代的一种奇异的动物分类方法。福柯从中窥视出了思考的界限，即西方人为什么不能进行别样的思考。关于思的边界，或未思之思。福柯就像是一只狡猾的狐狸，时常发出诡异的奸笑。

理解福柯，不禁要问的是他的写作对象是什么。即他要写的究竟是什么。福柯曾经告诉人们：“我愿意我的书成为像手术刀、燃烧瓶或地下坑道一类的东西，我但愿它们在被用过之后就像爆竹一样燃为灰烬。”这是福柯对自己写作愿望和看法的比喻，其中不乏自信和严格的自律。但是，仅凭他的期待和愿望，仍然无法全部洞悉他写作的方方面面。

从具体静止的角度看，福柯的写作涉及到了词与物。从另一方面讲，他对词与物的谈论，从来就没有放弃过对主体和主体所处的位置的质疑。改变人们头脑中固定的事物固然重要，问题是如何面对获救之后的自由状态。这其中离不开对自我的重新塑造，使得人在获得自由之后真正为自由而得以充分发扬，从而拓展出新的生存空间。

作者是什么。这是福柯要在写作中探寻的问题。它本身就包含着强烈的求真意志。福柯清醒地意识到，写作真正要改变的是人的自我认识关系。通过写作，福柯要更新和创造的是关于自我的新型关系。同时，将自己的身体打造成完美的艺术品。他要创造自我生存的经验美学。

阅读福柯的作品，会感到福柯有无数张面孔。而福柯又是为数不多为抹去自己面孔写作的人。我们是否知道他是谁。

“我是谁？一个读者。”是对某一“未思”的背诵。

在作者是谁的问题上，福柯似乎有意闪烁其词，躲躲闪闪。其实，福柯在教给我们一种最基本的东西：无资格代言。不代他人讲话。为自己讲话而不替别人讲话，意味着不再以普遍价值的名义讲话。让特殊性代替普遍性。

福柯只为法国几个有思想的头脑写作。他从不为迎合更多的人写作。《词与物》起初就是抱着这样的初衷，后来成为法国家喻户晓的思想文化学术事件。出版发行量多少包含着商业意味，与写作本身，与重构“作者”的主体性，并无必然的实质关联。怎么写，固然对于作者具有特殊意义，但是，写什么，同样非常重要。福柯正是在“文化视野”之外，重新审视和重新开始了对已被文化摒弃的档案的“知识考古”研究，从而形成了一种新的方法和新的对于对象的另一种打量。

“福柯总在发展变化中，独自一人，暗中行动。”他不相信内在性，也不受主体所设陷阱的诱惑。他质问在何处，又通过何种方法，才会产生一种完全去除了幻象，纯然浮于表面、闪闪发光的话语——

也即人们所相信的，一种与追求真理同质的话语。

到此，谁在文本中讲话真的还重要吗？

关于他人的痛苦

——读苏珊·桑塔格

因为是从前的朋友黄灿然所译，所以就拿来集中时间去读。以前知道苏珊·桑塔格，对她的阅读却是零碎的。《关于他人的痛苦》是一本关于摄影的专著，还涉及到了如今的伊拉克战争。

任何战争，都意味着对人类的屠杀和酷刑，是没有任何借口的。伊拉克战争却是一场为了“正义自由”的战争。在疑问中，苏珊·桑塔格引人更进一步思考。

关于影像反映的事实的真实，如今已严重被扭曲，也成了文明的另一种奇观，已不再是明暗关系简单的二元对立。在透明的状态下，随处被掩盖的黑暗，是一种被真理廓清的透明的黑暗。一切都可看见，光明让眼睛失明；一切均被言说，又同时失语。被真理照耀的空间，是一种眩惑的空间，是真实的另一种谎言。

面对他人的痛苦，是在考验每个人作何反应。塑造自我的目的，是为了维护他人的尊严。对于别人的不公，其实就意味着对自己的伤害。人是通过别人来对自己进行辨识和确认的。离开了他人，我们自己就将成为空洞的盲点。我们在对亲人和邻居的关爱中，发现了自我的呵护，在给予他人的过程中，确立自我。这才是真正的自由。是无差别的人类自由。而不是美国式或小布什的自由。

在写作和阅读中不可能获得全部的答案，也不存在定见。给他人一个空间。这也是人本身的尊严。

迷醉的花

——以张杲为例

张杲的绘画和他的为人，长久以来就像谜一般对我充满着吸引力。在他迂曲而漫长的人生经历中，有许多不为常人所理解的事件和行为方式，这些在暗中聚合的东西使张杲的人生经历本身，同他的绘画一样都成为了精美的艺术品。

用迷醉来形容他的艺术和人生再恰当不过。在商业时代要想成为一个理想主义者不单单需要勇气，同时还需要执着，忍耐和弃绝功利的赤子情怀。从绘画的角度看，张杲曾经拜国画大师石鲁为师，随后又考入中央美院李苦禅工作室，可谓师出名门。但张杲从不依此作为自己博取世俗功利的凭借。他执着于自己迷醉之中的密叶、疏枝和花影，这些不是用眼睛可见的物像，它是心灵在沉迷之中的自反和追问。什么是花？什么是灵魂？什么是藏匿于它们其间永久不移的秘密？这便是张杲绘画总体的精神指向。

呈现心灵之镜的花影对人类思想最直接的启悟，使得张杲的绘画具有非常浓烈的哲缘意蕴。在画室里是画不出这些画的，衣食无忧的闲情逸致不可能产生这些近乎迷醉的精神世界。张杲不属于这个意义上的画家，他像是荷尔德林的恩培多克勒，迈着自愿的步履朝向埃特纳火山，留下一团重返自然的烈火。不敢于自毁，不敢于义无反顾地踏向火山的深处，哪会有真正意义的收获?哪会有圣徒般地登入涅槃之境?对于一个画家而言，最为重要的是艺术道路。在什么路途之中，才有可能碰到什么样的问题。张杲选择的是“劳心于刻画而自毁”的路，这意味着要在挣扎中，在危机的淹没意识里，在各种块垒的夹缝中拼出一线光明；这也意味着舍弃之后而获大得，而赢新生。

这样的艺术道路注定了张杲在生活中的颠沛流离，破纳褴褛。他曾经在童年时代的暑假里卖冰棍，寒假里卖报纸维持学费。青年时代，他曾在虢镇河道里放马，木作工厂锯木板，郊外坟地打土坯，西安火车西站挂坡作苦力，所有这些都是他选择自己艺术道路之后在生活中遇到的种种报应和累累伤痕，也使他在绘画中获得了杖责良心的净化，浪迹天涯的放纵，以及寂寥寒居的温存。张杲的绘画因生活的磨难得到沐浴和滋养。而他只是哈哈一笑，告诉你："读佛宜对美人"。

张杲的绘画在形式和表现语言上独具特性。淡墨与重彩的互渗互映，不仅效果滋润淋漓，更使画面从整体上产生魔幻离奇的况味；枝叶在构图上的极度夸张，是在简淡得近乎消退的水墨中呈现出来的。张杲是制造绘画间离效果的高手。他的花卉总是若有若无，若隐若现，不即不离；在消隐中伸张，在张扬里聚敛，在丢弃中获得，就像是一场梦，留下的是追忆和消逝的碎片，留下的是踪迹。张杲在观念上更接近西方后现代绘画，他有很浓厚的中国绘画的笔墨功力，这使他的绘画语言显得非常丰富。杂糅、融合中西绘画技术方法之所长，表现自己身体的感受，心灵的感受，形成了张杲绘画独特的样式和格制，那些奇特的枝叶和花萼，不是应物相形的结果，也绝非坐在画室中借助模特而信手拈来，它们是迷狂的结果，是对沉醉在梦里境象的固执追忆和大胆抒写，既不同于传统的中国画，也非所谓的现代水墨。

好的艺术作品往往引起的不是一律的赞誉和掌声。张杲不是生活在掌声和"桂冠"丛林之中的画家，他属于那一类真正可以称得上是"战士"的艺术家，他们不仅为这个世界创造出精妙的艺术品，而且还将自己的生命也塑造成一件艺术品。因而，张杲本人和绘画，有可能引起歧见，有可能产生非议，更有可能遭人诋毁。但是，张杲作为画家却让善良的人们看到了真诚。

对他的追随

——纪念赵望云先生

一年一年，对他的潜读和掩怀，成为我生活必需的对照和守候。他的精神，像春风一样亲切和缓，平易近人，又刻骨铭心。在浮躁的年代，对他的重温，我何止只是感到了雪澡后的那种透凉渗脾的清醒。我已身不由己，走上了大路，追随，并且在他身后一同前往。

默立于他晚年在病榻上所绘的尺牍见方的山水前，我的心变得出奇的安静。每一次读他的画作，都感到像是一位朋友，在同你促膝交谈。到了晚年，他的用笔已经简净得褪尽了任何技术的味道。随心所欲，恬淡天真。墨色也像翠玉般通透。在他那如生命之符般的图式结构里，依然有行进的人和赶路的毛驴。在他的笔墨之中弥散的气息里，我还感到了他的体温，听见了他的呼吸。他晚年的多幅作品，像是冥冥前定的安排，有隐约的孤独和痛苦，是自然的精神，充满着对生命的疑问和敬畏。

每次读他，我都感到了传遍全身的战栗。

远在10年前，我就把自己交付给了他开辟的心路。每年我都要与振川哥相约，去陕北、陇东或陕南的乡村，独自在黑夜的旷野中谛听自己身体里的响动，感受村庄里的人在时间之中谜一般的沉默和寂静，注目于土地向着远方的延伸。

我和振川哥谁都不说。我身体里沉睡和潜藏的东西，被途中所见的具体的劳作，朴素单纯的心和勇敢勤快的人所唤醒。最终令我信服的，不再是那些聒噪的喧嚷，而是忠实的庄稼人与土地接近过程中所呈现的本分和厚道。以此为信仰的文学和绘画筑基立身，也许不足以增添求真的意义，却能充实生命过程的分秒。此生在他的引领下，面对人心陷入的痛苦，还能听见自己内心的咆哮，就已经足矣。

20世纪中国画史里，绝少有人像他那样，以一个乡间人的立场和态度，视自己身历其境的乡村生活为绘画的终生责任。他不画不劳动者，不画名山大川。在他早期所处的年代，中国画某种程度上讲，仍是智识者与民众之间相互区分的另一种工具。土地和其上终日劳作的人群，长期缺失于画家们的眼睛是不争的史实。乡村历来都是弱者和底层民众的囚禁地，被有些人忽视和略去。但它不乏生存渴望所吁求于人精神的清洁和健康。人在大地上耕作，是自然本身的延伸，是天地间的大美。是具体的、不死的。

上世纪二十年代初，赵望云先生便开始以一个乡间人和“匿名”的画家身份，像许多农人一样，奔走在通往村庄和田野之间的路上。路途上的感受，让他诀然地背弃了他身背后那些于阁楼之上，挥毫操管，戏雕虫小技于股掌间的师古之风气。他把被旧国画长期摈弃隔绝的更为广阔的乡村背景，引入国画创作的新领域；他画风雨中极度疲劳的农民和犁地的马、赶路的毛驴；他画刺伤和疼痛，画苦难留在穷人心灵上的烙印。这些不被传统法度所看好的东西，强烈、饱满、具体、笃实，其活力和生气，让人心旌荡漾，无需“体制”过滤，赋予他的笔墨一种特有的意味和强大的视觉冲击力。对苦难的体验，蒙养和锻炼着他的笔墨，构成了他绘画独特的叙事意义。见适即收，逐年累积，以臻大观，因而，他的笔墨更强烈、更深刻、更具有广阔的精神涵义。

在20世纪产生的国画大师里，赵望云先生的内心是极其强大的。他的强大，缘于他的谦逊，缘于他内心品格的纯粹，因为他没有凌驾于人之上的优越感，更不愿借对传统画技的炫耀，来显示高出别人的东西。他朴实厚道，具有更大的智慧，懂得一个乡间人的感受和眼光，对中国画革新无比重要的意义。他比同时代的任何画家都要自信和勇敢，不依靠等级、排位，不坐那把分类的“铁”交椅。对自身的塑造不可能在“象牙之塔”中完成，必须另辟蹊径。让自己匿名于大地和人群的深度之中，匿名于旧国画的内部，在它的界限和视野之外，描绘被国画排斥和清洗掉的生气和活力，重新打造一个新人，努力于与人生有关的创作和实干，实现一种新的审美和抒情，这才是赵望云先生所追求的艺术和人生，这才是国画创新真正面对的挑战。

他一生71年，有42个寒暑是在中国乡村的路途中度过的。从冀南的束鹿、晋县、赵县、临漳、肥乡、广平等地开始，足迹遍及大部分中国。他醉心痴情不顾劳累，忍饥耐渴。在乡间赶路，起早贪黑，遇车乘之，无车徒步；夜宿于小店或老乡家中，常常是啃一点干馍，喝一些凉水，便是一顿餐饭了。随手记下自己的所见和感受，夜里只要有灯火便不停地画。这当中，他的妻子和孩子去世与夭折，他没有能够去看他们一眼。他所走的道路，完全有别于传统的画家；他所建立的图式结构和笔墨价值的趣味，也有别于传统的文人画；他勇敢，像赤子一样，追求自由变化的活力。

赵望云先生一生坎坷，早年于京华艺专和北平艺专有过短期的求学经历，于他埋下了背离传统路子的种子。他坐过国民党的牢。1957年后又被打成“右派”，“文革”中身心又备受折磨。所有这些，都丝毫没有动摇他的意志和决心。他是中国画革新运动中具有精神情怀的赤子。他所做的贡献，对于自己的塑造是建立在牺牲精神之上的。义无反顾，没有回头的路。在中国创痛最深的伤口——农村和农民中间，经历创造的炼狱，坚持自己的精神守护，其丰富性和对人的激励，远远胜过在画室里对古法的因袭。

20世纪中国画的革新进程，面临着两难的二重结构：既是中国的，又是现代的；在方法的变革上有在古法中求新图变的，有向西画借取新法的。所有这些，均是在中国画的内部实施的“流变”。中国画的源头在于中国社会，中国社会的基础是农村。在中国画内部，关于国画革新的论辩，充满了矛盾、无法解答的问题和文化偏见。传统公认的标准并非是对未来变化惟一的解释。任何一种解释的胜出，只是不同而已，并不代表真正的进步。在中国画的体制内对其提出替代性的新的诉求，其实依然是对所拒绝的旧价值的依赖。赵望云先生正是于此刻，“苍头特起”，以对“源”的切身体验，将笔墨的精神价值的内蕴，建立在亲身经历的活生生的素材上，建立在所见与他对过程的敏感中；在他与他人的关系中，在所看见过的事物中，他不是居高临下的探索者，也没有任何的优越感。他以有别于常规的方式体验，以不同的眼光打亮，看透所谓“常识”背后的东西，展开新颖独特的体验。于中国画，这是更本质、更可贵的贡献。

有理论家讲，他是国画革新的“酵母”，作用是在不断前进拓展，只要取出一小块，都可以得到很大的发展。

我常想，现当代中国画坛，怕没有谁像他那样是由多支、多向、多层面的脉络探索所构成的文化体量。他的绘画精神，关涉基本人群的痛痒，是对人本的关怀；他的内心品格是天然本色的；他的方法是自由变化的；他的道路是无边广阔的。他绘画的永恒性，在于始终是向下、直接、具体地朝向不断的牺牲，在于过程之中展现出的求真意志。

这个秋天，振川哥决定将他父亲赵望云先生遗作300多幅捐给中国美术馆。在归集这些作品的时候，振川哥不止一次落泪了，其中的许多幅，是他亲自看着他父亲完成的。这些画作，在他父亲去世后，伴随着他已有30年。姚贺全嫂子带着这些画去北京之后，有许多天，振川哥都显得有些魂不守舍。见到我，不等说完一句话，眼泪已止不住地流下了。我深知他内心复杂的感情，那些画于他有血肉一般无法割舍的联系。他做出了选择，前去追随。对他的父亲，更重要的是对一个人的追随。

行止自如　大化顺成

——从赵振川水墨写意山水小品谈起

2009年到2010年之间，赵振川画了上百幅小品，以水墨写意的山水居多，往往是在闲暇的零碎时间里，用的都是一天画画余下的残墨剩水，信手拈来，一挥而就，逸笔草草。画这些画在他看来是一种休息和调节，就像朋友之间的交谈，无拘无束；也无平时画画创作时的心理暗示，完全是在放松的状态中，撇下了一切的心理负担，自由随意地畅神云游。这些画是他面对自己，给自己画的，更加直接、坦率和单纯，绝无要在日后拿出来示人的心理准备，也没有这方面的想法。在无意之间，赵振川脱开了自己惯常的绘画状态，同自己界限之外，状态之外的绘画相融相通了，也跳出了具体物象形态的制约，进入到了对自己五十年绘画积学的反刍当中。有时候，画家的创作进入一个新的领域，并不是在有意识的状态下完成的，多年的积累，渐变，才会在无形中形成新的突变。

国画小品就像文学中的诗歌，是皇冠上的宝珠，不以尺幅的大小，形制的同异来区别划分，并不是把大画画小了就可称作小品了。小品画无大小。或者说它的内涵已突破了大小尺幅的限制，直接与中国文化精神源头性的气脉相承，没有中国文学的底气，小品的写意性就无从体现。技法所反映的关系，在小品中已处于相对次要的位置，它对应着更为根本的“艺”的关系组合，涉及到中国文化对于宇宙生命的认识。从艺术精神的指向上看，中西两种绘画有着明显的区别：中国画更趋向无中有，突出超然的态度；西画注重有中有，更强调对象的本体。而国画小品恰恰处在两者分野的位置上，是划分中西画区别的界标，它使中国画与西画的距离，渐行渐远。小品保留着中国意味，思想和绘画源头性的东西。

心安之处是故乡。赵振川是在一种安然的状态中完成了这批小品画的创作。心不安，即便住在再深的山林中，也不会康宁；心绪不宁，就不能同更高的精神镜像形成对应。居于闹市，顺乎自然，随遇而安，得大自在，也可修成正果。赵振川的这批水墨小品，便是在静下来，放松放下来的状态下，对于安宁的天籁之音的表达。不求有意，顺乎自然，达到天成。

赵振川是以笔墨的方式进入小品创作的，是用纯正的笔墨关系来构制自己小品画的。笔墨与素描关系在小品画中呈现出的追求是不同的，笔墨追随"行气"，素描关系重在塑形。素描关系在大幅制作中如果运用得恰到好处，可以遮丑，同样能出彩，但是在小品画创作中，其表现力就明显不足了。而且这些不足在小品画中是藏不住的。

从这些小品中能看出赵振川的笔墨涵养和他对笔墨的长期锤炼。近些年，他的笔下所出的味道更纯更足了。笔气好，笔的意味悠远。画什么不画什么，倒成了次要的问题。他有驾驭任何一种体裁都能行止自如的能力。

赵振川对笔的特性的理解完整系统且独到，在具体使用中，能够充分连贯组合地利用笔在使用中呈现的各种特性。饱笔枯笔，干笔湿笔；笔锋聚拢的状态，笔锋散开之后；中锋、散锋，破锋、侧锋；逆笔、顺笔；提按转折，顿挫迂回，都能运用自如，左右逢源。笔的使用，在他看来皆因气之所然。因气而生，随气而动。笔在使用中，被气始终贯通；以气领笔，行游自如，不碍于物。笔与笔之间相连，笔笔之间都有关系，前呼后拥，首尾互映。笔头、笔肚、笔根，在一笔出手之后，都要将它们不同的特性，完整地展现出来，而不是一味的中锋到底，通篇饱笔焦墨，黢黑一片。水墨含量适中，下笔之后，用尽用足，没有半点剩余浪费，一幅画成，水盂案头，干干净净。

笔的技法使用，不在一招一式，贵在组合运用，是一个完整的过程，基于鲜活灵变的考虑。这样对笔的使用，既使笔墨铺排得开，又克服了单一使用笔出现的板滞与刻意求成的弊端，使笔的表现，能够更加逸出，气韵生动；使笔的使用，时时刻刻都处在相生相发的过程之中。

对散锋破笔的使用到位，是赵振川用笔的特征之一。此法对画家的要求甚高，使用不当，就会导致锋芒太露，粗率草气的流弊。一般画家用散锋破笔，是为了求“放”，此法也适宜表现“放”。但赵振川却逆向进入，在破笔散锋中强调“收”，非常有节制，也用得内敛，达到了收放自如。散锋破笔，在他手中，一方面起到了气的凝聚和整幅画气的统一聚拢的作用；另一方面，散锋破笔写型，也更好地服从于一气贯通的整体需要。

他用散锋破笔，笔端有高度的概括能力。一笔挥过，山势的起伏变化，山体的结构走向，沟壑坡梁的区别差异，都逸出于笔下。赵振川用散锋破笔，就像庖丁解牛，常常在整体结构上入手，在点线、面块与虚实之间的连接处，出精彩，用功夫，以求笔少画多，境显意深的表现效果。他的小品，用笔做到了触处成形，不期然而然，石老而润，云烟出没，竹藏风雨。

笔法齐备，法内出新，是笔墨能否有新意的关键。赵振川的写意水墨小品，在笔法上也同前人有所不同，是完全现代意义上的山水，有别于古人前人，融入了自己对传统笔墨新的认识。他是在传统的师徒授受的方式下认识笔墨的，对古典的理解，除了临习古法之外，更多直接地取自他的老师石鲁、方济众和他的父亲赵望云，以及师兄黄胄等人对传统笔墨的袭承。由他们而上追宋元。另外，赵振川也很好地坚持了到生活中实地对景写生的艺术道路，使他的树法、水法、石法，有自己独到的认识理解，有自己的新面貌。赵振川在笔法的修炼上体现了极强的转换能力。一方面，他能够将从前人那里学来的笔墨进行改造和转换；另一方面，他还能将自己写生获得的对自然的认识，转化成笔墨，将自然的鲜活劲和生气与生机，融入到自己的笔墨当中。他在小品中勾云画水，其法源于师承和自然，又有别于自然与师承。折钗股、屋漏痕、锥划沙等具体笔法的使用效果与承载的内容，都具有新的维度和主旨。尤为可贵的是：他在笔的现实感与生活感受表达的充沛丰富方面，已经超过了前人，当代中国山水画坛也无人能及。

似而又似，不似而似，绝似又绝不似于物象和前人古人，才能得中国画用笔的真要旨，赵振川在他的水墨写意山水小品中真正做到了这一点。

他用笔的过程，已经不是简单地为了塑形的需要，也不是只为了画的完成。在他用笔的背后，实际是在不断地解决一系列绘画构成元素的矛盾关系。笔设置矛盾，又推动一系列矛盾朝前走，最终又解决和处理这些矛盾，达至画面的综合平衡。笔即挥出，矛盾也随即而生，又为接下来埋下伏笔，到最后通篇来看，笔笔都在设置矛盾，笔笔又都在解决矛盾；笔笔之间都有关系，前一笔自然而然地带出了下一笔，最终，使绘画的形成依赖于用笔墨关系营构出的空间。

有些人画小品，用的是素描的办法，尽管能将素描关系运用得恰到好处，但是终究反映不出中国画的笔墨关系，少了笔气，也少了笔在行走过程中铺排钩带出的特殊意味。国画与西画根本的区别在于物我关系的表现之上：前者依靠笔墨呈现，后者则是用素描体现；笔墨关系与中国化的散点透视法相对应，素描直接贴近的是焦点透视法；前者更适合对于气的感悟性表达，后者在塑形上更为见长。

赵振川画小品，用的是大笔，中途不换，由小处及大，从起笔就开始生发，一挥而就，毫不迟疑，笔下见情见性，高度概括。之所以能如此，皆因他是靠用笔来生发、来映带、来串通，他所要表现和所理解的笔墨关系，而不是孤立地看待笔的使用方法，简单地组合它们之间的多重关系。

他对笔的追求，最终可归宿到理趣情之上。出笔“杀”气腾腾，实则寓情寓理；雄强沉稳，又鲜活灵变。在笔的气质方面，更多的地呈现出内质化的力量感，好似太极高手，一招一式，静水深流，纯绵裹铁；平中显奇，平不类弱。

赵振川的用笔更注重笔的内在张力的表现。他的笔线，刚中有柔，柔中带刚，有一种筋丝劲，耐看耐品，不一味强调外显的刚硬，也不熟软，而是在钢与柔的对照中体现出用笔的力量感与分量感，达到了刚柔相济，能收能放，收放自如的程度。行笔的过程，屈曲回绕，拉动有姿，生气勃勃，通过笔势造成的运动感，体现出气贯通于整个绘画的流程。

在笔的指向上，赵振川强调变化，但不仅仅局限于形态方面，他更看重笔对于精神的指向。不为用笔而用笔：强调笔墨，是为了放达笔墨；运用笔墨，是为了在笔墨中获得更多自由；表现笔墨，是为了通过笔墨来不断破解自我。总之，他对笔墨的看待，始终都是开放的，既向外敞开着，也向内对着自己敞开，绝不让笔墨仅仅只停留在宣纸之上，而是让它们成为对于自然、对于自己的未知，永恒不息地探索。

赵振川的用笔，从不讨巧讨好。他的笔性涩苦又辣，所绘的小品，极少设色。淡墨用得也非常精彩。画陕北黄土高原的平坡窑洞，在有些画家看来，是出力不讨好的事情，他却毫不理会，从难处着手，画得拖泥带水，四面出风，不管别人喜欢不喜欢。关中原野春日当中黄土的虚酥劲，一般人是不屑于画的，在他手下，经过反复锤炼，显得有滋有味。在僻涩之笔中，能见到他的才情；细巧的地方，有他所使的力气。他的笔性与笔的味道，与陕南陕北、关中秦岭的气息，贴得很近。

到自然的山野中实地写生，从一开始就伴随着赵振川的国画创作。上世纪六十年代初，他有过八年农村生活的经历，加之他的父亲赵望云先生，又是以农村写生为开始，最终成为画史中开宗立派的大师。这一切都对赵振川的笔墨现实感的形成，产生了重要作用。他对自然中的山体山势，结构走向，沟壑峁梁，河汉水道的结构变化已经到了烂熟于胸的境地，并且能够自如随意地将它们挥洒于纸上。他画冬天的树，在精神上是收缩的，春天的树枝树干则是伸张的，这些自然物象的细微变化与差别，在他的画中都能够得到体现。学习中国画在案头，在传统；成化在自然，在造化。学习传统存在着入而能出的问题，同样，成化于自然生活，也有着能入能出的问题。在自然中写生，不在于将具体的物象搬到画当中，关键是要看能否将自然的变化与生机活力，转化成笔墨的生气、生机与活力，是否具有此方面的能力，决定着画家存在的高度和实力。

进到生活当中，要看最终带走的是什么。

一个画家在自己的创作过程中，必须解决自身绘画当下性的问题。他必须使自己的笔墨，寻找到一个与当代生活相交相汇相融的节点。甚至在他对传统的学习和对笔墨的锤炼中，就是为了有朝一日能够使自己的笔墨与自己、与自己所处的当下生活形成有机的关联，能在当下生活的背景中留下笔墨和生命的划痕。因此对生活的深入和了解，对其中生命状态的感知与思考，能否将这一切又在自己的笔墨中得以呈现，直接决定着一个画家存在的高度与绘画达到的高度。赵振川在这方面已经具有了强大的实力。

他的笔墨写意小品，是对“梦”和记忆的能量所承载的探索；是一种无动机的创作。通过创作来从规则中实现自我解放的场所便是笔墨。通过笔墨在躯体中的默示，要在绘画中完成对于自我的肯定。

任何梦境和对未来的幻想，都必须具有现实的维度。超越生活的东西，扎根于生活；梦境根植于平凡之中。赵振川的写意小品，正是在日常和平凡的片段当中，用最常见和最基本的物质条件，来担当对于梦和未知的直觉。他像他的父亲一样，从不画名山大川，仙山琼阁，从不画与劳动和生活无关的场景。他笔墨的写意性，不仅仅只源于对于传统的学习，还源于生活、写生和在现实中的行走。他的理想，是在宣纸上画出真山真水，画出有体温、有现实气息的对于山水的写意。

在他的小品背后，站立的是一个脱离了“超人”的主体。能够看出，他的立场和姿态，始终都是平民化和普通平凡的，并不自持甚高。这些小品画，就像一个普通人在现实中的梦想一样，有生活中的人间烟火，也可居可游；有人气，有人性中的悲悯情怀。如果深究其中的意味，也是于平淡天真处所达致的“云林”境界。有人气、生气，画才有灵魂，才有活力。

这批小品在画面位置的经营上，也别出心裁。无中有，有中无，是其构图之法的关键，与无为而无不为暗中契合。在有形无形间，呈现有形与无形的错位。由实带出虚，由虚返浑，进而达到愈实愈虚，愈虚愈实的整体效果。

化形写意追梦。可以看出：小品画的整体布局，是围绕着上述的主旨展开的，最终所出的效果，似乎并不是画出来的，给人的是一个自趣天成的结果。

画面的空间是开放的，能够引人入思。分布在画面格局当中的笔墨，对构图所产生的效应，也可以这样来理解：即无形象的笔墨承载等于零；仅仅只局限于塑形的笔墨，同样还等于零。出于画面营构的需要，笔墨再一次被调动了，将它们又从形塑的单一功能中解放出来；让它们与气的飞动流转直接接通，从而展现宇宙万物，天地变化背后，根源性的由气转生出的力量元素，也通过画幅，与中国哲思映射的物象背后非物理形态的抽象本源，形成了往返。国画小品，缺少与中国精神的映对，没有中国思想的底色，其写意性也就无从谈起。

在小品画中不可能营构出宏大的叙事，但是可以展现瞬间点位上情思的闪耀与勃发，可以展示梦的消逝与追寻，可以挣脱操作层面上的笔墨羁绊，形成对勃郁新生的东西与时刻的捕捉。赵振川在他的小品中，给出了上述的可能。

有人讲：当代中国山水画看陕西，陕西现在要看的是崔（振宽）和赵（振川）。单以赵振川的小品新作来说，或许他今后的空间会更大，路子走得会更远。

今日诗歌写作

理解程方的诗歌写作必须脱开我们所能见到的惯常路径——那种由诗到诗人的身份确认，隐含着不易察觉的微观权力效应和身份政治对个体独立性与差异的柔性残害。汉语诗歌写作至今还有少此方面的觉醒和问题意识，也辨认不清那些匿名的、沉默的诗歌写作个体，在漫长的暗夜中独立坚守抵抗的价值意义。一个完全陌生的名字对于诗歌和写作而言，本身就意味着非同寻常。它有可能使诗歌的阅读与交流欣赏，不再是以排行榜或名人堂之类的面目出现，不再从目的论的角度来分析诗歌变化的非连续性，不再让诗歌的主体在自我超验当中沉醉。

在一个人格和品质都可简单地化约成金钱利益的时代，诗歌写作是无用和无效的。为什么要写，也正是因为它的无用和无效。程方的诗歌写作正是基于上述的认识。今天秉持上述见解的独立诗歌写作个体不止程方一人。他们切断了一切与非诗的关联和指涉，只在个人的层面上，让诗歌写作与自己相互伴随。就像是一种纯粹无用的耗费，像是一种献祭和牺牲，以此行动来和自己信任的东西之间达成默契，建立一种交互的联系网络；抵抗生存虚无和价值虚空带来的个人境遇。诗歌在这一过程中只是另一种“礼品”，送出去不需要收回和回报。

程方和今天许多人的诗歌写作处在这样一个无形的行列里：他们置身于完全孤独的点位上，面对着不断飞来、又投射在自己日常生活中的各种仿真类像的碎片，承受着单一同质化的社会变化的强大压力，以诗歌写作作为个人抵抗危机与挑战的一种方式，作为观照自己、呵护自己的逃脱之路，并在此基础上探寻另一种新的个人精神生活方式的可能性。

包括程方在内的今天的诗歌写作者，说他们如果有目的的话，也只为他们自己，绝不将自己的写作纳入“官方”或“民间”以及“体制”内外这些由分类导致的统治当中。他们的写作在边缘散落的点位上，随时随地展开，又随时随地消亡，也代表着他们随时随地对于绝望的反抗。

不期待无孔不入的明星制所打造的光环有朝一日套在自己头上，更不以为诗人或作家的写作天然的就享有某种形式的写作特权。今天的写作者，更加彻底决绝，绝不再做资格与分类的囚徒。当一个写作者面对权威机制保持沉默，甘愿抹去自己的名字，成为一个匿名者；当他不再听命和屈从功利化的任何指令，所有的“审判”，都将拿他无可奈何。今日的诗歌写作正是由此而开始。我在程方的诗歌里，见到了这样的开端与精神指向；程方的诗歌里，有对自己不断地提示：要求在写作中永远不忘的是那个有可能潜在消失的自我个体。

诗歌写作的最终结果，既不乐观也不悲观。写作是和一切被摧毁之后的残迹碎片打交道，是关于无尽的绝望所展开的个人游戏。将终结之地作为开端，持续不断地更新这样的开端，重新经历这一个个的开端和终结。写作的意义就是上述过程的意义，是绝望本身的意义，是绝望中的希望。在解放与压迫之间没有担保。写作不可能一劳永逸地占据合法化与合理性的高地。

对于程方诗歌的阅读，倘若能够在以上的语境中去理解，对他的诗歌的认识判断，就不会只留于简单的好恶层面。通过写作之镜，程方照射的东西，也不仅仅只是我们所见的这些诗歌文本。我们将会看着他在其中的出现和消亡。

卷四

物的现实

在一个仿真类象已经替代了现实原则起支配作用的时代，我们能否将现实之物重新带回到物的现实当中。

爱屋及乌

书画装潢裱褙的技艺，属宋人最为精妙了。“宣和装”的讲究程度近乎完美，内府中秘藏的书画名迹，皆用皂鸾鹊木锦褫，白玉珊瑚为轴，天头用绫，前后隔水多用黄绢，尾纸也不含糊，连同画心本身形成整幅画不同的有机构成，领风气之先，令后人望而叹止。

宋裱一般天地色重，隔界浅，地头长天头略短，裱工已内化于书画整体构成之中，重细处把握，加之米芾、苏轼等大家都亲自装裱，使艺术性和保护性皆得以呈现。今人也有沿袭宋式的。曾见过西安一位裱匠的手艺，虽无珊瑚轴，织成带，金题玉躞等装护，但宋式裱法的尺寸，格制，怎么看都觉得周正舒服。

三分书画七分裱。一幅书画的气韵、气态和气势，行笔过程起承转合的变化，用笔的皴、擦、点、染，墨色的干湿浓淡，笔本身的枯散饱满，笔锋的转换，水和色彩的韵致与意味，以及画面的层次、远近和明暗关系，需要裱工有慧眼，才能使之尽显，丝毫无损，达到锦上添花，珠联璧合。

俗手恶工之作，不仅毁书画于无奈，常令人有割腕断臂之痛。我见过一幅名家的墨宝遭此厄运，画幅天地留白处被截去了不说，画心四周罪上加罪镶上了墨条边，整体画面框死，没有透气处，怎么看都不合适，妙逸精道，荡然无存。

古人做事是极认真用心的，于宣纸之上费去了许多精力。为了让承载于纸上的心力与劳作留下的精神温度持续长久，在使宣纸裱褙前，先要用黄柏泡成的汁，浸润淋湿，尽量能使其长久保存。

近读明代的《长物志》、《装潢志》、《赏延素心录》，觉得明人在制物装潢上的讲究劲了得，丝毫不逊于宋人。文震享、周嘉胄这些明代的文人，内心是极其强大的。书画裱褙中的制糊用糊，安轴上杆覆背揭洗等看似具体简单的事情，对他们而言，却非常重要。倾心于过程和细节的充实与饱满，已经不去担心因关照的是俗事枝节而被别人忘掉。手抚摸过宣纸，留下的是体温和对制物本身的尊敬与信任。于心的安妥，置放在淡定朴白的过程之中，就是一种高蹈的人生况味。

我对明代一直怀有特殊的情感，不是因为它曾经凄楚哀婉，而是觉得它并不遥远。从遗存的典册所载的图录里，我感到明朝还活着，起码在具体物品之上所费的心力和讲究的程度，让人觉得故人的体温依然在纸灰上保存着。

我见过今人在装裱上轴头时使乳胶灌矾汁。我自己所藏的画轴，也有轴头脱落掉的情形。周嘉胄在《装潢志》上说：安轴用粳米粽子加少石灰，锤粘如胶，以之安轴，永不脱落。这些知识我从前都不知道。对我而言，它们不仅有用，而且有趣，又有一种周正的味道。

近些年，我常去西安中北古玩城。我没有更多的余钱淘喜欢的东西，走走看看，心里也很满足。对古旧书画的喜爱，让我隐约感到过去历史中的个别人生的味道，给我提供了重温它们的经历。

爱屋及乌。

关于书画收藏，董其昌在《筠轩清閟录》里讲：

凡法书名画，古帖古琴，至梅月、八月，先将收入窄小匣中锁闭。其匣以杉板为之，内勿油漆、糊纸，可免湿霉。以纸四周餬口，勿令通气，庶不至霉白。过此二侯，宜置卧室，使近人气；置高阁，远裨地气乃佳。

又书画帖，平时十余日一展玩。微见风日，不至久卷作霉。琴则盛以锦囊，挂板壁透气处，勿近墙壁风露日色。收藏之法，过人远矣。

展玩书画有五不可，谓：灯下，雨天，酒后，俗子，妇人也。

董其昌是大画家，心性、心格和心力都没说的。他讲得好。妇人不可，就不必了吧。

明月降临

明朝是在冬季的安详和静谧中开始的。汉学家卜正民对明朝的兴趣和视角，源于晚明歙县的县令张涛。在277年里，一个王朝的兴衰，被同时植入在了冬天里。

在《纵乐的困惑》里，卜正民对从17世纪向14世纪这段漫长的历史之路的回溯，是按冬春夏秋的顺序行进的，明朝迷人和易变的世界，被镶嵌在了四季一样清晰分明的概念和编年框架上了。这是历史，也是社会变化富有情趣、生动活泼的诗意，“大西洋的潮汐被中国的月亮牵引着。”

明王朝在冬天的诞生里，第一个迎来的是猴年的春节。之所以要循着四季的轮回，来描述明王朝的历史，又偏偏选择从冬天开始，似乎有些一厢情愿。相对于明王朝建立之前的纷乱，冬天对于一个坐在皇位上的贫穷的孤儿来讲，也许具有更深刻的涵义。

另一个原因是因为张涛的个人好恶。卜正民从《歙县志》中得知，张涛肯定不喜欢春天，他选择冬季作为明朝前期安居的乡村生活的象征，代表着对秩序和梦想的渴求。

相对于其他王朝，明更适合于回忆，或以梦游的方式潜入。秦过于遥远和冷酷无情，汉略显威严，唐则近乎于辉煌灿烂，只可感叹，不宜在静谧的状态里慢慢进享。明朝的内敛和充沛，赋予了与其相伴的游思一种深切的惬意。

据卜正民讲，洪武的目标就是要使国家保持静止不变。静止需要相对封闭稳定的空间。朱元璋想像中的20华里是所有人活动的最远距离，是一个适合过日子的场域，因为这是短途货运人员可以在一天内往返市场一个来回的最远路途，西安现存在的明城的建制大约与之相吻合。静态的景象，易于导致心境的婉约与清凉。

明朝也是一个内心重视数据的朝代，在它的不算宏阔的气质和想像中，对器物充满着精细密致的规要和描述。细节、过程被简约成了单纯的数据，对于几榻这种日用的器物，座高一尺二寸，屏高一尺三寸，长七尺有奇，横三尺五寸，大约是最为合乎时宜了。

造物之观，从另一个侧面反映出了对心格的追随和表达。对数的注视，舍却了一切的不必要，呈现出了淡然的意味。相对于“心格”与“成物”之道，便是它们都各自淡然地退尽了其本质之外的虚饰。

明朝的简洁、宁静、清秀、自然的心性，距离今天一点也不遥远。这个朝代在室庐、花木、水石、禽鸟、书画、几榻、器具、衣饰、舟车、位置、蔬果、香茗等方面留下的“本土”知识，也不见得比历史上的其他王朝少。那时候，明朝在细处上向世界展示的是东方的方式与别样的思考。细致入微，又天然淡然，是那个时代的高尚趣味。于物中超物，于意中归于无意，无巧无俗，本真天性。明朝的智慧，使那时候留下来的东西，更接近自然。

我们没有办法将历史一一真实地还原，就像我们不可能回到明朝一样。但历史同时又向我们展开无数进入它的路径。每一个朝代都有各自的叙述和佚事、动感和细节、情态和凶吉，明代同样也有忙着从事各自营生以适应日益增长的金钱关系的瓦匠、商人、官员、妓女、织工、书商和土匪所组成的人物图谱与生活景象。

然而，晚明的天空要略微显得伤感和婉凉一些。士绅阶层除了对王朝忠诚之外，对瞬息即逝的婚姻和姬妾制度之外的浪漫爱情，也留恋追怀。柳寔作为晚明最有名的艺妓曾经是陈子龙的情人，在盛泽镇的一家青楼以侍女杨爱的身份出道，将娼妓与异性纯粹的性商业关系重塑成了一种文化关系。经由一位致仕的首辅纳她为妾之后，柳寔才有了诗词歌赋琴棋书画方面的点拨。她后来还与知名的钱谦益结成红粉知己。卜正民讲，艺妓让个别的女子获得了个人走近文学、自由、性和知识生活的机会，并没有显现出多数妇女被开放的丝毫迹象。明朝对于女子的宽容程度，在气局方面略显狭促了些，没有给出众多妇女其他的出路，也只让妓女出身的柳寔，既名重青史，又昙花一现。

除了柳寔之外，明朝让另一个著名的女士，在对道德丑行界限的移位中，变得默默无闻。据张岱的讲述，“帘子胡同”（即男性妓院）的姣童，使位于杭州西湖城隍庙附近的这当子生意兴隆。乔装成男客的那位无名女士，在花钱买下一个男童之后，对颠倒的性恋秩序，重新进行了颠倒，于天亮之前，消失得无影无踪。

晚明社会，一度让人感到像是在哀伤中纵乐，在排遣中困惑。明月在王朝的上空低回。窗镜前已经变得空无一人一物了。

明朝极易让人抬头联想到所见的明月，尤其是在西安由它的砖墙围成的城楼旁边。明城与明月，如果不是在虚拟实境，便是现实在拟写已经虚幻的历史。明月意味着一种冷抒情，它重复出现，像历史本身一样，包含着重复的差异和差异的重复。

按照余象斗《万用正宗》中关于“天文祥异”的说法，月圆月缺，也预兆着灾祸发生的规律。同样的月食，在12月份的第五天出现谷物就会涨价，发生在10月则表示生意兴隆。如果望月的金蟾在月底出现，呈上跃姿态，就表示着要出现人吃人的惨状。对历史的解读，可以仁者见仁，智者见智，其结果却不尽相同，还是不要出现吃人这样的人间惨状为好。

让明月降临。

水声食味

南北菜系，排到四大、八大之后，始见秦菜，是件无奈的事情。北方的珍馐玉馔，是以齐鲁为代表的，秦地则退而取其次，处在边缘，属可有可无类。著名的老饕朱家溍、赵珩诸先生，谈及美食，字里行间对京华名楼里的鲁菜，总是情有独钟，津津乐道，说起长安的佳肴，也只是顺道提及能记住的稠酒、泡馍之类的小吃，不可入室登堂。

多年前去丽江，看宣科组筹的纳西古乐，也有同感，其中一曲《山坡羊》，调子缓慢得不可理喻，却是正宗的唐长安古调，被堂皇地植入了异地，也让人心里不是滋味。

三秦之地“邪”，凡事不可声张，只能意会。30年前，“张三梆梆肉”在西安还响名当当，老铺位于南院门以西甜水井巷的十字路北，每日售量有限，用墨釉的大老瓷坛盛着，是一味佐酒的美餐。“梆梆肉”就是猪大肠，我小时候食张三家的这款名菜，除了炭火熏炙的余味外，不觉有特异，倒是以中药与猪肠煎煨的“葫芦头”，在长安历久不衰。张家的“梆梆肉”如今已鲜有人知了。

秦菜实在不敢拿出来与人夸耀。西安饭庄的“葫芦鸡”、“驼蹄羹”，虽馨香脆美，清新细腻，在讲究的满汉全席面前，就显得势单力薄。近年，长安的庖厨业不断推出“汉宫遗味”、“盛唐御膳”，想法倒不错，但多流俗成了“耳餐”、“目宴”，终靠不上食中性味的大谱。推陈出新，有时也不免削足适履，在菜名的学问与刀砧外形的精致上，功夫和心思用足了，丢了“适口者珍”、“食无定味”的真经，也是常有的事儿。

在长安，我曾尝过按出土的一千多年前青铜器置盛的玄酒秘方酿制的“老酒”，虽价格不菲，又占着渊源上的优势，也无法品出古往的滋味。

长安的饮食，在大处上虽着不上边际，也确有独异的构成和辉耀。历史上曾有皇帝喜好“胡食”，一时间京师贵戚穿胡服，用胡式器具，吃胡人饮食，便蔚然成风。

按照袁枚的观点，像“羌煮貊炙”这种胡食美味，今人怕是不可以照单拿下。食中别味，随时移事异，不可强求，妙无可言。据说“羊肉泡”，也是胡饭，得益于秦地盛产的牛肉和丝路上传过来的“胡饼”之间的妙应。仅这一点细碎的事，足见长安食文化的不凡。

味蕾中的学问至大精深。老子说“治大国若烹小鲜”。袁枚甚至在《随园食单》的起首，便讲到了“先知后行”的食之精要。于厨技烹艺的细处，见治国安邦，修身为学的大理，是一种大透脱。智慧之人，深谙“会通”之术，事无大小，理非长短，无碍才得入“空”境，且不乏活脱。如此看来，“君子远庖厨”，视脍刀之法为小技者的见识，就有些狭促了。

食风的奢靡，早已司空见惯，但食中的真味清气，不会因此增减多少。上世纪60、70年代，长安城人家的厨事中馈，已简单得可怜，人们囫囵着吃饭，在有限的供应中，70%的主食均为红薯，玉米等杂粮。

我的胃肠不好，源于那时候吃了过量的红薯，现在见了胃仍会发酸。粗玉米粥，却不曾厌烦过，每每喝来，浑身经络似乎都觉着通透，辅以自家腌制的“雪里蕻”，调足辣椒，吃起来，自有食味别声的意韵，倒不觉着日子的苦焦和艰难。

我们家人丁足，熬粗玉米粥通常用老大的一口铁锅，由我二姐前一夜用清水洗净再浸上，第二天早上去学校前放在炉灶上，以封着的文火煨着。学校离我家极近，课间操时，我二姐跑回来，将炉门打开一道细缝，往锅里放一勺碱，搅匀，等到放学，正好开锅，再敞开炉门，让武火猛滚一阵，出来的粥，见汤见米，甚是好喝，有十足的清气和正味，只是现在没有这样的口福了。

长安城中人是不懂得食鱼的，只是到了上世纪70年代末期，店铺里有了青岛冻带鱼，人们才知道了鱼的味美，而在此之前，沟汉河道中的虾蟹鱼龟，都成了客居的南方人的盘中餐。我的一位同学，上海人，父亲是“东亚饭店”的炉头。他家人食螃蟹的方法，极其细致讲究，有一整套的专用器具，钩、叉、刀、勺，都是极细的铜制品，串在钥匙链上以备用。还有一种特制的小锤、小钳，不轻易示人，只在食蟹钳和蟹腿时，才拿出来，用后又放在一只木盒子里。剩余的蟹壳，也不弃掉，而是用蒲叶包着，另有他用。

我是个急性子人，参加工作后去江浙出过一趟差，正值菊黄蟹肥时，主人曾招待我食过一次大闸蟹。有小时候见识过的经历，我尽量将吃蟹的过程拖长些，细致认真。然而，我却不及南方人有耐性，无法将蟹吃得干净，还弄得满嘴鲜血直流，只好捂住，早早离开。

赤油重酱，珍禽玉食，在今人的眼中是好东西，食中之水似乎是不足挂齿的，又无色无味。偶翻古人所述的食单、食谱、小养，对水在食物中的特殊功用，不仅重视，而且极其讲究。人可以一日无谷，不可以一日无水。在此类论及饮食的文字里，水论独成一章，并置于起首。

雨水性甘凉，可以滋养人体生理上属阳中之阴的部分，量轻味淡，烹茶可除胸肺之热，熬粥也不会稠。元明时期的贾铭先生，活过了百岁，朱元璋曾向他询问颐养和长寿之道，他讲过：立春这天的雨水性有春昇始生之气，妇人饮了，易得孕。入梅的雨水有毒，喝了会生病，用来做酱，易熟，忌讳做酒做醋，用来擦洗衣服，可使霉斑脱掉。立冬后10天被称为入液，到小雪时就是出液。这期间的雨水被称作“液雨水”，百虫喝了会藏匿起来，适宜作杀虫药饵。腊月的雪水不易变质，用它浸泡五谷不生虫蛀，洒在宴席桌上，苍蝇就自动不会来叮爬。屋漏水有毒，误食会生肿块。冰雹水味咸性冷，若酱味不正，放几滴能恢复原味。水的气味，随着一年的节气变化而改变，这是天地气候互相感应而形成的。寒露、冬至、小寒、大寒四个节气这一天的水，适宜浸造滋补身体的丹药、丸药及药酒。

清代的王士雄先生，对露水有精深的研究，在《随息居饮食谱》中写道：水稻头上的露水能养胃生津；菖蒲叶上的露水可清心明目；韭叶之露，凉血止噎；荷露，消暑怡神；菊露，养血息风。

水是饮食的基本构成。水好食才有味。没有水在味蕾里的运化作用，再珍贵的食料，再聪明的庖厨，也无法烹制出真味。水还是食中的元素。元素便意味着不可或缺。

今年初秋，我进秦岭，在南麓的广货街上的一家馆子里吃饭，其中的油煎小河虾，翠亮如玉，味道鲜美，不可言喻，做法又极其简单，只在过油后，调些许椒盐。循着山涧的泉溪，但见这家馆子的屋后，溪水清可见底，鱼虾自在游翔，让我品尝感受了食味中的水声。想必世间真味，便与这山溪的水声有关了吗。

南山树

我先前对南山里的树印象模糊，但南山却一直在记忆之中留存着。西安城若是没有了南山作为依靠，怕是就没有了历史的辉煌和今天的兴盛。我小时候常见到身背山柴的樵夫在街巷里游走，觉得城里人的生活离不开南山的供养：炭市街上的山货，木头市里的板材，还有冬天里火盆中的炭木，也都是取自南山。

西安人把秦岭经过西安地段的一脉山峦叫作南山。我想不出其中的道理，就像是把羊称作羊，而不叫成别的一样，或许不在意其中有多少理由。

我见过的第一座山也是南山。我懂得了向远处眺望以后，南山就成了我心的对应物。坐在南城墙头望着山在云层之中蜿蜒的走势，我心里觉察到了舒坦和朗净。

南山在我幼小心灵里的反射，也许就成为了我在世间受到的最初的启蒙教育。我觉察到了我身体的感触随着对山的仰望而曲张着。我的想往也是由此所产生的。南山好像是我心和视野里的界限，山那面的东西，我无法看见，就像是远方，还带给我了忧郁。我曾经想过在这个世界上领受过的让我受用的东西，我最先想到的是南山，而不是接受的学校教育。南山还让我感到了一年当中有不同的四季。

入冬上霜之后，板栗、核桃、火晶柿子应市，西安城果摊上的生意，一点也不显得淡凉。南院门五味街上的松子店反倒更热闹，清炒的松子，新鲜的气息，淡朴的味道，趁着温热的劲食之，简直美不可言。

要是我母亲还在世，她会用我家的黑釉瓷罐早早围拢一窝面蛋柿子，在柿子中心放一只苹果，用木盖封好，只待苹果的香味溢满我家，柿子便熟透了，像晶亮的琥珀。食火晶柿子，则要等游街串巷的果贩上门，再说我母亲也不懂得经管火晶柿子的手艺。

我在明善哥的桌案上看见过一块写字用的老墨，据说是用南山的松炭制成的，瓷实板结，没有味道。西安城里早先有一家墨汁厂，“文革”时写大字报，全用的是这家厂子产的墨汁，有一种特别的香气，是不是添加了南山的松炭，就不得而知了。

小时候随父亲去赵望云先生家，见过赵先生画画，画的是宁西林场的松林，用淡墨起稿，层层积染，末了用火柴棍蘸焦墨画人物或动物点景。那时候我还从未进过南山，赵先生画的松林、小鹿，却带给了我对于南山的许多向往。后来与赵振川多次去南山，每每经过宁西林场，他都要说他父亲当年画的那片老松林已经不见了。

西安街道旁成气候的树是法国梧桐和德国槐。交大门口的路上、小寨西路、友谊路，要是没有那些茂密的梧桐，夏天不知道会成什么样子。法国梧桐在春天里生一种绒毛，被风吹落在后背上非常烦人；德国槐夏天极易惹出叫作“吊死鬼”的长绵虫，园林工得早早开上汽车，在有德国槐的路上一遍一遍给树喷药。尽管我对植物的了解非常浅显，但我敢断定，上述两种树肯定与南山无缘。

我们家最早住的院子，前院后院栽着不同的树，有椿树、槐树（中国槐）、海棠、蔷薇、梨树、桐树，每一棵大约有百年，同那座院子的时间一样长，树荫将院子覆盖得严严实实，非常幽静宜人。我父亲爱在院子的树荫下乘凉。我最怕的是椿树在冬天交替时被西北风吹响的声音，像虎啸。我小时候常被椿树在风中的吼声弄醒，没法入睡。

春天里将南山的树苗移栽到自家的房前屋后是生活里的一项重要的事情。有了树就有了生活的气象。我弄不清楚这其中的原由，心里只是这么认为着，也喜欢见到树，在大树底下玩耍。我大哥有一年拿回来了一棵香椿树，种在我家门前，第二年生出的嫩芽就可炒着鸡蛋吃，味道极好。树一年年变粗长高，生得香椿多了，我母亲便拿去与邻居们分享。我长到一米的时候，用刀子在树身上划过一道印痕，想同那棵椿树比划着谁长得更快更高，后来我家搬出了那个地方，就再也没有比试的机会了。

自小生长在西安的人，不会觉得这座城市有什么地方特殊，关于这座城市的历史与文化，都是后来才知道的。我曾经想过，有十三个朝代在西安建都，除了其他的原因之外，南山的树和石材，也是一个朝代的兴起所必须的。唐朝的叛将朱温一把火烧了长安城，历时三个多月，后来唐昭宗移都洛阳，重建一个新都城，所用的材料都是经渭河转运到洛阳的。这其中缺不了南山的树。我原先在脑子里是极易将南山树忽略掉的，现在回溯我们这座城市的历史，我已不再这样了。没有南山树，怕是也就没了古代的长安或今天的西安。

我多年前开始进南山，走得最远的一次是从丰峪口到陕南的西乡县，沿途要过分水岭、月河梁、平河梁。我还去过牛脊梁和黄花岭，但都没有特别留意过所见的树木，只是在四月天里过平河梁时，遇上大雪，才看到了杉树林在漫天飞雪中的壮观景象，而这些杉树林早已在山中存活了不知多少年。

白杨在西安城是极易看见的树。今年初冬我从太平峪进南山，见到了青杨：叶瓣小，有着繁茂的树冠，但不像白杨那样挺拔，那样高。

南山中的榔榆也是我第一次所见，还有陕西槭树、紫荆，遍布太平峪之中。我想应该记住这些树了，它们本来早已是我生活的一部分，只是因为自己的粗疏，忘掉了与它们之间的关系。

我听说过南山里还有一种树，生得低矮，见人走近，便卷曲上叶子，无人时又将叶片张开。我没有见过这种树，也不知道它的名字。对我来讲，这也是一种遗憾。

青龙寺的樱花

青龙寺大约是在上世纪八十年代末移栽的樱花，确切的时间我也无法说清楚，只是到了九十年代中期，每到阳历四月的天气，西安地方上便有了去青龙寺赏樱花的习惯。

我去看青龙寺的樱花，时间还要稍晚，随几位朋友同往，印象已不甚清晰，之后的若干年里，只是在报上见到过青龙寺樱花盛开的消息，再也没有机会前去。

近些年，西安在春天里观花的地方多了：太平峪里有紫荆，木王山上有杜鹃；我的几位同事去年还到汉阴看过油菜花。做自己高兴做的事情，见喜欢见的人，在我看来就是人生的幸福。

想起青龙寺里的樱花，其实与青龙寺本身无关。青龙寺早就在长安废旧的历史中毁灭了。前些年出于恢复古迹遗址的考虑，才在废墟上得以重建；我常常毫无理由地想起一些事情来，都与这些事物没有了干系。青龙寺的樱花，也与樱花无关，更同日本牵涉不上。我只是在空寂中，想到了另一种空寂。它们或许匿藏在青龙寺的樱花里，或许也潜隐在别的事物里。我无法说清楚，只是隐隐地有了感觉。

我对事物的看待，尽量只想能简单些，简单些，对于更为长久的设想，也不抱着期许。青龙寺里的樱花，每年都要开，我知道在这个时节上，驻留着一个对于我的提示：便是青龙寺樱花儿开了的消息。

我有时候会沉浸在由此而形成的片刻安宁之中。这一刻也会因为我的停顿和投入而变得漫长。我感到了我的身体将时间牢牢地凝固在它的范围之中，而我可以在其中漫步，向左向右，朝前朝后。时间却并不流动。我不知道神示谕人间是什么情形。有时候在自己的空寂里留足停顿，与无法看见的东西接通，感到一些陌生的事物正从我的身体里经过，却没有留下片言只语。

并不是世间的一切都可以被说。青龙寺的樱花在我看来，便属于不可之说。我对植物的理解浅之又浅，对于人事，更是如此；在宗教信仰方面，也像中国的多数人一样，几近空白。更进一步详细叙说青龙寺的樱花在我是极困难的事情。我有时候是将它当作我个人时间的一种刻度，由此，在没有起始和终点的时光之流中，会拿它作为区分的界标。这样我就会有许多时间的节点，包括我出生的日期和母亲去世的年代。时间不再是无始无终的存在。它镂刻于我的生命之中，成为另一种可以被重新打量的东西，成为像我这样的普通人，用来记写生命的东西。

我喜欢那些被时间和日常的表象淹没的事物。它们被潜藏在一些事物的背后，就像河流中的鱼类和被其他植物所遮蔽的植物。人们看不见它们的存在，但它们实际依然存在着。青龙寺的樱花便是我的时间之网上的一个纽节，由此，我有了属于自己的情感定向。

在我看来，时间永远是向后倒退的，就像燃烧的引线，被火焰所耗费，不断在缩短。在生命中，看似时间在引领我们朝前，实则是我们在不停地后退。生命的引线不断地被时间剪短。

重要的是青龙寺的樱花在与我相遇时形成了重合。它是我的记忆与时间连结的交叉点。时间之火此后不再能将它泯灭。它只属于我，产生了相对于我的特殊意义。这意义也只意味着它将永不会被别的什么夺取。

我在1986年后回到西安，就一直没有离开过。在西安每年的四月天里，青龙寺里盛开的樱花也像是我身体的节律。它参与到我身体的反应之中，调节我心的动静。我身体反射青龙寺樱花开放的直接表现，便是为它写下了一些文字。我不知道在西安之外的地方，青龙寺的樱花是否还会与我有如此的靠近，但我没想过为此要去别的地方一趟。

在我的经历中，曾经因为某些事物，而对将来充满期待。青龙寺的樱花却没有让我有过类似的感受。它一年一年地开放，已经成为我生活范围里的日常。我不会对它好奇或感到陌生。它既不虚无也不实在；绝不从盛装自己的容器里溢出。

日常才是像我这样的普通人可以依靠的东西。青龙寺里的樱花，在我也只是花。我既不愿将它放大或缩小，也不会把它当成花之外的东西。我自己有幸与它相遇，但绝不愿在它之上附加任何我个人自以为是的东西。

文字写作在我个人看来并不能带来其之外的任何东西。奢望写作的永恒，只会对写作本身造成伤害。我自己也只是因为偶然的原因，才与青龙寺的樱花相遇，随后就有对它的述写。这么多年过去之后，青龙寺的樱花于我，更像是一个来敲门的老友，彼此无需交流，仅仅从气味脚步便可知道它的一切。与人与物的相处，需要更为牢固的联系，就像时间的节律，不可更改。我与青龙寺樱花的关系，只存在于我们之间，如果有秘密，也只是单向性的。人的当前是整个靠记忆保留下来的“过去”的积累。如果记忆消失了，遗忘了，所有的一切就会中断。当青龙寺的樱花借助语词进入到别人的视野，已经同我没有太大的干系了。

许多年来，我试着将自己在生活里的个人感受用文字记录下来。有了这样的习惯和爱好之后，我同时也拥有了另一种生活，即文字生活。它同我个人在现实中经历的生活并行，又相互参与、加入和影响。这些在我看来仅仅只是一种爱好，与其他人的其他爱好绝无二致。选择文字写作与自己的生命经历相伴，对我也无任何神圣性可言，这在本质上同老鼠走迷宫是一样的，所不同的是语言文字还是另一种象征系统的游戏。

现在，对于青龙寺的樱花，我可以拥有两种不同的经历：一个在现实中，另一个在文字里。通过两条道路，我可以看见青龙寺的樱花，用两种方式与它接近。这些也是我有了文字生活之后，所感到过的真实的快乐。

青龙寺的樱花在文字里对于不同的人也许会有不同的意义。在文字里与一个地方或人物亲近，情况也会完全不同。在文字里随时都可能发生的事情，现实未必真的就会有这样的可能。我尽量使青龙寺的樱花在我文字的展现中，永远只是一次次的过程，成为我心手之间的响应。从自己的身体开始，保持并信任身体反映固有的本能，其实也是作为一个人格独立的个体讲话所必须具备的品行。舍此在文字里还原真实的任何努力，终将会成为泡影。

写作可以接近存在于时空的某个点，但永远无法重现和还原存在的某个瞬间。语言系统的抽象特征，预设了语言存在所具有的无差别的种种可能。我们可以通过语言创造美的经验，但绝对无法应验，在语言中为现实许下的在场诺言。语言抽空存在的差异，让与它触摸的东西顷刻烟消云散。

关于青龙寺的樱花，究竟什么才是它尽头的东西。带着双倍的疑问，可以肯定的是：我自己随着樱花的开放，在一年一年地老去。

1975年的琴声

一

琴声响起，露出败损的城砖和青草，撞开黑漆的大门，摇落满树的枯枝败叶。我的灵魂在琴声里只剩下残垣断壁，长安日出日落，我的身体内也早已满是落叶。琴声源自我的身体，像血液四溢流布，与我的举手投足息息相关。在琴声里，我看见早已逝去的母亲，她正在地上弯曲着身子洗一大木盆的衣服。我狼狈的样子、落魄的样子、轻飘飘自己在混自己的样子，她全都看得清清楚楚。而她脸上丝毫没有责备的表情，只是赶忙直起身子，在灶台上为我收拾吃的东西。

我是一个内心有愧的人。面对母亲的辛苦、想法和期待，我仍然不能像她希望的那样做人，只是随心所欲地甘愿下沉，在大街上飘。琴声让我时常想到自己虚度的光阴，让我在梦一样的生活里幡然苏醒。

这是贾克的琴声。他骄傲地站立在西安的城墙头上，整个天空都是他的背景，夕阳为他伸展着幕布。琴声戛然而止。琴声再次响起。若有若无，断断续续。马路两旁的枫树在初冬的寒霜里愈益色浓红重。

二

我时常想起邻居贾克。我闭上眼睛也能看见他骑在一辆只有轮子和梁架的小坤车上，左手搭着车把，右手插在裤兜里，腋下夹着一只黑色的小提琴盒子。他像风一样，从我脸前掠过，白色的拉毛围巾微微从他脖颈上垂下来，在他胸前和背后来回晃动着；黑呢短大衣的一角，被风吹得已经敞开，从背后看过去，像是在对正在马路两旁观看他的街坊邻居招呼再见。这时候，我正担着比我身体还要沉重的两只水桶朝家走。贾克在靠近我的地方，放慢了车速，把一只手抽出来，指尖在半空中上下跳动着，装出一副专心致志、谁也没瞧见的样子。

那年月，他比我们谁都玩得好。年纪虽小，已经像一根老油条了。什么都懂，什么都会。1975年的贾克正如鱼得水。

他扎的是另一种势，这会令他所有的邻居，看上去都像是土气的农民。他把一种高贵的情调，傲慢的态度，优雅的举止带到了我们那条巷子。想像着被他夹在胳肢窝下的盒子里放置的东西，经由他手指的播弄，会幻化出极其美妙动人的声音，我的自我感觉除了惭愧，再就是清醒不过的觉着自己还像个罪犯。贾克让我明白，拳头不光是用来打架的。它伸张开来，可以弹奏出琴声和乐曲。知晓了这些道理，我已经虚度完了自己的少年时光。我明白，自己还没有成人已经残废了。是贾克随身携带的盒子里暗藏的东西，击中了我，毁了我，让我在1975年像一个罪犯一样活着。

贾克是1975年初冬我们那条巷子里的风景。他仰头，谁也不睬，从街坊邻居中间穿过，风一样轻松自由地飘到城外陕西歌舞团大院练琴。他经过之后，遮天蔽日的枫叶才哗哗啦啦落下。

我认得贾克夹在腋下的东西，我在电影《红色娘子军》里，听见过它发出的声音，与我在大街上听到的破锣烂鼓声完全不同。它婉约清幽，像落在舌尖上的薄雪；凄迷朦胧，如贴在眼睫上的雾霜，而在此之前，巷子里与我一般大的孩子，只知道胳肢窝下能藏一块用来打架的城砖。

1975年的贾克是胜利者，黑色的盒子是最好的证明。尽管我没有听见过他的琴声，这又有何妨。这当中我能看见的是自己的失败。我什么都不会，什么都没有，只剩下左手和右手。贾克至少手中还握着东西，他从我们的巷子里十分招摇地经过，那神情和姿态，就像是去投奔真理、理想和光明。我们巷子的马路像是为他而铺设的。对他而言，脚踩的马路是征途，在我看来已成了归路。

我已经不再逃学，不打架，不抽烟，不上城墙，不到城河里游泳，不去环城林的苹果园偷果子，我甚至开始学贾克走路的姿势，有时也像他一样看见别人，假装没瞧见，目空一切地走着，右手的五个指头，不断在空里上下活动着，像是正在摆弄什么东西。但我仍然有除去不掉的罪恶感，觉得自己还是像个罪犯，这全是因为我有个叫贾克的邻居，还差不多与我一般大小。他太纯粹，太完美，会弹琴，从不打架，不同巷子里的人们厮混，脑子里没有坏想法。街坊邻里都说他像电影《青春之歌》里的“五四”青年。

三

从我跨进中学校大门的那天起，我的意识和身体里已经开始出现了一种萌动的东西。它们随着血液在我全身流动着。有时，我感到我身体里暗藏着一头脱缰的野马，总有一天会失去控制，踏碎我的肉身。这种感受如此深刻，又无法看清，不能言喻。这是残雪对花蕊的摧折。是挫败。是另一种对心灵的深刻伤害。是宿命，就像我的胎记，挥之不去。我曾经不止一次梦见，贾克的琴声在我少年时代的天空下低徊，从此，我便过上了狼狈不堪的日子。

让我危机四伏、心绪不安的另一个原因是贾克要去练琴的地方——陕歌大院。那是唯一叫我神往的地方。想像着那里头尽是漂亮的女人，我会变得出奇的安静、恭顺和友善。最终将我不断击倒、打败的不单单是贾克的琴声，还包括让我感到自卑的陕歌大院和里边的男男女女。确切地讲，是贾克和他拉琴的地方，泯灭了我对自己的信任，叫我觉得自己不成样子，老是跟自己过不去。我再清楚不过那地方了。有几次我逮蛐蛐溜进那里，扒在有暖气的玻璃窗上，偷看那里的人练功。他们有的能在地上打旋，还能在腾空而起的同时，在半空中打开两腿双臂，或身体的全部，最后，弯曲成弓的形状，才慢慢落地。在我看来，陕歌大院距离我们巷子里的生活太远。那里的人们多数都活在当时的电影里：女的大多皮肤白嫩，身材苗条，要么像柯湘，要么像吴琼华，差一点的也像李铁梅；男的怎么看都像党代表洪常青。陕歌大院把电影里的英雄偶像活化成了现实生活，摆在了我的跟前。而贾克就在那里进进出出，大摇大摆，还在他们中间自豪而又骄傲地拉琴，同他们说长道短，甚至称兄道弟。我的生活就此开始，任人摆布。

我常常坐在城墙上，一个人苦思冥想，凝视着天空飞来飞去的鸽子，不愿把眼光移开。鸽子多么自由，多么慈祥，它们在空中划过的哨声，就像我脑海里时常出现过的贾克的琴音。洁白的鸽子就像陕歌大院的女人。在那里，与她们一同行走，便可以直接到天堂。

四

1975年对我个人而言是一道坎，是我人生的转折。我已经进了中学，也感到生活与从前已大不一样。我的年龄和家境不容我自流放任：母亲比以前显得更加衰老，而我一天一天在长高。在街上闲逛的日子就此打住了，内心里有贾克的琴声暗示，我开始为自己今后的人生谋划和打算。这时候，整个国家也大致上开始如梦方醒，街头上明显少了不良青年的影子。折腾了大约10年，人们大概已经疲惫，没有了大的“运动”场面，没有了武斗和游行，一时间，西安反倒有些清冷。

我每天横穿过南大街，到书院门的五中去上学，晚上回到家里，也不再出门，读读书，温习温习自己的功课。我母亲眉头的愁云也少了许多。这当中，家里有门路的人都因这样或那样的原因当了小兵，为自己的将来打通了道路。有两次空军来我们校招人，我都在第一关目测的时候就被刷掉了，理由是我脑门上的刀疤，会在升空后崩裂、血流满面。

打消了当兵的念头，我只能像大多数同学一样待在学校里学习。又有一些同学顶替了父母的工作，离开了学校，反倒让我觉得学习更安生了。在学校的操场和厕所里，我碰到过贾克，手中拿着几本大书，与我匆匆照面就过去了。我心里想，贾克按理不应呆在学校，照他的身手，此刻应当在某个部队的文工团里拉琴，最差也该进陕歌乐团，那儿才是他的地盘。

五

从小学到中学，我上过的课程都没有正规的课本，有些门功课，都学期过了大半，也没有见到教材的影儿。我得承认，在学习上我的第一口奶没有吃好，根子不正，路子不对。虽然学校的风气较之从前有了改善，但怎么学，学什么仍是个问题。明面上看着同学们都一天两趟，一日三餐地上学和吃饭，私底下却在传看着各类手抄本的小说。我平生从头至尾读完的第一本小说是手抄的《少女的心》，是贾克拿给我的，他像一个教唆犯，以命令的口气让我读读那本书，然后头也不回就走了，从此我便跟着他又上了“文学”的贼船。《少女的心》在当时算是黄色书刊之列，属违禁，但阅读它的过程却历历在目：我得偷着、藏着、掖着；在夜深人静时，提心吊胆着，给那书包上一个封皮，生怕被老师和父母发现。贾克叫我一开始就对小说心怀叵测，居心不仁，动机不良。

《艳阳天》也被贾克拿来当黄书看，凡是涉及主人翁与异性接触的文字，全被他用毛笔勾画出来。贾克告诉我，只看已经勾画过的部分，其余的就往那上面想。《钢铁是怎样炼成的》也是我的最爱。因为有保尔和冬妮娅在上边恋爱，我们班的同学竞相争看，胡乱想象，最后，班里男女同学间成了6对，6对中途又离了3对。

1975年后，西安街头的群殴事件渐稀，读小说成了我阅览此等事情的替代品，就此，我也算是爱读书的人。怀着那个年代一个男孩应当有的想法，小说除了热闹、刺激之外，在里边还可以意淫，有供人幻想的空间。小说的虚构性质让人觉得在读它的过程中，没有什么事是不可以的。想什么，有什么。这一点符合我骨子里自由的天性。

自从黄色的小说上手，班里的许多同学整天装得学习刻苦努力，像个劳模似的，实则满脑子的男盗女娼，荒废着学业。贾克要的就是这个结果，他搜罗各种手抄本，让大伙儿形成阅读上的习惯，见到不论什么书，先寻找其中黄色的段落，养成了这样的胃口，到最后你猜怎么样，我们这帮喜课外书的同学，到最后全奔上了看花带这条道了。而这当中，贾克正在一旁没事偷着乐。

六

1979年的高考，是我走投无路时身背后能靠的那面墙。我已经没了退路，假如没后面的墙撑着，我就彻底完蛋了。

三天的考试下来，脑子里一片空白，像是完全把自己丢失了。我跑到离考场不远的新丰公园，直挺挺躺在草坪的中央，动也不动，想大哭一场。4年的时间，由于邻居贾克的琴声，自己开始发狠用功学习吃苦，倘若再考不上学，就真的没脸见终日为我操劳的母亲了。我知道母亲希望我做个好人，能养活了自己，不在外边惹祸。若是我连这一点小小的心愿都满足不了母亲，我活着还有什么意思。我这样想着，心里愈发难过。

贾克这时候叼着烟，晃晃悠悠朝我这边走过来了，他躺在我旁边，甩过一支“大中华”，嘴里开始叨叨：

“考臭了，是吧。”

“说不清。”

“我他妈全不会，但是全答了。”

“那可好。”

“你会拉琴，就是考不好也有出路；我差不多算是没指望了。”

“谁呀的琴，我是在蒙事。哪有琴，是空盒子。我到陕歌大院是吊一个女孩。”

“这不来了吗。”

我看见4班的一个傻逼女孩正朝过走来，贾克起身迎上去，挎着那傻逼的胳膊，大摇大摆地走了，还咯咯地笑个不停。

我心想，贾克你小子牛。你他妈的那个破琴声，坑我，一坑就是4年。

七

这些都是往事，贾克也已多年不见，但我耳际里还会响起琴声。

贾克的琴声，让我时常想到对于这座城市，这个生活的世界，自己究竟知道些什么呢?

一把子虚乌有的小提琴和它的声音，曾经清晰地呈现出来。我不曾怀疑过它的存在，我确信它的声音和它真实地存在。而它是以虚构的方式显现，愈益显得比真实还要真实。我们生活的这个世界和它的人事，有时也许就是由真实和虚构共同组成的。我们往往信任它的虚构甚于它的真实，比如贾克和他的琴声，在我现在看来仍然都是真实的记忆。我已经习惯了这种虚假的真实，而当面对真实的存在，已经麻木不仁，手足无措。

这当中，谁要问我信任是什么，我会明白地回答，是傻逼。

皮肉更深刻

1966年，西安开始流行草绿色的军装。中国化的样式，类似于中山装的变体，在此后的多年里，不仅是军队的装束，也在平民百姓中间渐成风气，历久不衰。“文革式军装”的面料还可以说有些花样翻新，由最早的棉布，向稍后一些的的确良、涤卡慢慢过渡，而服装的款式和颜色，则是沿袭了多年的惯制。

服饰风气的流行和时尚的引领，很难划归出结论性的原由。上个世纪20年代旗袍的风行，概因上海青楼女子的别出心裁，而60年代衣着观念的变化，大约受到了“全民皆兵”等主流政治意识的左右。与那些层出不穷、褶皱迭出的浮华潮流相比，“文革”制式的军装顺应了服饰史上的规律和趋势，意味着附着在衣服上的各种点缀品和小花样的逐渐减去，少了堆砌，也不把衣着的主体视同一个“大观园”。但这种简约的、整齐化一的风格，不是没有缺陷；它从根本上消灭了性别的差异，去除了身体镂刻在服饰上的曲线之美。

军用的胶底鞋，横在胸前和背后的帆布挎包，束腰的皮带，袖章和军帽，所有这些怎么看都不显得招摇和夸张，更谈不上浮靡奢华。服饰在“文革”时期的内在指向，更趋于内敛、含蓄，也同行军、战斗和野营，靠得更近。如果拿上世纪30年代著名的“十美图”上的服装式样与“文革”流行的军装比较，年代愈近，反倒意味着落伍、守旧和倒退。

自古以来，服饰衍变的眼睛始终紧盯着女性。从对脚的裹缠，而打造出的三寸金莲，到各种各样细致入微，繁缛无用的缀饰和镶滚，妇女都是这些花样翻新、别出心裁的用意直接的针对者。当然，“文革”军装流行略有不同：它只是服饰史上的一个特例。一次简单的迁徙和平移；让妇女换男装，让她们不爱红装爱武装。这更深刻，更具有变革的含义，直接代表了对那年代那场“革命”赞成的态度。

服装之作用于身体，有时就像树木开出的花，结出的果。别有用心的人会视其为招蜂引蝶而又秘而不宣的筹码，某些时候服饰还是标示身份、排列尊卑的符号，同时也意味着情调与雅趣的蓄势待发。晚近的西潮新风，在服装上也不忘记表达反叛和抗议的声音。与上述情况相比，“文革”军装，则意味着一路的逃却，它在四平八稳的意识中，略去了种种服饰之外的东西，惟独留下了实用性和良好的隐蔽性。绿色在那个年代独占鳌头，不仅适于丛林野外隐蔽，也便于黑夜里的躲藏，更重要的是住在衣服里面，会更安全，性别从此也就销声匿迹。

一件衣服，还不足以让我们对从前的旧日子产生恍如隔世之感，但是，了解旧日的人事、人心、人伦，衣服却是必须碰到的东西。由表及里地翻阅上世纪的老照片，20、30年代沪上名媛淑女的服饰告诉人：那是一个花样的年华；“文革”军装施于60年代的女性，则预示着战斗的青春。如今的服饰样式，更加开放，更关注女性的体秀之美。它已经不在各类面料上大做文章了。现今的潮流来得更加赤裸、疯狂，直接在女性的胴体上绘彩，让衣服生长在皮肉里。皮肉比包围它的东西更深刻。

茶 味

喝茶这样寻常的事，如今在我的生活里已经不能完全或缺。这大约是工作之后逐渐养成的习惯，于不经意间慢慢有了茶瘾。

我已记不清早先喝茶的情形，就像是赶夜路的人，天明之后忘记了来路。这也使茶的意味中多了一层永不可得的气息，似乎口中的清味还导引着另一种潜隐的业已消散的东西，像是味中之味。

茶就是这么奇妙。

我独自在家里喝茶是没有讲究的，也不在意品级是否名贵，只是在朋友相聚时，才偶尔见识过茶饮的门道，也品尝过上好的名品，这些对我都是难得的经历，也给了我乐趣。但是，真正无法割舍的还是茶作为日常生活的一项用度，成为我生活本身的构成。长久形成的喝茶习惯，也让我不敢轻视和懈怠自己所要面对的生活。

我已人到中年。年轻时有过荒唐的想法，也做过错事，对自己的内省和反思，常常是由茶来相伴的，其中的滋味也是伴着茶吞进肚里的。若是无茶，怕是无法与自己的内心达成谅解，也不能够消弭对自己的自责和愁苦。许多时候是半杯喝剩下的隔夜茶，叫我的心绪获得了安宁，让我有耐性去在时间之中静静守候。我深知自己生活里有许多的无奈，促使我不得不去做好些事情，长此以往，最终便形成了惯性。而茶饮是在不觉中与我相伴的，并且暗自在治疗着因惯性而生的痛，就像是一台心理和情绪的制衡器。

我不是一个对生活有太多奢求的人。到了我这样的年纪，生命更多呈现出的是减法的过程。有些东西已不必要苛求了；有些既有的想法，也该丢掉了。唯一值得保留的还是那一点对于生命的原初记忆，和童年对于幸福的亲身感受，它们都像茶的意味一样切合实际，在身体的感受中那么牢靠而又不可更改。

我信任茶味带给我的简单平凡的感受，在对茶味的感知里，身体对庸常重复的生命节律似乎也有了觉察。我感到了自己心的自动朝向，不再是身不由己的浮动，像是在时间之中来把生命的椅子牢牢坐定。

有了茶饮的习惯，并不意味着好或坏，在茶味之中不可能获得想要的具体承诺。知茶懂茶的人并不奢求能使自己延年益寿。茶有更深的意味，就像时间永久的重复，让人能够看见和感受得到，却永远无法说出。

喝茶是寻常的事。很多时候，人们就是靠这些惯常的事物支撑和维系生活，茶在这中间让日常变得意味深长。假若没有茶，古代的高士还能拿什么来与生活中持续的简淡的感受相互对应契合呢。在类比中寻求心绪的对应物，完成一种自然的转换，形成托物寄情的过程，精神在现实里才可有所依托。

茶还是一个更为隐匿的角色。褐色的液体流经身体，就像时间的穿过，没有向度。它承续身体之外的经验，又在身体之中启悟未曾有过的感知。正是茶在身体与生命的交叉点上，激发对身体感应的重新思考，使思考本身像事件一样展开，澄入绵密的空寂。

茶味的奇特效应更像是文化的产物，而非自然的属性。它的苦涩、浓淡与香醇，被赋予了它自身构成元素之外的许多东西。在与情境心绪交相辉映的过程中，它增值的效应还生产出新的东西。既不造成时序倒错，也不导致理性的位移，而是不断形成对常识的重复。

在重复中，关于茶味，我个人能说的，只是沉默。

三十年代

三十年代，民国的脚跟尚未站稳，新制就已匆匆进入第二个十年。国势大体上依然贫弱，基本的格局里还去不掉内忧外患。北方在寒风里忍饥挨饿，南方时起战火硝烟；列强的大盘已大致把民国的事情搞定，小日本在关外又谋划打算。三十年代，只有上海还算是墙内一枝独秀的花，在墙外支撑着民国刚刚建立起的那一点浮面的清明。

国事、家事全是“卵”大的事，抵不上享用之事，乐生之事。尽管卢沟桥的枪声已起，上海的太太们整日还是在客厅里一圈一圈推牌，小姐们一曲一曲在池中起舞，赌徒忙着在轮盘上下注，服装的式样比月份牌翻得还要快。

三十年代上海在刀锋上偷着安乐，在枪口下吃着软饭。1934年出版的《上海的将来》说：男女见面，全讲洋话。各大通衢要道一律机器人站岗。十字街头遍设富丽堂皇的广告牌，上写大英、大美、大日本、大法兰西等国出品的字样。各大公园一律增开KISS传习所，教授一般未成年男女各种交际术。这当中，国难已临当头，上海依然喜好摩登与现代。

在明面上，上海让民国呈现出兼容并蓄，新旧结合，土洋杂陈，中西合璧的景象。具体到来钱容易的娱乐业，也是多样而兼容：鸨母与暗娼可以相安无事，井水不犯河水。江宽不碍船行嘛。关心妓女爱上嫖客么？以及名妓与名优之间的风流韵事，是当时娱乐的老主题，又被各类小报天天花样翻新。永安公司举办的花界选美，给三十年代留下的直接影响便是，欢场与民家女子服饰欣赏趣味的倒错。叫人百思不解的是：妓女们一度都戴上平光眼镜，素衣长襟，像我们在电影里看到的“五四”式进步学生；而真正的学生却短衣束身，媚惑勾诱，一幅十足的妓女打扮。开放具体到个人生活取向方面，既明媒正娶，还多方偏安，又携娼言欢；“喝咖啡和抽大烟，跳华尔兹和打麻将，可以是同一人的爱好。”

三十年代的典雅与高贵，均体现在上海内里的气质上。面对那个时代的繁华、富丽、细腻、高雅，作家林清玄感叹道：三十年代的事什么都好看，几乎无一不美。为什么要“进化”到现在的样子呢？是的，三十年代上海大概样样都好，中国其余的地方则样样都不怎么好。正当日本鬼子在距上海不远的南京屠城，蒋委员长授意的沪上“新生活运动”已经是蔚为大观：集体婚礼下午3点钟如期鸣炮，警察组成的乐队伴奏开道。新郎中式马褂，新娘西式婚纱，新风顿然扑面，枝头留下刹那芳华。

那个年代在许多方面都留下了上海的做派、情调、表达与智慧。上海的确是个大熔炉，一切皆可被消融、划归到它的流动之中，黑社会已不在脸上涂黑，而是完全地变了白。“性的诱惑力也要遮遮掩掩才得浓厚。美人睡在红绡帐里，只露玉臂半条，青丝一缕是动人。若叫太太裸体站在五百支光的电灯下看半个钟头，一夜春梦便做不成了。”（苏青）

三十年代像是一场春梦，上海就是那个做梦的人。这梦后来被一个叫西柏坡不起眼的北方农村给打碎了。民国的高级将领黄维，作为战犯出狱的第一个想法就要到那里看一看。与上海相比，西柏坡在硬件上只有几间土房子，但民国早在三十年代就已经被废了。

总之，三十年代的上海，就像有病的林黛玉，面子靓，内里弱，脉相软，中看不中摸。朝租界的高墙上看，整个三十年代里，上海都像是一枝伸长脖子的红杏，美丽的笑脸，不对内，一直只朝外。

荠菜

每年三月青黄不接时，绿嫩的荠菜生出，母亲定要为我们采挖一些，贴补家用不足。荠菜的叶呈羽状分开，叶片上有齿形的缺刻，长出的花像白色的点子。

我家搬到湘子庙街后，隔一条马路，就是南城墙。记得在清明前，我也去城墙上和城河沿的环城林，帮母亲挖荠菜。提一只篮子，拿上一把小铲，在渐渐温润的风和刚刚醒来的树林寻找。有时候，还能采摘些野蘑菇。灰条和艾草此时还是干枯的，只在接近虚土的地方，才显露出一些湿气，让人觉得，生命仍然在其间存活着。

整整一个冬天，城墙和环城林绝少有人涉足。三九天河面也被冰封住，在上面向远处扔一块城砖，比想象的滑得还要远。植物在渐次积厚的雪被下熟睡了一个冬天，大约到了惊蛰以后，潜伏起来不食的毛虫不知从什么地方跑出来了。荠菜比其他植物对春天的感受更灵敏，拨开一丛枯槁，它们已经在虚土上起身了。

通常阳面的荠菜长得肥壮，用手可以把它们连根拔起，细长的根须沾满零散的碎土末，贴近鼻子闻，有泥土特殊的香甜味儿。阴坡面的荠菜多趴在地面上长，颜色更绿一些，叶片瘦而长，若是清早或黄昏时起满一筐，它们每一棵叶面上都还蒙着一层灰白的雾霜，嘴里含上这样的叶瓣，除了荠菜本身的味道之外，那些霜尘慢慢化开的情形，似乎也能明确感觉到。

要是这时候来一场春雨，荠菜长得会更加嫩绿，城墙和环城林里，也会平添些生机。沿着河岸往林子深处走，幽幽的地气，不断朝上窜腾，林子里的气息此时也有所不同。土地和树木，一年里似乎只在这时候，才将独自拥有的那种鲜活的味道散发出来。它们在空中飘动着，散漫在林子和河面上，丝丝的气息渗透到我的神经里，让我还能感觉到身体里那些沉睡和潜藏的东西，正在被慢慢唤醒。被冻皲裂的双手，此时，也恢复起弹性，变得红润起来。一旦等到天热，所有的一切便逃得无影无踪，荠菜也会开出白色的花粒，星星点点，没有香气。

母亲通常把荠菜洗净，放进清水中再浸泡一阵子，然后，捞出置于面盆中，撒上面粉，掺和一些包谷面，用一只手拌匀，放在蒸笼里，15分钟后便做成了荠菜麦饭。我和姐姐将蒜皮剥去，捣碎，母亲在蒜末表层撒一些盐，添上辣椒面，将一勺烧热的油泼上，调在碗中的麦饭里，这样，往往能吃出一头汗来。有时母亲也在上面浇一些红烧肉的汤汁，夹上几块肥瘦相间的大肉块，吃起来肉的味道过浓，不及素吃着清淡。

荠菜在热锅里过水后，晾干水分，直接放在嘴里咀嚼，有少许的腥涩味，剩在锅里的汤，是清绿色的，喝了能解毒生津。我们家做凉拌荠菜时，母亲只在其中放少许盐，滴几滴香油，调些许陈醋。这是荠菜最正宗的做法，保持着原汁原味，汤水往往也被我大哥吃得干干净净。

清明前吃一顿荠菜饺子，是我过了旧历年后就一直热切盼望的。想一想荠菜拌上老豆腐，放上炒熟剁碎的鸡蛋，实在是件大美的事儿。我为此常跑到城墙和环城林里看荠菜起身了没有，然后把所见的情况告诉母亲。母亲会提早备好所需要的面粉，再去北院门老马家杂货铺子，购回上好的辣椒和调料，只待荠菜芽子冒出来，我们就最先尝到了新鲜。这一年余下的日子里，我便再没有什么牵挂了。

荠菜生出来的时候，多数菜店的货架上，由于节气的原因，往往是空荡的。我也不明白为什么菜店当时不卖这种菜。前几年，一位朋友送我一袋子生在大棚里的荠菜，样子比野生的入眼。据说如今的超市里，摆放上了大棚荠菜，西安众多馆子里的荠菜饺子，就是由郊外的大棚，源源不断地供给着。

荠菜在我看来已属旧菜，也多年未见。想起来，会自然联系到从前的生活。对于我家来讲，它还是一种就急的菜，缺了，我们的汤锅里就连绿影都看不见了。在城墙上和环城林里挖荠菜，也像是我们随后的人生经历，尽管简单平凡，但回想起来，总觉得有一种温润的气息。

豆 腐

我对豆腐这种绵软无味的食物，素来存有敬意。豆腐的性状和意味，蛮有趣的，既淡且远，放在嘴巴里，不用费力，也融化不了，细品起来，似有独特的精气神。久而食之，也不会叫人厌烦。没有听说过对身体有什么害处。它的性情是温顺的。关键是吃着也还顺溜。

我读大学时，最喜欢食堂的一道菜便是“麻婆豆腐”。一毛钱一份，连续有四年，一点也不烦。倘若之后再泡一杯浓酽的“陕青”，确实是一种享受了，茶汤糅合着豆腐的余味，在心里还觉得了另外一种香甜。

起初，我对老豆腐和嫩豆腐区分不出来。我二姐教过我几次，仍弄不清楚，二姐此后就打发我去给家里买豆腐。我用双手托着豆腐朝家里走，然后站在二姐面前，她便问我：掌心上有豆腐渗出的水吗？

我家通常用砂锅清水炖嫩豆腐，老豆腐一般炒着吃。两种做法让我觉不出豆腐本身的区别。后来我发现，卤味重些的，自然就老。

有一年，我的老舅得了鼓症，从乡下跑到西安治病，住在医院里什么也吃不下。我母亲用蜂蜜、萝卜蒸豆腐，每天中午叫我提一盒饭送去。老舅没吃完就不断放响，半个月后病基本痊愈，临回老家前，只对我母亲说了一句：我是豆腐命。

用卤汁豆腐干佐酒，是硬而老的那种，味道与油炸的花生米相差无几。卤汁的浓淡倒是不碍事，关键要耐咀嚼，经得住咂摸。酒可以是烈性的，浓度越高越好。这样下来，往往更有回味，也随适、散淡了许多，不像古代的达官贵人们用女人佐酒那么劳神。

鲍翅近些年被当作是好东西，在我看来，豆腐无论如何也应该算在其列。豆腐更好之处在于经得住天天吃。对人只有益，并无害。鲍翅则不然了。

类似豆腐这样简单素朴的食物，在这些年里被轻贱和冷落了。物稀为贵。越少的，越贵的，大约就是越好的。有人会在一顿饱翅大宴之后，接连不断回味，绝少听到谁谈起自己近来食了一餐小葱拌豆腐。

我一直以为，豆腐相对于中国人有着更深一层的暗喻。它蕴涵着太多的传统文化想象，与茶饮有异曲同工之处。试想，寺庙里的僧徒终日食用着这种清素、简单的食物，他们的意念和信仰，绝非尘俗的流类可与之比拟。豆腐这种耐人寻味而又极普通的食物，其独有的气息和意味，更容易同清洁的信仰之间产生更多的想象。淡而清素的食物，兼有明智、静心的特殊功效。抱道而不曲。生命便会在这简洁的食物蒙养之中，获得更为持久的耐性和韧劲。

可以说，豆腐具有与人内心精神恒常皈依的品格。它感召的是心灵的温柔和身体的温暖，而非时尚、身份和名利地位。穿过最微末的细节，我们才能获得感知。

前一阵子，我与朋友在德福巷吃茶。邻座的一位女士，与同伴大声高谈阔论着。她说得最响亮的几个字是：上司最近老吃她的豆腐。从她的语气和手势当中，我敢断定：此豆腐非彼豆腐。

粥

粥的烹制与食用，一直都是极为常见和普通的事情。这种食物躲藏在其他的美味佳肴之后，只与平淡的日常生活紧密相系，在意味上也是如此。有些食物可以显赫一时，它们的活力，很快便会在时间当中失去效应。粥显现出的属性似乎永远不会过时；它对人体的有益作用，持续的时间也相当的恒久。这种淡朴的食物，保留着极其温厚的品性，尽管它的制作，需要在煮沸的水中熬制一定的时间，但在它的构成中，总是蕴含着某种不死的东西。有些食物也具备了与粥相似的类型，同样具有汤羹的形式，但那些美食的制作，完全是暴力的结果，不像粥，能够保留住对象材料的精华与活性。

对粥的食用在任何时候都需要，它是一种对象的食物，是更具本性的食物。粥的烹制无需添加任何佐料，也不需要复杂的制作过程，几乎人人都可为之；对它的食用也是如此。粥不属于看起来就已经十分过分的食物；它的作用，从不溢出到它的形式之外，也不嫁接其他食料的属性，只是在自身当中，保持着自己天然的成分。据说粥熬成之后，添一勺花露尤为香馨，但也仅限于桂花等极少数的品种，将玫瑰的花露放到它当中，粥原本的香味就会改变。

米和水的量之间总是有适度的比例关系，才会使粥制成后，见汤见米，而米与汤，看起来又浑然一体。粥的烹制忌水多，除此之外，还要火候到位。与现代的某些食品添加的色素不同，粥的颜色，始终与它原料的颜色相一致，没有那些化学元素带给人的凉意，相反，它是有人情味的，柔和而又充满着自然本性的诗意。

作为一种食物，粥不仅给人身以滋养，更重要的是，它还有益于人们对其他食物的消化。在它流质化的形态当中，消融了有些食物的硬冷，对于肉食顽强的组织结构，也有中和的作用。

有些食物被制成之后，便处在了它的顶点，而粥从任何方面看，都是基本的食品，它被制成之后，只能算作是开始，在入口前，仍然还有自己生长的空间。这也是有些食物被放到桌面上便死了，而粥仍然看起来还活着的理由。

粥这种味道至淡的食物，就好像道路一样，可以把我们带到远方，也能够送我们回到家门。

马 语

一匹匹马，在黑夜里被赶进了那家屠宰场，掌蹄紧随着掌蹄，被摘去了胸前的铃铛和缰绳。黑夜里马的行程是无声和自由的行程。必须在后半夜开始之前到达，终点是南门里那家屠宰场。

夏天从这儿经过屠宰场的空地上空空荡荡，像是什么也没发生，人们已脱掉胶鞋、手套和胸前挂的皮围帘，喝茶聊天，显得非常悠闲。那个精瘦的屠夫，弯圈着身腰，在阴坡地里叭嗒叭嗒抽烟。

我们学校离屠宰场有一百多米。有时候屠宰场的臭味会飘进来，让课都没法再上。

冬天不会出现这种情况。冬夜漫长。我有时候可以同农民赶着的马队打照面，看见马或驴噗噗打鼻息时散出的白烟。或许是因为天气太冷，马儿们彼此靠得很近，脚下的蹄掌也没有了响声。这些马身上还有一种特殊的气息。赶了一晚的夜路，此刻浑身已经大汗淋漓。它们眼不斜视，紧紧相随着进了屠宰场的大门。

我用手掌抚摸马背，让马背一匹匹从我的掌心经过，令我吃惊的是，这些马儿什么都清楚，惊恐地留给我了一掌的马毛。

我原先以为马或骡子是没有灵性的，后来我不这样看了。当一匹匹马被牵到屠宰场的空地上的时候，其中的一些已经在流泪。

为了不让马儿看到屠杀的场面，它们先被带到屠场空地拐角处的厩棚里，有草料和水，然后，再被一头一头牵到空地上来。那个精瘦的屠夫早已在空地的中央等候多时，他双手背后，右手握着长把木柄的小铁锤。

屠马的过程极其短暂，从被拉出厩棚到马的前腿折弯倒地，大约只要一分钟。有时候会耽误一些功夫：马站在空地上看着屠夫不住地流泪。屠夫这时候也不会动手，旁边做下手的人会用两张纸箱皮板，遮住马的眼睛。这时候屠夫才走上前来，伸出左手，擦掉马面上的泪痕，右手的铁锤从背后抽出来，闪过马的门心，马头就轰然扑在了他的胸前，拥着他退后几步，最后倒在地上。帮手们提着尖刀一拥而上，剥皮，开膛破腹。这些过程进行完后，接着又轮到了另一匹。

我在书院门里的学校读了三年书，西街口上大门紧对南城门的那家屠宰场，上述的情况天天如此。西安周围四乡八野的农民，将赶了一辈子的马或骡子、驴，最后送到了这里。这些温良的不会说话的动物的归宿像是事先约好的，在路上跑老了，跑得实在不能再跑的时候，就被送到了这里。

多少年来，我的灵魂一直经受着一种重力的撞击，时间愈久，感受愈加强烈无比。我在黑夜里独自一人想要返身回到自己寻找那个使我心绪难宁的根源，究竟藏在我身体的哪里。后来我发现，改变我、影响我、伤害我的，同别的一切都无关，只是我现在在黑夜里仍然能听得见，又无法弄懂的马语。

城墙上的风

“文革”开始后，父亲被下放到凤县的秦岭山区，为了全家4个孩子的生活，母亲进了小南门里的一家街道工厂，整日同一群妇女围坐在桌案旁卷绷带。我每天除了上学，还要给母亲送饭。而在此之前，二姐则要把饭做好，我们在同一个小学里，好在学校离我家不远。二姐在课间休息时跑回家，将蜂窝煤炉打开一半，在锅里放上事先洗好的苞谷糁，再搁进半勺碱，又跑回学校。等我放学回家，两层手提的搪瓷饭盒已经准备好：一层盛着苞谷糁，上头一层装着咸菜或炒萝卜。二姐一边将馍袋和饭盒递给我，一边催促着快去快回。

从我家院子大门向西，经过五岳庙门、太阳庙门，一路小跑不足10分钟，就到了小南门里的绷带厂。但我已经不敢走那条道儿，我不止一次在那里遭人拦截、挨打。横穿过马路，回身看二姐没在后面跟着，我便闪身进了20号院子，将馍袋缠在裤带上，一手拎着饭盒，一手扒着城墙水道子的砖棱往上爬。

我来到母亲身旁，将饭盒在桌案上放好，对着母亲喊一声：妈，吃饭咧。然后，转身就跑，身后便留下一片我妈同事对我的赞扬声。我不愿意在此多停留。我知道，这时候我妈的眼眶已经涌进了泪水。

再回到城墙，我的鼻尖已经冒汗，我的心情也变得舒畅。风迎面吹过来，我解开衣钮，任着它，野草和无数的小花在我四周不停地摇动。在城墙的风里，我第一次感到了做儿子的自豪。

从春天到春天，父亲走了整整一年还没有回来。想他的时候，我就坐在城墙沿上，眼望 着远处的南山。父亲在信上说：凤县在山里。我只有不住地望着远山，想着父亲，心理才会安慰。想累了，便躺在草丛里昏睡过去。不知有多少回，是风轻轻将我唤醒，它比手指还要温柔，抚摸我的方式却像是一阵气息；它那么和缓，用长发搭在我的肩头，却让我感到一个人与我靠得很近，正在用她的体温来抚慰我的灵魂。我的热爱，我的思念和忧郁，最初都来自于风。

很久以来，我一直想把少年时在城墙上获得的对风的感受写下来，它同我在书本里和其他地方获知的东西完全不同。我的记忆里，仍然保留着风划过城头，在草尖上停息的瞬间；我的性格中，有风留下的印痕，有风播撒的东西。在我的人生经历挫折，遭受冤屈，遇到不幸时，是风给予的东西，保护了我。风吹拂着我，安慰过我，让我坦坦荡荡。

西安的春天，如今多了沙尘，走在南城墙头，已经看不到麦田和菜地。近些天，女儿的学校要组织郊游。她们大概要去公园或郊外的什么地方，坐在花树下聚餐、嬉戏，享受西安阳春里短暂的花期。与我们这些在城墙上风里长大的一代人相比，孩子们是幸福的。他们一生下来就有电脑、电视，有良好的学校教育，有卡通玩具。但他们如今却没了在城墙的野草里迎风奔跑的经历。

卷五

自述与对话

所有的话语和言说，都要归结到“此时此刻我们是什么”这一问题之上。诚如福柯所言：我们必须去想象和建立我们可能之所是。

《眼睛的沉默》后记

这么多年，我一直都沉默着。

在空漠孤寂的人生感受里，我学会了同自己说话，同自己相处交往。我在过去近十年的时间里，在夜深人静时把自己身体里的感受和响动写给自己看。我知道，我最牢靠的伙伴，有时候会从我的身体里走出来，与我交谈。就这样，在迂曲漫长的生命暗夜里，通过写作，我看见另一个我，跑过来安慰我，照看我，倾听我眼睛里的沉默。

写作是我返身回到自己的一条路径。在路上我可以左顾右盼，停下来歇息；也可以加快步伐，勇往直前；还可以高声说话，或沉默不语。写作是我个人自己的事情。但我自己清醒：这其中没有资格替别人代言。

我是在同人群的长期隔绝中，面对自己而写作。我不为别人，也不为别的去写。写作只是我个人的行为选择。长期以来，我为那种匿名的、抹去面孔又纯粹的个人化的写作所包含的精神性而痴迷。我信任匿名的时间、地点、人物和匿名的写作本身所具有的公正性。我喜欢单纯、具体、个人化和私人性这些词语所具有的活力。不存在卑琐与清高，也没有对错。只有离开生命，才能撰写生命。只有远离人群，才能接进生活，而不是再现生活。

我顶多只能算是半个自己个人经验史的撰写者，还不是一个严格意义上的作者。作者是谁，对我而言，是对无数“未思”的背诵，是我在写作中真正要探寻的问题，是关于自我的一种新型的关系。作者不是一个人称，而是一种自我关系，是一个认知过程，是每一双张望的眼睛里都残留的像谜一般诱人的沉默。是这些活生生的东西，具体的人和生活的细节，包括疑问，给我带来了写作的鼓励和快乐。是写作让我获得了另一种独特的经历，让我能够在语言之路上行走、感受并且重温，让我感到身体之中更深刻的安睡，让我看见眼睛的沉默所蕴含的巨大的力量。

有人将写作本身显现的生命奇观看作是一座迷宫。迷宫处处都是路，也意味着随时随地地走失。一旦进入，便首先被它的新奇性和不确定性所淹没。

设想迷宫的中心或心脏有无数条向外延伸的道路，确实极其有趣。博尔赫斯的迷宫中心有一个生命，一个半人半牛的怪物或神。迷宫最初就是为了掩盖人与一头白公牛的恋情而结合生下的怪物所建造的。迷宫中心蕴藏着一个谜。迷宫的建制是另一个关于谜的谜中之谜。人为了迷惑而搭建，因为爱而投入迷宫。但建造迷宫并非为了将人引入歧途。迷宫是用来保护和囚禁半人半牛的怪物的。借助迷宫的隐喻，博尔赫斯呈现出了语言游戏背后深刻的写作和生活的伦理，这便是一种持续的迷惑和不断的分叉。

关于迷宫的中心或许只是一种传说。也许根本就不存在所谓的中心。有的只是虚空。迷宫只是一个充满着矛盾的假说，是语言瞬间即时的离合流动，无时不在，经久不息。它是一种冥想，是虚空本身的构成。但它具体涉足到了“未思”之思，具体指问每一位作者，能否实现并在任何程度上展开另一种别样的写作。这才是作者面对的写作现实。

写作的意义，是空位的意义，是空出了肉体和精神的场地。没有内在性，只有哪些危险是最为危险的诘问。被分类在一个地点，充当资格的囚徒，引诱忠诚的人正式进入知识和地位等级领域，坐官方的交椅，归入一个学科的类别之内，最后获得稳定的地位，在福柯看来便是死亡，是作者和写作的统统死亡。身份僵化了思想的姿态。而往往被历史所嘲弄的，是那些把自己当作意义主宰的目的论者。撤回那个总是凌驾于事物之上的“知识分子”的道德和教育的角色，是福柯对于作者和写作的启示。对我个人而言，在今天它显得弥足珍贵。

散文文体的独特性，为别样的写作提供了自律和种种的可能。这是一种变动、向下、直接、破碎的东西，是眼睛的历史里搁置已久的沉默，是我个人的注意和察觉。

散文文体本身还蕴含着更大的智慧。它具有让各人以个人名义说出简单的东西的神奇魅力。我是一个普通人（起码在写作时），正如一位作家所言，在经历过严重的自我感丧失之后，倾心于贯穿整个身心的多样性和强烈感觉时，散文写作给予了人真正个人的名义。

我喜爱散文文体的另一个原因是它的包容性：人人都可以是作者。我喜爱作者这个词甚于喜爱另外一个与之有关的词——作家。作者在我看来更厚道本分，而散文写作，无需端架子、摆姿势。

这本小册子所以取名《眼睛的沉默》，是因为在我看来沉默中隐约可见我个人命运的无形现实和一个作者的写作现实，以及超越这些现实，创造未来新的可能的奥秘。能够引领我走路的，不是天边地平线上的无限奇幻，是我所看见的眼睛里的沉默。

《自由落体》自序

归集整理完这些诗稿之后，2010年已近尾声，回想起来，诗歌写作的经历与我相伴也有三十多年了。就像拥有别的爱好一样，在进行诗歌写作的同时，我对诗歌的认识也在不断变化，诗歌本身对我也在做着改变。与诗相遇的过程，最重要的是使我能够在人群中享有平凡的日常生活，同时，又让我感到诗歌为这种生活带来的改变与不同。它们完全在精神层面上，不杂任何现实的功利。

我从来就不以为由于自己与诗的相遇，就会变得同更高的精神存在靠得更近。诗歌在任何时候也不可能提供上述的担保和承诺。世间没有万能的解药，供人一劳永逸地解决掉所有的问题。总是时时刻刻地面对着出现的问题，又随时随地一个一个具体地应对它们。在这一过程中，我常常因为诗而停顿下来，诗为我提供了思考自己生活的空间和视野，使我有可能在面对自己困惑的时候，寻找和想到自己摆脱困难的脱逃之路。并且有可能使我在纯粹被动和几近麻痹的状态中，想着与其以外的东西触通。存在与危机时刻与人相伴，每个人摆脱自己生存困境的方式又各不相同，而这当中，诗歌为我担当了重负。朝前和抵达未竟之物，通过诗歌写作，返身回到自己的迷惑之中，不停地破解关于自身之谜，移动或逃逸，才有可能抵达自己要选择的道路。对我来讲，诗是一种无神的信仰。

进入一种无神的信仰领域，对我个人而言，纯属于个人空间内自己对自己的期待与要求，即使日后将这些出自自己之手的诗歌拿出来与人交流，也必须清楚它们都是针对我自己的结果，并无要诉诸于人的企图。一个诗歌写作者应当明白：即使是面对自己，也有必要慎用诗歌这个讲话的权力，尤其不奢求，通过诗歌建立自己的精神特权。

应当明白，我们最有可能在诗歌中，用去神圣化的方式而实现对神圣化的延续。历史上真正的好诗人，都是匿名的，尽管人们会记住他们的名字，但在他们的名下，每一个人都完成了个人匿名化的过程。诗人是个集体，诗歌属于个人。在诗歌写作中如果没有作者对自身的自反，诗人在诗歌中最终建立的东西，将会变得与他们反对的东西没有两样；在拒绝神化，束缚和对人的压迫名义下，诗人有可能在诗歌中造成新的神话、束缚和对人的压迫，成为他们所反对的权力机制，在诗歌中的同谋。诗人应当自动放弃，因为诗歌给自己带来的荣誉，同时不奢求、超越人群的一般生活和权力。厌恶精神特权，或许是诗人的基本品性之一。

拒绝在诗歌中伪装成神明。彻底地拒绝被分类，拒绝让任何可供识别的文化标签贴在自己的脸上，成为再也无法被分类的个人，也不进入社会的等级体系，诗人作为真正的讲话者，才有可能出现，才有可能担当因为无条件讲真话所带来的一切后果。诗人的背后，无依无靠，只是他自己，不分属于“官方”和“民间”；只以个人的名义讲话，不替别人代言。

诗歌写作任何时候都不应被框定在一个僵死的、一成不变的定见之中。诗是一个需要写作不断重新定义和改写的概念，是一个无限多样化的创新过程。连接一个立足点向另一个立足点的转移，从而有可能使个人从支配性的关系当中抽身而出，重新发现自己是什么和能够是什么。拒绝自愿屈从，正是诗人和诗歌解放性的开端。

“体制”之外没有真空。设想一个“体制”之外的真空地带，进而置身其间，向所谓的“体制”发起反击，类似的幻想，在今天比白日梦还要幼稚可笑。现今一切强制性的力量，是以一种对生命负责的崭新形式而直达人体的；权力不再露出刽子手的狰狞面目，而是不断地弥散于语言的方方面面之中，在价值和效用的范围内安排生命。

今天，日常生活中微观的“法西斯主义”，需要在语言中通过授权资格、估量、评价、划分等级，进而达成统治的目的。因此，如果有“体制”需要诗人面对的话，也应当是语言的体制。语言才是最根本的统治要素。诗人在语言内实施抵抗的同时，还必须完成对语言强迫性本身的自反。

诗人在诗歌中的抵抗必须更加彻底。倾空自己，处于绝对纯净的层面，成为一个匿名的、没有特性的人；成为一个纯粹的存在，再无其他，直到消亡下去，才有可能接近赤裸的人性。让文化的眼睛无法辨认，才有机会在治理生命权力的边缘和缝隙之间，看到个人所能给予自由的力量，提供何种新的可能。

在诗歌中，更为重要的是：我们通过什么，引入和改变了诗歌的多样性，又将它怎样与不断变化的多样性相连接；我们又是通过什么，在诗歌这样一个古老的方式内，解决了自己个人写作当下性的问题。答案在每一个人、每一次具体的写作过程之中，并且各不相同。

薇依曾经说过：信仰不是安慰，而是一种重负。我更愿意在同诗歌这样一种生活信仰接近的过程中，期待“更珍贵、更稀少、更坚固、更持久的东西”，反对利用诗歌实现猛兽式的残忍；反对在诗歌中，将自己个人持有的价值凌驾于其他价值之上。

《马语》序

这些文字的写作时间跨度超过十年。它们是由零碎分散的时间拼接而成的，同时也具体涉及到了一个人记忆的碎片，经验的踪迹与瞬息的感受。

写作在我看来是一种返身向内回到自身的持续过程，是由身体的习惯使然，与精神的饥饿、身体的痛和无名的隐忧相伴，与任何的神圣无关。重要的是身体在写作过程中因为撞击而贯通的力量感，只有它强大无比，直接源自人内心的诚实。

同样，这些文字也像我这个人一样，带着种种固有的局促、缺陷和偏狭。在写作中我时常还感到自己是个粗拙愚笨的人，并且深知自己还仍然有所不知。我设想着尽量能从写作和阅读中使自己得到改变，但我知道每一次只是将自己从无限唤回到现实的有限性之中。我的写作不针对未来承诺，更不是获救解脱的另一种途径，它只是写作过程中所遇见的激发和触动，使我每每能够安静下来独自倾听，能够重新回到自己身体的安然中去。

作者不是一个人称，而是一种自我关系，是一个认知过程。为自己讲话，不替别人代言。这意味着作者其实无资格代言，更没有以普遍价值的名义讲话的权力。在今天，这应当属于作者的尊严和写作的伦理。

重构一种关于自我的新型认知关系，是写作本身应当探寻的重要问题。预设某种在未来当中可以获得的定见，引诱忠诚善良的人为之而不懈努力，最后大功告成，对写作而言这意味着死亡和僵化。未知，不确定性，变化与流动，种种新的可能，才是作者和写作需要不断背诵和探寻的东西。

内心的诚实和真正的善意，是与自己和别人交往最基本的前提。在商业时代的喧哗里，确立一种无私的态度和立场，也许比怎样写的问题更重要。尊重和敬畏世间的人与事，比凌驾于其上更加合乎人道。我写我自己，但尽力却除自私利己的杂念，这些是支撑我一直写下去的动力，希望读者能以此原谅这些文字中固有的谬错。

是为序。

《西安往事》序

有一段时间，我时常沉浸在关于西安的往事之中，随后便有了这些文字。

对于往事的回溯，在我还是一种与往昔互逆的对冲，是另一种能力的获得。

个人如何在重新言说和寻找中把握回归的能力，其实本身就意味着对未来不确定性的应对。西安往事对我不只是记忆，还有内心精神的反抗。

未来无法预测，而此刻又将要成为往昔的瞬间。西安往事作为我个人情感地理的图谱，有着生老病死，爱恨情仇。它们在我眼前不断地变化，也带着我在时空里经过故乡。

这些文字的缘起，在我还是为了了断早已有的一桩心事。进入中年之后，一直有一种异样的感觉伴随着自己。我能感受到自己的体温所保存的气息，依然只同我在故乡西安的生活经历有关，它们是我的财富，并叫我内心依然还拥有着热情。我的愿望就是把它们用文字记录下来。在缺乏信仰，良知和道义的时间里，这样的想法更加迫切。商业时代让我周围的许多人变得只认识个人的利益，除此便一无所知。这让我时常处在对于西安往事的记忆里，更激发了我要写的愿望。

这些年，我陆续读了一些关于西安的不同文字，或史海钩沉、风俗掌故，或地缘沿革，人事变迁，均取旁观者的宏观视角，少有个人活生生的切身经历与感受，也使我不断要写西安的想法变得更加迫切。

能以西安这样的城市为故乡，在我确实是一件幸事。它如何在我内心之中真实地存在着，如何神奇般地对我产生着影响，一直都是我与故乡西安之间的秘密。我想借助文字，来进一步探寻这个秘密。

我只能以个人的名义来写。每个视西安为故乡的人都拥有这个权力。王朝的盛衰，宫闱逸事，不是我出生之后和成长的过程中，西安留给我的个人记忆，因而我的文字不会涉及到属于大历史的东西。如果今天的文学也是用来消费的商品，那么我的文字里不会有取悦任何人的功效。我宁肯它们不属于如上所说的文学。

我只希望读者将此书当成一个人的个人成长史，从中能体味到每个人都有的爱和疼痛。

《西安40年个人生活实录》序

这些文字是在断断续续的过程中完成的，前后算起来，大约历时有十多年。写作的过程，既没有压力，也没有按照任何要求，只是在想写的时候便写了，也就零零散散地累积了下来。我的同学魏红建和朋友崔文川、南阳子，读过其中的篇什，他们认为有必要将自上世纪60年代末以来关于西安个人生活的记述保留下来。

在我个人看来，所以还有写的必要，也只是因为我生在西安，此生的大半时间都是在西安度过的。除了其间有三、四年的时间生活在兰州之外，我几乎没有离开过西安，我自己的成长、经历和我这个人，都无法脱离开西安。

写自己个人在西安生活的记述，使我有了双倍的收获；我可以自由地往来于西安的现实生活和文字生活之间，写作使我有了双倍的经历，并且可以在两者之间形成关照，形成与自身和西安更为直接的靠近。这样的经历带给我乐趣，也给了我身体的痛。

我是在上个世纪的六十年代初出生的。1949年之后，中国历史上的大事情，都让我们这一代赶上了。“大跃进”之后的自然灾害、“文革”时期的武斗场面，还有随后的改革开放，我们的个人生活，都是在这些大事的影响和影子当中展开的，都受到了这些事情的支配与左右，随着这些事情变化起伏，经受着它们的结果对于个人生活做出的安排。我现在还能记得，小时候住在湘子庙街时，每当冬天天还未亮的时候，就能听到扫马路的“唰唰”声，那是住在巷子里国民党的军政人员留在西安的妻妾，正在接受劳动改造所产生的响动。这些早先的记忆，深久地印在我的脑子里，无法忘掉。

我就是在湘子庙街出生和长大的。我懂事的时候，旧社会留下的各色人等还都活着，西安城和它的大街小巷，基本仍然按照历史的遗存面貌存在着，站在城墙上看西安，除了钟楼邮局大楼和电报大楼是新建的高楼大厦外，城墙圈里是清一色的灰瓦房，城墙之外多数都是麦田和菜地，晴天里，鸽子在蓝天与灰瓦之间飞过，让我感到了安宁。我自己就是在南城根的天空下长大的，并且在那里开始经历西安的变化和自己个人的成长。西安的街头，我们那一带周围的人事与环境，学校的氛围，给了我最初的记忆和影响，它们对于我都十分重要。

西安现在每天都新生着关于自身的东西，同时，西安每天也都在消逝着。40年前的西安已今非昔比。

我只是生长在这座城市众生中的一员，所经历的都是普通的事情，过得也是日常的生活，碰巧自己还有记事的爱好，索性就将这些文字整理在了一起。对西安的文字描述，它们不能算是优秀的，如果有什么不同，只是尽量说一些实在的事情，普通的人物。

每个人对自己的故乡都有感情，都有想要说的话。从这一点上讲，西安并没有什么特殊的，它与兰州、太原，或者其他任何人的故乡没有差别。即使是同在西安生长的人，对它的情感也不尽相同。这也是这些文字汇集成册与人交流的理由。

但是，像西安这样一座城市，它有气量容许在它之中的任何一个人对它的任何书写。事实上，对于西安的书写早已经是多种多样了。我既无任何目的，也不想使这些文字将来会怎样，只是抱着一份自己还未失掉的天真，来写我对自己故乡西安的记忆与经历。只要我从个人的角度如实写来，我相信每一个在这座城市生活，内心对自己和所在的地方还怀有诚实想法的人，都不难理解我所讲述的人事，无论是今人还是未来的人，也不难从中看出我们之间的相同与差别。倘若真能如我所愿，我的心便会踏实一些，也不至于辜负故乡亲人的恩情。

我们家并非世居西安。我的父亲是西安解放前随南下的队伍进驻西安的。我自己属第二代土生土长的西安人。我的姓氏与这座城市有深厚的历史渊源，但对我个人来讲，那些历史既同我无关，也对于我非常模糊。我母亲的爷爷，抗战前一直在西安做生意，40年代末在西安去世，他是我知道与我有亲缘关系，最早在西安生活的人，而我对于他的记忆，也只是小时候母亲带我去一些地方，指着石头上刻着的名字对我说，那就是你姥爷。我所以要写对于西安的文字，完全是因为我自己，与别人无关。

日常生活与个人成长的历史，是整个历史发展的重要组成部分，尤其是普通人的日常生活，对于社会发展的承载与反射，提供了动力性的源头。社会的文明与进步都必须通过普通大众的日常生活的行为实践得到贯彻。今天，撰写反映他们精神与生活方面实录性的文字，对现在和将来同样具有价值，也是我一直坚持在写的动力之一。

西安是一部百科全书，它的历史应当是多样化的。在它之中不仅存在着精神的历史、文化的历史与发展的历史，同样也有着个人的生活史。形形色色的历史与现实构成了西安的存在，体现出了西安的历史文化与物质精神价值。在我接触的多数西安人中，也许物质上没有沿海城市的人们富裕，但西安一些人精神里不缺少“贵”的元素，他们坦率、纯厚、直接、宽容，敢于承担和坚持自己认定的道理所带来的后果。这样的性格，也使这座城市里拥有的故事与别的地方有所不同。我无意要给西安人的性格特征下定义。只是在我个人信任人品性中这些高贵的东西。

从上世纪六十年代末至今，西安的变化之快超出了人们的想象。这座城市的气息与味道，已经与从前大不一样。如何使这座城市里的人们，在飞速的发展与现代化的多样性面前，既能对传统有所传承，又更加开放地应对未来，需要在对历史的回溯中寻找行动的依据，其中对大众生活的回望与关照，也是必不可少的，它可以使我们前行的脚步，更加踏实有力。如果这里的文字能够在上述方面对读者有助益，那也就超出了我的想法了。

感谢西安的养育，感谢亲人朋友，也感谢魏红建、崔文川、南阳子、吕虎平对本书出版提供的帮助。

《你的城市以西》自序

这些诗歌的写作时间跨度大约是30年，但是它们没有依照时间的先后顺序排列。相对于阅读而言，一首诗歌不应附带上关于自身写作时间方面的信息。对于诗歌的阅读，理想的方法应当是隐去作者名字和创作时间的匿名阅读，没有必要理会作者是谁，也无须受作品写作时间因素的影响，只一对一地面对作品本身，只与作品本身的关系呼应，这是写作行为中固有的对于阅读公正性的吁请。我无法做到前者，但每首诗完成之后，绝少留下它的写作时间。时间最终可以检验诗歌的生命力，但时间的晚近绝不是诗歌价值评价的标准。

人的生命中潜藏着不断否定关于自身定义和命运的强烈意志和力量，它是无永生之念者与死亡预期之间的博弈。写作既与这种身体的指向重合，又展示这一身体生命重塑的壮举。从这个意义上讲，更为重要的仍然是写作。根本就没有诗人，也不再有作家，留下的只是写作。写作者也只能以个人的名义讲话。

与上个世纪初轰轰烈烈地向欧美文化“朝圣”和聚集不同，在通往中国西北的黄土路上，无数个不知其名字的艺术的另类，默默地走向了当时潮流的背面。他们的行为是无组织的，是自发、自愿、自觉的个人选择。历史没有记载下这些人的生命踪迹。他们的行为，也不意味着对公认的艺术准则的背叛，也许只是出于内心的怀疑，相信艺术的形式与内容永远不可能完全贴近一致，在此之外，身体的生命经由艺术行动，同样能够达致超越极限的个人努力。

这是一股迄今仍然不息的地火，吸引每一个人追随前往的不是希望，而是彻底的绝望。所谓的人文关怀必须是一对一地面对具体的个人和事物，舍此，再美妙的词汇都将是留于纸上的空谈。语言永远无法与实际生活的亲历相互等同，尽管语言的根本意味着创造，但写作者应当清楚：他“不可能生存于语言之外，把它当作一个目标，也不可能生存于语言之内，把它当作一种武器”。这是语言艺术面对的悖论，所有的艺术正是从不可能开始，进行自己新的创造。人们寻求与身体的生命活力同质同构的话语实践，不单单只是坐在房子里，凭想象就可完成的事，还应当在大地和人群中行走，真正走进我们每人都有的无望，开始个人对于绝望的反抗，创造新的艺术，也重塑美的生命和身体。

在中国的西北，从上世纪初开始，这种让文化的眼睛无法辨认，让文化的逻辑无法定义的历史，从来就没有间断过。自1983年起，将近四年的时间里，我有幸在西北知道和认识了这些人们，他们包括：从事绘画的赵望云、徐庶之、朱乃正，写诗的唐祈、昌耀，进行学术工作的孙艺秋，搞舞蹈的吴晓帮，从事文物考古保护的王子云等等诸多的先辈。他们不仅在自己的领域里，完成了别开生面的创造性工作，同时也将自己的生命与身体打造成了一件完美的艺术品。这些人艺术与生命的轨迹，就像太阳下被烧焦的黄土高原一样，至今仍然刺痛着我的心灵。

上世纪四十年代，后来成为“长安画派”一代宗师的赵望云，是徒步、坐大车、骑着骆驼、驮着干粮，开始了自己的西北写生生活。作为艺术家，西北是走进人群，成为匿名者和普通人的场所。成为一名普通的人，在生活、自然和劳动的人群中汲取生命和艺术的养分，感受世道、人心与人间的烟火，并不是通往艺术的唯一之路，但它具有向死而生的力量感。这条路空旷无际，没有提供现成的任何担保和承诺，只有冒险和牺牲，只有对个体生命耐力和韧性的考验，没有艺术的桂冠和王座。在这样的激发里，我决意了自己的奔赴。

1986年，在中国的诗歌流派、圈子、运动的争斗中，我开始了自己的转身，并且开始追随自己内心的想往。所谓的“民间”与“知识分子”立场、“口语”和“身体写作”、“反制体”等等，都不是我想要的所为。在我看来全是伪问题。没有人能够穷尽诗歌写作的全部，这其中没有预言家，没有完全相同的路，也没有结论。我想要做的事情，既是肯定的又是否定的，根本就不可定义。

我知道自己同所有人一样，有无知的一面，而我通过自己的写作，就是要敢于彻底拒绝和否定自己的无知。

为多数人写是我能力之外的要求。我只为少数，为自己、为朋友和相识的人。诗歌可以为少数人而写作，让多数人阅读。我尊重和渴望多数人的阅读，但我的写作不为这个，它只听凭我身体的召唤。每个人都拥有着身体，这是诗歌写作和阅读的最大公约数。

我只是把身体对于生活和命运里的痛与爱的反射，用分行的文字记录下来了，算是对自己的交代。我相信自己拥有的感觉，包括无知，其他人也同样会有，这正是这些分行的文字，能够拿出来与人分享交流的理由。作为作者，并不意味着自己比别人高出一筹，恰恰相反，这些文字里包含了我固有的脆弱、偏狭、无奈、多疑。诗歌开启了我不断寻找个人人生的经历。在想要深入和发现诗意的过程中，诗歌也改变了我，让我在抵抗和拒绝扭曲自己性格的同时，能够淡然地承受命运的摧压。诗歌品质本身的光泽，为我照亮了诚实、单纯这样的生命价值，也让我信任这些价值。必须在诗歌中保卫普通个体的生命尊严与价值。

经由身体，诗歌在某个时间里显示了它的存在。借助与诗歌相遇的经历，会形成进一步对身体里潜藏和沉睡的东西的探问。在我看来，这其中只有写作——只有在写作中才能展开和重塑生命之美。所有的人都有可能是诗人，不同的是，有人写了，有人没有。写诗的，未必就是诗人；没有写的，或许才是真正的诗人。

如果这个时代还有诗人的话，他们还必须完成自身平民化的过程。让诗人和普通人的品性集于一身。由普通人到诗人，再由诗人回到普通人，这双向的流程，将展现别样的诗意与人生。

感谢吴克敬、张军孝、李宗保、黄海、吕虎平给予本书的帮助。

作家是一个要认真反对的术语

1、我知道你首先是一位诗人，你的诗歌有种向内收缩的力，紧而张，丰满又不张扬，我非常喜欢你的诗。你的散文题材庞杂、不拘一格，很难把你的散文写作归类为哪一类型作家，你由诗歌而散文，散文又是最讲究自由的文体，你觉得你散文创作的难度在哪里?

【答】愈自由，内在的制约和要求就愈严格。

的确，存在着这样的散文写作：与心和身体贴得更近。在汉语写作的范畴中，也形成了非常好的类似的传统和经典。就像中国画的笔墨，到了最高境界只是一种气息。那种味道弥足珍贵。画什么，怎么画，都不重要了。所有的限制对创造本身无碍了。

在这样的语境里，可以讲心力的健旺，精神的洁净和情怀的淳朴。也可以举出周作人，汪曾祺的例子出来。

经典的意义除了不可重复之外，还导引出了不同的路向，而不是穷尽了所有的写作之路。

回到你的关于难度的问题。如果单一的理解散文问题，将它看成单数，即使要达到如上所说的经典的高度，都是困难的。

散文文体本身也在变化。它的开放性提供了变动、互逆、杂糅、交叉的文体本身的美和可能。它可以不再是“点”，而有可能是网状的“面”，是无尽的空间。它的魅力正在于此；在一次次靠近中打破界限，而新的界限最终又会外在于每一次具体的靠近。从这个意义上讲，散文也是复数。没有人能预知结局。能够面对的是都已经说过的，除了已说的，再无别的。作者什么都不该说。该说的是空无。

自由便是你发现它没有限制，却处处充满了限制；随处都是限制，却最终都不成其为限制。

从文体的角度看，对散真正有意义的是："它借由什么运作，它与什么联结以通过其强度，它在哪种多样性中引进或转变本身的多样性。"（德勒兹语）

文体还呈现出了写作的"时间"概念。

在时间轴线上，每一个写作者要解决的是自身写作当代性的问题。这是另一种难度。

归类是用能够辨认出来的东西实施的区分。是根本的暴力。是经验层和常识层面的东西。写作是对分类最好的抗拒。能够思"未思"。能够写出相对于知识与经验，面目全非的东西，令其无法辨识，就逃出了再现的体制。

如果一个人的写作，逃出了再现体制，就写作而言，是值得庆幸的事。这是写作本身的又一难度。

福柯曾经叫别人不要问他是谁，也不要问他要朝向哪里。作者为抹去面孔而写作。作家为伸张面孔而写作。

对我而言，作者的写作更具挑战性。

福柯的担忧在汉语散文写作中被不幸言中了。许多人已经习惯于被分类成地点和资格的囚徒，正式进入知识和地位等级领域里，坐稳铁椅。曲解、歧视、高出人一筹等写作所拒斥的东西，最终又被重新换回来，成为权力虚假的反面，真正的共谋。

从这个角度看，人人都是作者，对散文来讲也确实很难。

2、好散文是千姿百态的。"写什么"和"怎么写"，你在散文写作中考虑过这些吗？如果没有，我想问，你在散文写作中想到最多的是什么（或者说你遇到最大的障碍是什么）？有人说到散文的"当下"和"日常"，依我理解，当下——更是现代社会精神层面的；日常——是指社会生活层面的；也可能它们是交叉的。你是如何看待的？

【答】似乎在没有写之前，有一双手已经为散文预设好了一个点，朝着它行进，就可万事大吉。这之后，形成的“千姿百态”，有什么意义。

写作是对无数未知的背诵。“写什么”和“怎么写”并不重要，要进一步思考的是什么迫使我们写，又使我们这样去写，而不那样去写。

是作者的立场与态度决定了“写什么”和“怎么写”。我们总是与某些事物相遇才有了写作。相遇是偶然的，被迫的。因此，立场和态度非常重要，它包括：

1）个人性：不管是创造性的还是毁灭性的，我们都不得不转化为个人意义。

2）偶然性：骰子在投掷之前点数无法确定。放手一搏，就有了偶然变化成必然的机会。

3）本质性：散文既是单数，又是复数。它的本质是流变。

4）回到自身：经由写作不断重新确立与自我的新型关系。让无法阐明，无法抵达，无法掌控的我的那一部分，进一步敞开。

5）站在权力的对立面，站在人的根本基础之上，拒绝超人，拒绝因写作而造成的身份政治效应，拒绝与一切匿名的权力构型之间的暧昧关系。

6）人人都是作者。我们并不一定比别人强或差，只是不同罢了。差异必须平等。不同需要尊重。不要指望作品在时间当中的不朽与永恒。它们都像是壕沟上空的硝烟，是稍纵即逝的相对性之间的嬉戏。

7）基于以上，文体之内的平实、淡定、淳朴才有可能变成具体、实在的东西。

8）无资格代言。应该属于讲话者的尊严和伦理。

“当下”和“日常”必须放在作者立场和态度交错的视野中，才能使看似矛盾的关系，对写作产生刺激力。

是否存在着与生命的力量关系同质同构的话语实践；经由什么样的方式和途径，语言才能完全去除幻象，纯然闪光，不相信内在性，也不受主体所设限陷阱的诱惑。同时，话语实践也必将展露追求真理的种种危险。当我们发现所有的追求终与形形色色的权力构形之间有着暧昧的关系，以散文写作展开的实践，究竟又该如何。作者究竟又是谁呢？又该作何。

我们又回到了起点。作者和写作，都成为了尚未到来的一个思想的诸事件。是谜。

3、我们强调散文的原创性和自由度，这是散文文本的意义和本质所决定的，这也是作家观察力和想像力的具体体现。莫言说，中国当代文学最缺想像力。你认为我们散文写作中最缺的是什么？

【答】想象力不是凭空的东西。它不是漫无目的的随意遨游，不是修辞意义上的东西。

作者的想象力需要面对空无而仍然有勇气的支撑。语言因为生命的体温与热力才更加显得可贵。求真的意志，有时候对作者更重要，就像麦尔维尔说的那样：只是你可能无法避免地成为引诱它之饵，永远葬身于深海。你要确悉鲸鱼究竟是什么，就得不断地前往，去猎捕。要有勇气到源头体验。

西绪福斯的神话，考验的绝不是想象力，讲的是作者应当具有的厚道和本分。中国作家靠想象力成为全能全知者，已经为数不少；以此所产生的高高在上的自我感，导致的暴力，也并不鲜见。这会走到写作本身的反面。这会为目的论者，意义的操控者寻找到“合理”性的借口。在想象力和观察力上，低人一筹胜过高人一等。这是当下写作的智慧所在。

写作并不是目的本身。经由写作将自己的生命打理成一件美的艺术品，形成新的生命风格与美，造成包括写作行为在内的对经验极限的体验，或许更有意义。

倘能如此，界限之内的一切意义就会断裂、失效，那些区分、等级，和作家自恃的高下，都成了微不足道的东西。

“在一本书想述说之物与它所被产生的方式之间，不存在任何差异。企图理解一本书的所指或能指只是徒劳之举。”（德勒兹语）

向上之路必然朝下去走。我们偶然被迫的与某些事物在写作中相遇。想象力和观察力，也没法对它预测和评估。在相遇之前的偶然性与之后的必然性之间，才是文学思考的空间。

4、散文写作需要最大的真诚，它不可能是作家生活的写照，它最多是被模仿的生活，高于生活，或低于生活都是可能的。当虚构在散文写作中还成为“问题”时，你是怎么看的？

【答】写被模仿的生活，跟在生活之后。作者在写作中有指望的是改变他自己。要改变自己，就得让自己的生活来模仿写作。让生活紧随于写作。

这的确有趣。无论谁先谁后，大家都不会拒绝真诚。

对散文的虚构，还不至于变得十分可怕。可怕的是借助散文，虚构出的作家自身：身处于生活和语言的幻象之中，竟全然不知。

作家是一个要认真反对的术语。

5、我读过你写梭罗《瓦尔登湖》的随笔，我也非常喜欢这本书，它在我看来是一部自然的书籍，是作家的个人史和心灵史。在你看来，这是一本什么样的书呢？在更为年轻的一拨散文作家中，你平常关注过他们的散文吗？你觉得他们与上辈作家有什么不同？

【答】我写关于《瓦尔登湖》的随笔时，并没有见过这本书，这大约是十年前的事了吧。我看于坚的一篇文章，有对《瓦尔登湖》

的引述，我感到梭罗与我所见的美国作家有所不同。他只写自己拿在手中的东西。没有障碍和负担，更不担心写这些会被别人忘掉。于坚转引梭罗的那段话，让我感到了一种与身体的生命感知距离最近的话语。我对《瓦尔登湖》就有了一种期待，于是就有了那篇随笔。

美国有两个作者。另一个是赛林格。他们比同时代的美国作家都要伟大。

他们真正是做了他们所写的人。不仅提供了话语的实践，也展开了一种新颖别样的生活。是常人所能理解的人的生活，而不是“明星”生活：避免陷入幻觉，绝少受到摆布，愈来愈不易于控制和统治，无法让既有知识系统辨认清楚。

我在网上读过一些更年轻的人写的散文，主要在“天涯社区”，即使在“天涯”里我也不可能全面系统，因此，我无法讲清楚更年轻一拨人的情况，但我有一个印象，完全出自个人好恶，觉得有些人更直接、坦率。

我比较注意看叶耳、老渔、塞壬的东西，他们除了上述的特点之外，作品本身还透散着一种非常强大的生活重力。有不为所动的定力。这也纯是个人的好恶，不是好坏判断，只是喜欢读而已。

保卫新的散文写作

杜爱民：戊子年夏天酷热的午后，我们就新的散文写作进行了一次在我们看来有必要的谈话，也是为了赶赴《延安文学》“散文专号”的邀约，目的是我们都期待的新的散文写作。

散文文体的创新固然重要，但更重要的是由文体创新所展开的话语实践和个人生命风格的塑造以及因写作而形成的关于自由与真理的游戏、我们自身的身体因写作与这个世界交叉时形成的互映关系，还有向生命发出的疑问与它的谜底之间的吊诡等等。散文不应永久被囚禁在语言的牢笼之中，我们的目标不只是一种新的散文文体，而是为了保卫新的散文写作。

谁都无权为散文下结论

黄海：散文相对于诗歌、戏剧等其他艺术形式，写作方法、思想观念，不管是哪种，散文观念是比较滞后的。我最近看一个建筑方面的书，它说到建筑，我们的建筑从古到今，一直是从一个简单的自然法则到现在比较繁复的工艺。直到十八世纪，随着欧洲近代建筑学兴起，奥地利建筑师瓦格纳谈到一个问题，净化装饰，去掉建筑的装饰是将来最可能的方向。我的理解是从简单到繁复，再回归到自然的一个过程。散文写作，最早的《尚书》、先秦散文、汉赋到唐宋八大家散文，包括后面的五四时期散文写作，词藻比较华丽。让散文回归到自然，如《瓦尔登湖》，我们的散文能不能像建筑一样，或者，向建筑的艺术学习，回归到自然呢？

杜爱民：没有谁可以为散文下最终的结论，也根本不存在所谓的预言者，但这并不意味着我们不能够来谈论散文写作。谈散文写作，就势必面临动态变化的格局，也必然牵涉到很多东西。我们只能在矛盾、悖论的状况下说散文。我们是在说不可之说。说的过程中，难免会有谬误。作为写作者，要有说的责任。对写作者来讲，在写之前有写过的东西，还有没有写过的东西。客观上也有可写的，有不可写的。这些在写作之前应当有更加清晰的认识，它决定作者对散文本身的理解。我们可能会在写之前，不去想这些东西，但这些本身是客观存在的，它在某种程度上决定我们的散文写作。而我们谈散文时又不能只用简单的判断，不能依靠线性逻辑，抽象出无差别的繁复、简单、自然，让它们适合所有的散文写作，把它们无差别地用于对散文的判断，实际是有问题的。散文写作处在即时变化，瞬间多元的流动状态里，自然、繁复、简单，放到散文里没有高下优劣之分，也不能拿它们衡量一切散文写作。但每个人在写作中对自然的表现却好坏有别。

黄海：散文有自己的标准吗？多年前有人谈到散文的形式“形散而神不散”——现在的写作者根本不需要去思考这样的伪命题了。标准是个量化的数学，用它量化散文的品质是荒唐的。散文只有好与坏、真与假的问题，而没有所谓散文标准的具体。如果有的话，我觉得它只能是身体性，从身体出发的人性，是带有自身批判的人性。

杜爱民：我的判断跟我自身的经历，跟我的身体密切相关的。在我之外的东西，大小也罢，好坏也罢，是否跟我自身的经历密切关联，是否经过了我身体这把尺度的检验，这些对我的写作是重要的。除此之外的判断，对我的写作根本无效。包括现代和后现代，谁好谁坏，都不可泛泛而论。我们都认为：后现代是现代的一种发展。但不可以简单地归结为：出来的越晚就意味着更好。具体到个人，哪种方法解决了自身写作当下性的问题，对他来讲就是好的。写出过去未曾写过的东西，这就是意义。

黄海：“写出过去未曾写过的东西，这就是意义。”——但这又是不可能。写出自己熟悉的生活状态，它可能比什么未曾写过的更为重要，不能为写作设置可能的方向，未知的生活，都是我们写作中做不到的。散文写作应该具体到本质和具体的小，小也是细节，大的更需要细节。我的理解是说出来，可能是一种发现，而对你的对象读者来说，可能是一种愉悦，一种审美作用。你讲的说出和不可说出，对你来讲，你所说的说出和不可说，具体指哪些方面？我个人的理解的“说”是受到自身内心限制的，或者说作者只可能说出接近真相的事实。不说，意味着它不可能的地方——但内心永远在向它奔跑。

杜爱民：个人的写作肯定受着种种限制。从能力上讲，我能说的和不可说的，都受能力的限制。我的能力，我的经验，我每一次靠近极限的过程，都在言语上、在写作上留下划痕。这些划痕，又受制于当时的状态，但它未必就意味着10年之后或者20年之后我的能力。说出今天不可能说出的东西，这是当下写作的快乐。在散文中不可说的是对它的预言和对它下结论。

黄海：不可能说出的东西，对一个作家来说，这种不可说可能成一种记忆，永远的记忆，或者说是一种已经消失的记忆。而说出来的，我理解为就是一个作家可轻易做到的，是那些内心中容易敞开的秘密部分，对读者来说，可能是没有价值的，而你没有说出来的，可能最能打动人的，是最有可能的东西。

杜爱民：要针对具体的文本理解。有时候可能在一个文本当中，你把所想的所有东西，都写到了里面。对读者来说，未必就意味着穷尽了所有的言说。在写作层面上解读是一回事，阅读是另一回事。也许你还没有说尽你想要说出的，而文本本身所呈现的东西，比你想要说的还要多。这又是两码事。在写的时候，我根本不会去考虑读者。

读者在我写完之后并想与人分享我的写作结果时才出现。将不可说的东西说出来，将不曾说过的东西说出来，本身就非常不易。写作就是要朝不可说的方向去努力。能不能打动人，同样可以不去在写的过程考虑。要能打动人的东西，也许就在我们已看见而又尚未到来的言说里。谁都知道了，还有必要写吗。写作是对无数未知的探寻。是说未说之说，思未思之思。是说不可之说，思不可之思。

散文写作是一种关乎自由的游戏

黄海：你说出来你熟悉的部分，你能够敞开给人看到的部分，每个作家可能呈现不同的地方。对作家自己可能是熟悉的，对读者可能是不熟悉的，或者是每个作家叙事的角度，各方面的情况，是不尽相同的，从这个角度写的时候，他可能有自身吸引人的部分。比如，我们从古写到今写身体，不管是外国作家，还是中国作家，从《金瓶梅》里所写的情色的东西，还是我最近读到一个叫让·德·贝格的作家写的《女人的盛宴》，里面写到性爱的时候，最能打动我的部分，让我惊讶的部分——是我不是在读性爱，而是在读一场战争，或者是一个舞台剧。我觉得这种写法，对散文写作是有启示的。不管是新写法，还是什么主义，我觉得应该是作家的视角在决定作品的高下。

杜爱民：路是靠脚走出来的。写作同样离不开熟悉的东西。对熟悉的东西未必就写尽说绝了。在它之中仍然会有未知的秘密。我们可以说出其中的秘密。我们不可说穷尽了它的所有秘密。作者的意图和最终留下的文本以及对它们的理解，是不一样的。有时候你可能以为自己在有限的范围内，将能够讲的东西都充分明白地表达出来了。其实，在文本上未必就有这样的效果。所有我不能说的，都受到自身和客观的局限。写作实际上是一种关于自由的游戏，不存在固定的出口和入口。每一个出口都可能有无数个入口，类似于迷宫状态。在迷宫当中，随时都可能丢失，随时也都可能引导出出口。而且，你今天寻找到了出口，并不意味着你将永远地垄断它。这一点非常重要。就写作本身来讲，每个人能谈的，只能是自己。这种谈论，一旦诉诸于文字，公开发表，就有了强迫的意味。从平等角度上讲，我们可能是为了和别人分享，才拥有写作的经历，但文字又具有另一种天然的强迫。散文写作如何在它的过程之中既能写又能同时消解因为写而对读者造成的强迫。这是散文这种关乎自由的游戏带给我们的智慧。

“陕西散文”：空洞的概念和概念的空洞

黄海：我想说说我对陕西本土散文作家的作品，它呈现出来的姿态或者局限性。比如说陕西作家的优势是向生活低头，向生活学习，他们作品中的当代性在于与我们这个时代发生的关系，它的乡土特色，还有它的表现力，他们有着普遍中国人的东西，这个观念是民族情感最结实的组成——那就是悲情，它是最能打动别人的地方。但是这种局限在于我们的散文还不能够自由展示自己的身体，只有身体是属于自己的，那么人性就会被激发出来。

杜爱民：“陕西散文”是在一个什么样的情况下被提举被使用。说出它是出于何种的考虑。这个概念是因文学的因素而形成，还是受非文学的诸种因素影响，其实应当在使用时弄清楚。我们见到过的文学史，大多都是诸多非文学因素运作而构成的语言暴力的历史，是统治、意识形态、权力统摄的大一统的宏观史。它们不是依照文学的内在构成而建构，因而漏洞百出，看起来非常可疑。具体到某个地方的诗歌或散文写作，情况也大致如此，免不了用个别人代表所有人，免不了排位划座次，免不了受本应被文学拒斥的东西支配。因此，当说到“陕西散文”，我能看到的只是陕西这个地方有哪些人在写散文。文学史是由每个作者个人的写作史和每个读者的阅读史组成的，这其中，陕西并非是文学表达的必然，难道离开了陕西我们就可能不写了。包括你自己在内，没有到陕西之前，你写作，你到陕西之后，也没有放弃。你的写作与你在陕西的关系不大。

姿态是由写作的个体呈现的，局限自然也在其中。整个陕西散文的姿态与局限肯定不是每个人的简单相加。姿态与局限是同类项，添加上个人因素就不是了，不能同类合并。

黄海：我们谈到散文的地域性，这种本土性，每个作家都是带有地域印记的，他的出生地和居住地，或者它将要抵达的地方，无论怎样，它的写作不可能逃离生活着的足迹。所谓“时代赋予的意义”，我觉得它是有具体的地方。

杜爱民：每个作家都写他自己的经历和他生长的地方以及他出发的地方。但散文不只是作家的经历和他的出生地。

写作的地域性与拿地域划分写作是不同的。地域性是写作时间表盘上的刻度。作品在时间上的永恒，离不开地域性的支撑。作品是动静统一，时空结合的产物。

黄海：散文不应该是一种集体舞，每个人的面目，不管是清秀也罢，突兀也罢，或者呈现其他的面貌，最好的状态就是每个人按照自己的状态去写。我说的陕西散文它仅仅是指作家在陕西的散文写作。我们不是把它作为一个群体概念，而是每个人都在按照自己方式的存在。

杜爱民：从方便比较来讲，可以说“陕西散文”，可以说“湖南散文”、“中国散文”、“外国散文”，这只能是从方便的角度说，对某一个具体的人，“陕西散文”可能存在，也可能不存在。阅读同写作是有关联的。但是，这当中真正对我写作起作用的“陕西散文”不多。

回到故乡的写作

黄海：我们用“陕西散文”并不一定对，我为什么要用，就是带一个定义——陕西的散文，或者是作家在陕西的写作。主要是每个作家心中有一个故乡，这个故乡会让你重新回到你的出生地和目的地——回到故乡的写作。

杜爱民：在此之前我们也看到过类似于写一个地域的，或一个地域上的写作，使用比如“江苏小说”、“四川诗歌”的概念，比如我们今天谈到的“陕西散文”。这背后的依据并非出自散文内部。写作中的故乡概念，既指精神也指地域，是在我们依靠和放弃它的状态中才成立的。比如福克纳写他的那个小镇，实际上已经远远超越了约克塔法小镇本身。福克纳在写他的小镇时，他已经是扬弃了。从故乡的纯地理角度看，只有在出生地获得的故乡概念还仍然不够。回到故乡的状态，是永不可得的状态。

黄海：永远在路上。

杜爱民：每个人的路上可能就是每个人的故乡。当然，与写作发生关联的东西，可能是我们对生长地的感情与关注，也可能是一个陌生地方，但是，写作往往不只是单向的进入或逃避。对故乡的靠近有可能是两者的互逆与对冲。

黄海：那就是说，我们写作就是不断地带着疑问的。

杜爱民：永远在流浪。没有到一个地方之前，是没办法把它说清楚的。到了那个地方，或许也是一种偶然。比如你到了西安，西安与你有了关联，但是你的故乡未必就是西安。不仅在地理意义的层面上，也指精神层面上的故乡。

黄海：一个作家应该知道我从哪里来，我要到哪里去。或者说，我从哪里来我却不知道到哪里去。

杜爱民：对。没有写之前，任何事情都可能发生，无法预料。我们是在与事物的偶然相遇中才有了要写的冲动。在写的过程当中，它才跟我们有了关联。如果要找寻意义的话，它只在写的过程当中。故乡是我来的地方，也是我要去的地方。我也许不知道它在何处，但并不妨碍我想要对它的靠近。回到故乡的写作就是要让写作充满着疑问，倘若一切都有定论，何有写作的必要。

贾平凹的散文与传统

黄海：你对贾平凹散文是如何理解的？今天的话题我们不可避免地谈到陕西散文，说到陕西散文传统，谈的陕西当下散文可能存在的意义的时候，我觉得这种意义是回过头来看的过程。

杜爱民：这种传统也是很复杂的。

黄海：这种传统是不是就意味着某种腐朽？

杜爱民：写作本身要有参照。对个人来讲，我生在陕西，我也写散文，我和陕西不可能完全没有任何关联。但我不拿陕西的散文传统衡量我自己，因为，这种传统，在我看来，在我的阅读，在我的经历，在我所知道的现今文化坐标里，根本就不是完整意义的传统。它只是个别部分地作用，没有系统完整地对我产生影响。传统并不是死的。它是我们过去生活当中有生命力的东西。它标出我们写作行为之前的坐标。散文要经得起传统的检验。

黄海：当这个坐标确立的时候，或者说这个坐标成为一种难度和障碍的时候。比如，我们一提陕西散文，自然而然会想到很多前辈作家。作为一个作家，作品参照的传统，跟我们所谈的传统，我们的文学传统，散文传统，可能没有直接关系。而一个写作它永远无法隔离传统而单独存在。传统是什么？每个作家的写作不光是继承传统，而是重塑传统，或者介于消解和构建两者之间。

杜爱民：每个人在写作当中所使用的资源是不一样的，构成也不尽相同。现在是一个信息化的时代，在它之中，新的现实被不断创新出来，旧的传统被不断重新复活。它给人提供了超越限制的可能。我们所说的唐诗，有好多就是在西安写成的，而且很多唐代的大诗人就出生在西安，我却不认为它们就是陕西的古诗。这些诗一旦写成之后，就超越了时空的存在。传统如果是腐朽的东西，还有必要拿它来说事吗。将传统当成坐标参照，或是拿它当障碍和高度，是使用传统者自己的问题，如何看待的问题，不是传统本身的问题。但传统确实又是个认识问题。更大的问题是你是否真正认识了传统。

黄海：散文从五四时期散文到三四十年代散文，到解放初期散文，改革开放之后八十年代的散文，到新散文写作，再到目前的网络散文，这么一个汉语白话散文，在将近100年的时间里。我们的散文还缺乏很多东西。我们一直在寻找，在突围，但同时我们又在丧失很多东西。首先我们的散文放弃了语言，在寻找思想；然后我们在怀疑自己的判断，我们又回到生活中；最后我们再抛弃生活，回到人性中。是我们作家的经验靠不住，还是我们真的无法接近生活的客观和现实？

杜爱民：好多人，包括好多经典性的散文作品，还是没有自己个人的痕迹。这里是需要每个作者，对散文文体本身注入自身的东西。否则，写作就没有必要。在差异当中，在差异特性最大化当中，才有每个人写作存在的可能。五四之后的散文，包括白话文推进的过程，留下了语言书面体、翻译体的东西是比较多的。当下散文写作，还没有办法完全剔除翻译体的痕迹。我个人觉得在散文里，更关键的是个人的独特语境、独特体验、包括文体上的根本性变化，包括独立的立场，独立的态度。方法是死的，对它的使用却是活的、能动的。

黄海：这种独立的、独特的思想、语言或者其他具体的东西，每一种独特的呈现都与自己的身体发生着具体的细节、情愫和革命，你走得越远，意味着可能抵达的地方越多。

杜爱民：语言从属于身体，它从身体发出并服从身体的需要。当然，并不是说你的语言，都充分反映了你的身体。对于写作者来讲，他需要寻找能充分表达、展示自己身体和其潜能的语言。

黄海：你既是诗人，又是散文作家，你结合自己写作来谈是非常重要的。你从事20多年的文学创作，从诗歌到散文，也包括你其他的评论，你的涉及面广泛，以你的阅读范围认为陕西散文最有特点的是什么？

杜爱民：作家很多，每个人呈现的面貌也不一样。有些人注重本身的、性灵的写作，有些人注重自身的生活，有些人反映思考，这个话题要具体到个人。在我眼里，贾平凹的散文我是很喜欢的。他写了很多我根本不知道的事情，我未曾有过的感受。他的散文中体现出的令我陌生化的东西，对我有吸引力。同质同类的东西，我所具有的东西，对我就无所谓了。

在写作中学会放弃

黄海：我想提个个人写作的问题：你是怎样看自己的散文写作？

杜爱民：每个阶段都不一样。我有最初写的时候，也有过自己的文学梦。我感觉今天的写作，是一个放弃的过程。

黄海：写作就是一个不断地减法的过程。

杜爱民：不一定。因人而异。减法不意味着量的多少，有可能是纯度的增加。在现阶段，我的放弃是同最初对文学的期待，对写作本身的想象相比较而言的。现在我感觉到，文学实际上跟我的生活是一样的。从前文学在我看来还是理想。

黄海：你的放弃是什么？是刻意的，还是自然而然的？

杜爱民：放弃我原来觉得有意义的东西。现在我觉得这些意义都是靠不住的。过去牢靠的东西，现在未必就牢靠。在写作中所寻找的、所形成的关系、意义、寓意，还有要把它推到极致的想法，在今天看来，可能都没什么意义了。

黄海：散文写作在不断放弃过程，从另外一方面是否得到的更多。是否又回到我们原来的地方。

杜爱民：要看对谁。我一直想让写作变成我人生经历的组成部分，想使自己能通过写作确切地感受到身体与自己的日常生活之间的联系。日常生活当中靠得住的东西，也是我写作信赖的东西。写我所做的，做我所写的。就这么简单。最后再用文字完成一种身体的确认。

身体是最深刻的思想

黄海：你更多地谈到身体。我读你的散文，更多的就是思想。这种思想也是身体在场的思想，但身体性却是赤裸的，我的理解是不做直接判断的，它却是真实存在的。

杜爱民：身体是最深刻的思想。有人认为思想是抽象的道理。从语言的角度讲，我们被认为的真理或道理，背后靠的是假设。只有身体做到了道器的合一。

黄海：从这个意义讲，我们说出来，不管真理也好，道理也好，都是靠不住的。

杜爱民：是。没有放之四海皆准的真理。真理是具体的，是相对的，是微观的。在写作中更是一用就没有用的东西。

黄海：这种靠不住的东西，也是带有你个人身体气味的东西。这种气味也是自己的经验的，是属于你一个人的。比如说这种靠不住的东西，可能是躲藏在真理之后的事实。

杜爱民：真理的作用是具体的。所谓具体的真理就是微观的、特殊的事物与身体直接发生关联时所产生的效应。无数具体的过程，组成我们都想要获得的概念真理。可以从宏观角度讲这种真理和身体存在的依存关系。所有的判断只能决定你的依存关系。你一旦把它诉诸于别人时，情况就完全不同了。语言的真理固然有它的好处，也天然地存在着暴力。

黄海：我能理解语言的暴力是中性词。

杜爱民：语言暴力有多面性，有向外扩张的动力在它的内里。我只希望通过语言与我自身产生关系，不愿拿它针对别人。把你自身的东西，放到你身体之外，尤其是要诉诸于别人。这时候语言暴力就在所难免了。

黄海：我的气味从我的身体和生活散发出来的，但是就我个人在写作中或者在生活中遇到的问题，其实我们在生活，我们的身体在写作过程中，往往是不断妥协的。向我们的生活低头，它离地面越近越好。或者说我们思想的飞扬，我们这种乌托邦式的思考，最终也是身体发出来的。

杜爱民：作用和反作用产生力。因此，写作本身就是力量的较量和赌博。我们写作是因为与某些事物偶然的相遇，相遇的偶然就像掷骰子，没投之前，我们不知道点数，唯有此时此刻放手一搏。

黄海：对于散文写作，如果你要回到原来的某一时段，某一方向的时候。是后撤哪个时候？向后的过程其实是为了积蓄更多的力量，是不放弃，不是投城，而是潜行，散文有时候缺乏的是这种勇气。

杜爱民：放弃并不意味着后撤，为的是更好地前行。文化告诉我们，什么东西应该做，什么东西不应该做，什么东西是合理的，什么东西是不合理的。在对文化的接受中，我们开始有了区分和辨识。区分和辨认自身与文化之间的关系，必须懂得放弃文化与自身生活没有的关联。在文化中发现自己的身体扔掉其余，就是朝前的过程。

黄海：作家在作自己的判断，是为别人代言吗？

杜爱民：怎么能代言。在自己生活的环境中，从中区分哪些与自身有关，哪些无关。在自己必要，对别人就未必了。

黄海：散文可能有一个两面性问题。我们的想法，我们的思想也存在这方面的，我不赞成你的那个观点：我放弃或者后撤，甚至是前行的过程。刚才你谈到，我回过头来反思我行为的时候，以前的东西是不可靠的。从这个意义来说，这种不可靠的同时，意味着向后看的过程，其实就是后撤。

杜爱民：任何前行离开对原点的回溯，都没办法给前行提供确切的坐标。前是由后给出的方向。在回溯当中，前行获得动力的刺激，获得动力源泉。谈到放弃，或朝前走，都必须经受检验。说放弃，只是在我个人来看，对我受用，没有在此刻之外的关联。这种关联对我来讲不舒服，隔断了我自己此时此刻真实的感受。

黄海：我们必须要谈到一个有争议的问题。不管是美文90年代初提出的大散文还是最近在场主义写作，还有以前我提出的原散文（我是说把散文回归到散文的本身）。包括还有新散文，很多各种各样的提法，你怎么看待这些问题？

杜爱民：有关散文本身的各种各样的理论，对我来讲，根本不发生任何作用。大散文也好，小散文也好，新散文也好，都是写作的结果，不是写作本身。它们都被写作整合。新的写作更重要，意义更丰富，不只指新的文本。单纯的立言站不住脚。写散文就是要让言成为肉身。一个散文作者脑子里整天充满这些东西，是非常可怕的。不是散文大小新旧在激励我写。是我在生活当中的感受，我身体的痛，我的快乐，来决定我写还是不写。不因新旧而写，但要写出新的东西。

黄海：这样说，散文写作状态是一种自发的？

杜爱民：也不完全是自发的。写作受外力内力的刺激。不是因为大对我有刺激，也不是因为新对我有刺激。是因为身体的痛，因为快乐，还包括生活的其他感受，它们触发了我要写的愿望。你说它只是新的吗？比如说反讽，很多自认为是先锋的作家都在用，在大跃进、文革当中，好多民歌也用。“喝令三山五岳开道”跟“我对着黄河尿了一泡尿”从方法上讲，有本质的区别吗？一个是对自然的一厢情愿，一个是对民族文化象征的一厢情愿。每个人能做的是对反讽这种方法注入个人身体的热力。方法无新旧，感受有区别，经验与对象也不同。

在写作中要不断辨认自己

黄海：这种反讽，是一种反方向，一种逆向思维，一种写作方式。它应该不是一种新生的东西。但对我们的写作它提供了一种可能。不是说所有逆向的思考，它是有力量的。在我们的散文写作中，应该找到一种自觉的路。这种自觉的路，就像你刚才说的，这种外力，这种痛感，内心的喜怒哀乐，应该属于这种状态，而跟我们所说的概念的写作都是没有关系的。

杜爱民：其实是一种状态。让我感觉到写作的节奏与身体节奏保持同步时，就有愉快，我觉得就够了。这跟打麻将的道理一样。

黄海：作家不但是写作的人，而且还不断地修正自己的人。同时，他还在不断地放弃自己。他要回过头看看，或者想一些事情。很多的作家可能就是在不断地停顿当中。

杜爱民：写作是个时点的概念，不同的时间地点，会有不同的写作。别人我不清楚，但起码我自己要知道，我今天写，是在什么程度上去写；我这样写，在我之前有没有人这么做过。我必须对我的写作有清楚地认识了解。我的眼睛不仅能知道哪些东西是最好的，那些东西不好，还得用手把它们再写出来，这本身就不容易。能经得起时间和传统的检验，就更难了。

黄海：每个作家在写作时是在不断区分当下的写作。在区分当中，要么是不读别人的，要么是你读更多作家的东西。比如，我们以前整个历史就是用散文化的方式写作的历史。比如《春秋》，到后面的《战国策》等很多东西。《春秋》很简单，据说是孔子写的，《战国策》又是在《春秋》的基础上写的。很多东西都是在前人的基础上写的，而我们把这些作品看成是散文的时候，看成文学的时候，给我的感觉是，我们的写作不是在不断地区分前人的基础上写的，而是站在前人的肩膀，分享他们带给我们内心的思考。

杜爱民：恐怕在今天，没有任何一个写的人，没有阅读的经历。你没有阅读的经历，你就不可能有写了。阅读得越多，并不意味着写得就越好。我们写作的最初老师，是我们的阅读。阅读可以训练我们的眼力。阅读的经历告诉我们：哪些东西是好的，哪些东西是不好的，哪些东西是我喜欢的，哪些东西不是我喜欢的。在写作中我们试着再将它们证明和推翻。我没见到过没有阅读经历而写得又非常好的作家。今天，写作本身也在不断变化着，除了我们关注自身之外，关注写作本身的过程，了解当今写作的前沿、最新的写作方向，便能清楚你是在什么样的状态下写作。

黄海：谈论散文面临的这些问题的时候，散文的格局，包括语言、方式等等，你要谈散文的样式的时候，它应该是个什么样式。从表面性谈，散文应当是什么样式？回到故乡这种写作，不光是河流，还有庄家、天空、大地、牛羊。也可能是一个人在田野劳动或行走的过程，这是我们看到的散文最乡土和最根本的东西。前一段时间，作家杨永康说，散文的样式就是散，随笔就是随。当然，他说的就是散文这种表面的东西，他没有从根本上关注到散文本质的写作。

杜爱民：每一次写作，都可能面对不同题材，不同的境遇，还包括你的身体状况。一个本分的作家，不会去考虑格局。在写作中要做到的是辨认自己。所谓散文的格局是什么，散文的状态是什么？那是散文的战略家、散文的评判家要做的事。既当球员又当裁判，这当中肯定会有问题。一个作品只在写它的过程与我有关联。它被写出来了，被放在读者面前，就跟我没有了关系。

黄海：这是常识。

杜爱民：作为读者，阅读经验是另外一回事。有人讲散文要散，随笔要随。我们现在所看到的散文，哪一个不散,随笔哪一个不随?

黄海：这也是常识。

杜爱民：常识对散文写作也是问题。我们不知道，散文散了，随笔随了就可大功告成了。因此，我们还要靠写去接近、探究什么是散文什么是随笔。这是写作永久的追问。

从自己身体出发的写作

黄海：从你的写作当中，包括我后面看到，从你作品中最不可忽视的身体性，是人性直接的拷问。你的《仁义村》、《四路公共汽车》，你写出了仁义村，又写出了四路汽车，你的写作是宽泛的，呈现多种姿态。

杜爱民：对我来讲，最好是每一篇都是我前面没有写过的，每一篇的内容都是新鲜的。我总是试图做我自己没有做过的事情。一旦我做过了，而且我觉得还做得得心应手，我觉得那些东西就不重要了。写作根本没有成功的经验。经验就是从失败做起。这是我的写作偏爱。

黄海：你的作品这种风格的多种呈现，包括以前我读到的《浅近录》，那种内心的小，这种小不是具体的，这种小是某一方面的小，包括你思考内心大的东西，比如《人民》等。

杜爱民：《浅近录》和《人民》是两种不同的东西。我没有仔细想过。对我来讲，还是刚才我说的，每写一篇的时候，我更关注过去写作当中曾经没有的东西。我觉得这个时候，才是我值得写的时候。一旦我自己的经验告诉我，这些是在重复以前，这句话以前已写了，我宁可不写。

黄海：是否有的人的写作，是为某一篇准备的，不断重复自己的写作，最终是为了某一篇。

杜爱民：这个我不知道。一个人一辈子只为了一篇写作而准备，这样的过程是没有什么意义的。在漫长的写作当中，都围绕着哪一篇写的话，我觉得这个过程也索然无味。我之所以想写，肯定是有某种冲动。冲动肯定对我有新鲜的吸引，否则的话，我今天这样写，我明天还是在重复我写过的东西，这对我来说，没有什么挑战。写作是向自己的极限挑战。向自己挑战，就是自己跟自己打拳击。

黄海：聂鲁达就是这样的作家。一个人不断地写情诗，不断地写这些的时候，就是一种重复。很多人、很多作家都在不断地重复，这种重复不仅仅是题材的重复。作家就算呈现一种事物的状态，但不同的角度可能呈现与之不同的东西。伟大的作品是在不断重复中不断创新的。

杜爱民：创新是点滴的累积。纯粹的新，纯粹的旧，在理论上能够把它抽象出来，实际的作品当中根本不存在。书写的规律还是存在的。“新小说”只是拒绝了全能的人，拒绝了人的那种自以为是。就跟画画一样，你要拿笔、拿墨，要有行笔的过程。行笔的意味可能与别人的不一样，行笔的气息跟别人的不一样，但是画画行为区别于其他行为的特定是相同，都是在笔墨纸形成的空间设定里。我个人感觉，关于散文的谈话，尤其要对当下的散文做总结，不能离开具体的作品和人。这个有困难。有些东西是不可说的，不能说的。我们必须要清醒地知道，我们能说的只是我们的个人感受。

黄海：我以前说过，一个作家靠记忆和经验写作是不可靠的。我想记忆是想把消失的经验挽救回来。记忆是一个不断被遗忘又重新被篡改的过程。记忆也是不可靠的，历史从这个角度来讲是没有意义的，它只是作家的心灵史，并不具备普遍的参考。

杜爱民：也不一定。要看什么样的记忆，要看什么样的经验。在中国画当中，李可染说过，画家的成长要经历两个过程：首先要不遗余力地打进传统。完成后还要不遗余力地逃出，从传统当中突围。首先，是对文化的获得，当获得之后，有了个人的自觉之后，从文化当中逃出来，寻找自己。这进出的相反过程，就相伴着个人记忆和经验。

不应把散文永久地囚禁在语言的牢房里

杜爱民：今天谈话当中，有很多是不可靠的。有时候，写作又需要这种不可靠的东西，比如说十个手指，为什么不一般齐，大拇指为什么最短，你要完全寻找这种理由，它会是不可靠的。但双手对于我们的身体又完全合情合理。就是不可靠，就是没有道理，但它就这么存在了。用逻辑，把写作的目的，写作的实践全部都穷尽了，这种写作本身，恰恰才是不可靠的。可能我们本身依存的许多东西是不可靠的，但它恰恰又成了依靠。有些东西需要过滤，要强调文体的独立性。过分依赖历史，对散文本身会有减损和伤害。对散文进行总结，进行归类、排位，其实，在我们做出判断的时候，真正有意义的东西，真正有价值的东西恰恰是判断之外的东西。只是看杂志、网络，就说有哪些人在写，哪些人写得好一些，哪些人写得差一些，不分析获取信息的渠道，与散文真实的存在相差甚远，就做判断，那是有问题的。

黄海：我们还是应该对陕西散文做出一个自己的判断，这也是我们对陕西散文有所期待。

杜爱民：同质化的东西还有，但很少触及到过去没有写的东西。大家在阅读上把散文也当成是一种消费，喜欢刺激，喜欢悲情，喜欢充满激情的东西，在这种期待下写出来的东西，不可能没有问题。

黄海：也可以这样说，现在散文越来越具体，生活元素越来越轻和小众，越来越倾向于内心的生活，跟过去的散文相比，越来越有张力，越来越有语言的暴力。我们谈到暴力，其实是革命，是语言的革命。我们语言革什么命？是否一定革命？写好散文，是不是一定要革命，这是散文所具有的问题。我们习惯了你刚才所说的刺激性东西，这种刺激，光怪陆离的语言形式感，还有这种所谓的口号，这种主义，我不断借助于外力的影响。我个人觉得散文应该是“回”的过程，“回过头”的一种过程，或者是一种驻守、一种后撤的过程。而不是一味地强加于散文的形式——对散文命名有很多问题，这种问题不是作家的一种修养。修养是一个作家的经验、经历，是我们对过去的一种看法，我们对事物司空见惯的一种遭遇。这些东西对散文来说，是每个时代必须要求的，它不是新生的东西，而我们的知识分子，我们的很多人，很多作家，在写作中，恰恰存在这样的问题。我们用知识去阐释，用知识去知识这些散文的时候，它没有自己，没血性，没有市井味道。可以这样说，我们的散文没有世俗感，把很多东西都删除了。每篇散文都像在洗澡，发出的是香皂和洗涤液的味道。

杜爱民：这要看作者了。写生活没有市井，写人间没烟火，是作者出了问题，是写作出了问题，不是生活和人间的问题。最大的问题是作者把散文还囚禁在了语言的牢房里。

作者的修辞让语意在散文语言中无限繁殖。作者的身体感受不断被扭曲，意想被不断放大，造成语意上的虚假自恋式的写作。这样的作者和他的身体，只存在于纸上，放在现实中根本不可能存在。作者在散文中知道不能怎样，比知道能怎样更重要。

散文里没有身体的真实信息，没有生命与生活的真实信息，是作者的问题，是写作问题，不是散文本身的问题。作者高高在上，信口雌黄，全知全能，他的写作就会充满可疑，这跟散文本身没有关系。需要保卫的是写作，需要针对的是作者自己。我们不知道散文究竟要回到哪里，但作者能够回到自己的身体，用身体写作。写经身体确认过的真实的东西，比空谈散文革命、张扬语言暴力来得更具体。作者在写作里不但要进行话语实验，同时要完成自己生命风格的不断重塑，不但要改造散文艺术，还要把自己的身体打造成一件艺术品。要让写作变成生活，而不是让人只看到作者在其中的表演。

黄海：散文应把这些杂质的东西剔除和掏空。

杜爱民：先掏作者和写作的杂质，还要看之后留下的是什么样的空。空的含义是多种多样的。等式后面的零与自然数零是不一样的。去掉杂质，保存最直接的本质元素，这样的空是通透，不妨碍妙有。不断地革新变化要靠实践，必须靠一个字一个字累积实现。说一个东西新，下结论，做出判断，是非常容易的，但实际与结论之间反差巨大。下结论容易，实际是不是你所给的判断，这不是下结论就能得出的。现在，散文写作与对写作的言说之间，到底有什么关联。

创造一种不断更新的自我关系

程方：自上个世纪80年代以后，你在诗歌写作方面似乎已变得默默无闻。每年只能偶尔在某个杂志上读到你的作品，有些时候你几乎就不存在。我们在其间看到了你在散文、随笔方面的写作转向：总是以个体的面貌出现，独来独往，几乎与民间或非官方的圈子都保持着距离。

杜爱民：成为一个公认的诗歌明星，认同并按照诗人特殊的方式思考和行动，最终成为这一方面的权威和有影响力的人物，如此这般被制造出来的成功范例如今已经比比皆是。它取消了因诗歌写作更进一步带给我们困扰的问题；这样的设计理路对于生命美的塑造无任何挑战可言，更无重要的创新能被发现。重要的是随时随地在每一个具体的危机点上所实施的抵抗和投入的战斗。通过诗歌写作提交给我们的种种可能和与未知所产生的联系，也许会帮助我们、启发我们尽力去发现和发展一种仍然不可能的存在方式，以便使我们不断对诗歌写作和我们同自身的关系得以重新定义。

必须避免对于诗歌写作的简单划分。将官方与民间，体制内和体制外等等因素置于诗歌写作的语境，说明不了诗歌写作本身固有的问题，也不可能为写作注入新的动力性的契机。官方或体制这些强制性的统治因素，并不是以一种宏大整体和显而易见的面目在发挥作用；它们流经到个体的曲折过程，已经受到了各类知识的治理技术的精确加工，然后汇集到了语言。因此，诗歌写作只能面对语言发声。如果有体制的因素存在，那也只是语言的体制。语言才是诗歌写作要违反的最大体制，是体制的终点。“从字母A到字母Z”，我们应当重新建立起一种与自己的新型关系，获得一个以普通人的眼睛观看的权力，写出一种从未有过的声音。

程方："非非"、"他们"、"口语诗"等民间写作有别于其他的写作，对那个年代的汉语诗歌是有贡献的。不能否认那些诗人为诗歌带来了多样化的形态与生存。

杜爱民：离开当时的具体条件，谈论那个时期的写作是毫无意义的。我不习惯流派、圈子或同仁这些字眼对诗人或诗歌设定的种种限制。诗歌写作所形成的对于存在限制的反抗，不针对具体的个人、机构和集团。如果有针对的话，也是指向让我们臣服的那样一种方式。它本身就存在于诗歌和语言与生俱来的效应当中。所以还有写的必要，就是要发现它、认清它，如何让我们屈从于它的臣服机制，按照它的划分、步骤和方法来实现既定的目标。

今天的诗歌写作者应当孤身一人，赤手空拳，单打独弄。个体的绝对独立，是当代写作的基本前提条件和立场。不存在谁反对谁，更没有必要采取一哄而上的群体运动方式。诗歌写作者之间的圈子，令人匪夷所思；一个大哥，几个兄弟相互抱团取暖，圈子与圈子之间又江湖相望，永远在规则上无法穿越自己为自己设定的解不开的谜团。这样的选择只会走向诗歌写作的反面。

所谓的体制内与体制外、民间与官方、口语和书面等等一直被拿出来说事的东西，全是伪问题。如果有什么体制要反对，那么语言才是最终和最根本的体制：清理其中统治性的因素，创造不被如此统治的艺术，才是诗人应当要做的事情。在语言中，诗人的影子无处不在，又匿名于这种语言存在之中。拒绝区隔划分，拒绝被分类，拒绝成为资格和地点身份的囚徒，才有作为一个自主个体本身的基础可言；诗歌写作正是在这样的时间点位上有了自己的开始。

一首诗歌采用书面语或者口语并不重要，重要的是它是否为我们构造出了有用的话语装备，使我们在同语言的悖论关系中，能够重构自己新的生命伦理，发展新的自我形塑的美与可能，重新定义诗歌何为？重新叙写关于我们自身的真理。

所谓的“民间”和“体制外”并非就是诗歌的圣地净土。拒绝其必然性。在一个空白的背景中，以一个无法再被细分的个体因子的方式，展开我们自己要做的功课。

程方：我清楚你所谈到的诗歌观念与自我塑造的重要性，是为了尽量避开诗歌权力的征服性有可能对人重新造成的伤害和统治。但是，通过诗歌写作所展开的对于自我的认知，并不能确保诗人自己免受自我认同的束缚。

杜爱民：诗歌写作不可能提供任何担保。要摒弃那些通过诗歌达到不朽或永恒，进而青史留名的思维框框。诗歌写作在第一时间里只与个人破解自己的存在之谜有关。它是我们的伴侣，为我们独自面对自己时有可能出现的危机带来缓解；它是一种目光的凝视，让我们的内心得以被这样的投射所打亮和照看。我们需要通过一种诗歌写作，来改变强加在我们身上的秘密、变形和神秘化的表述。我们在这样的诗歌写作中渴望得到改变，渴望坦诚相待的人，渴望与他人的真诚友谊，也渴望与自己重新建立充分而积极的关系。这种语言与真理的游戏不再涉及强制实践，只关涉写作主体的自我形塑。

诗歌和我们自身，都是需要在通过写作所展开和点燃的自我实践中，不断进行重新定义的概念。没有谁能在其中担保，让我们一劳永逸地永远正确。这也是不断要写的理由所在。让每一次写作过程、每一首诗，都能够像接力一样永远传递下去，成为我们长期实践和日常生活的某种风格，创造属于我们自己的人生，和伴随着这种人生与生活的诗歌。今天，让生活成为诗篇，比让诗歌永垂不朽更加富有挑战性，更加激动人心。

程方：1980年以来，许多汉语诗歌写作者背后都有西方文化影响的痕迹。他们写作资源的摄取，有明显的西方化倾向，甚至包括观念和方法。用汉语母语写一种异质化的、非本土的诗歌，在今天的诗坛，被誉为先锋，已司空见惯。这样的现象应当如何看待。

杜爱民：我不认为诗歌的变化史是一个线性进化的过程。后现代诗歌相对于现代诗歌，并不一定意味着前者是在后者基础上的进步，它们之间也不仅仅只是谁反对谁的单一紧张的关系。好的诗歌冲破了时间限制，在任何时候，任何地方都是好的。它们的存在，改变了诗歌存在的多样性和可能性。好的诗歌不存在过时的问题，也不分东方和西方。

包括我自己在内，都不同程度地受到过西方文化思想的影响。我们要清楚：在诗歌写作中，通过什么引入了什么样的多样性，并在诗歌写作中推动和改变了哪些多样性，并且最终是否完成或解决了自己写作的当下性。西方诗歌或西方文化思想，并不是我们的目标本身。它们并非穷尽了诗歌写作的全部。重要的是，在这一切之上，在自己写作中是否真的出现过对于自己的凝视，而不是一味地被别人牵着走。摆脱一切文化的控制，摆脱依赖于他者的文化屈从，也是诗歌写作要完成的任务。

程方：以你所见，我仍然无法弄清你所说的诗人形象。诗人通常都是时代的文化先知和先锋。

杜爱民：恰恰相反。诗人的身份常常令他身处时代的文化眼睛无法辨认。匿名于诗人这样一个集合型的精神存在里，创造属于每个个人的生存关系，开辟自己生命的道路。一直这样坚持下，避开那些热闹的场合，这样的话，才可能让诗歌写作成为对自己的挑战，而不是对自己的娱乐。试想，在不可为之为与拒绝被讲述之间奇特的组合，倘若是在诗人创造的生命奇观和诗歌文本里共同展现出来的话，就没有必要奢求反抗绝望与始终沉默之间的完美统一了。

诗人就是那些看似相似却又根本不同的人们。我们需要不断地对自我关系进行更新。这是生命之路、生活之路，也是诗歌之路。

程方：倘若如你所言，诗歌文本的流传和与人分享在未来将是一件非常困难的事情。诗人以作品立身将作何理解。

杜爱民：诗歌写作与诗歌的流传和与人分享是两件事情。诗歌写作完成后可以拿出来与人分享交流，但对作者的期望或期待而言，应当有一个基础：他（作者）首先应当期待的是对自己的自我实践有作用。在此基础上才有诗歌的流传和与人分享可言。梦想自己的诗歌能传下去的想法可能在每个诗人都会有过；当一首诗能在今天广为流传的时候，可疑的东西也许已经如影随形了。在让所有的人都吟诵同一首诗歌的情况里，已经埋伏下了极其残酷的语言暴力。这绝对不是诗歌经典出现的时刻，相反，是诗人们需要做出改变的时刻。诗歌不可能沦为一种流行的东西。读者的数量对于一首诗歌的衡量判断没有意义。有时候，有一两个相知相通的大脑的理解，就已经足矣。放之四海皆准，正是诗歌所要反对的。

诗人是个集体：每一个具体的个人都将匿名地存在于其中；诗歌属于个人：每一个诗人都将因为诗歌所形成的改变，令人无法辨认。这就是存在于作品与诗人之间的悖论。以作品立身，应当清楚实际存在的上述关系。否则，诗人或诗歌就会轻易地沦为形形色色的工具，最终成为自己身份的奴隶。“不被如此统治的艺术”是针对诗人个人而言的；服从也将以诗人自身自主的主体为基础。有趣的是：据说蛇有七条生命。而诗人却有无数张不变的面孔。

程方：让我们还是回到诗歌的语言核心上展开讨论。说到底：诗歌最终都得回到语言。“诗到语言为止”。

杜爱民：这要看诗人对语言如何理解和看待。首先要让语言不再听命于零和博弈的游戏规则；同时，语言也将不再是场所和价值，而是一种表现和新的创造本身。要让语言在对自身的重复中，形成对于我们存在未知部分的探询。

语言永远不可能与现实的存在完全等同；语言也永不可能穷尽存在的全部意义。“语言和意义生来即存在于表现之内。”此后，才有诗人们在语言当中，不断发明和更新与自我之间新型关系的具体实践可言。要警惕的是：语言在我们头上行使权力的普遍方法。语言使我们走向世界，又同时阻止我们走向世界。我们必须面对语言之光的虚空本质，必须面对存在的虚无，然后，对自己说话。这便是与语言共处。这才是诗人最真实的处境。

卷六

语言之镜

也许只有在语言之镜无法照射到的地方，才可能有一条逃脱之路。

水与中国画

长期以来，水的无限可塑性在中国绘画的写意精神当中被推向了一个至高的境界。水在其中代表着最高的自由，也是唯一与绘画者相同，具有能决定自身自由限度的核心因素；水在画家和绘画之间，给出了它们相融相通的道路。水在宣纸之上特殊的晕化作用，将画家内心向往的自由送达到一个理想的境界。它在这一过程中也同时完成了自己塑形的多重可能。水召唤那些中国绘画对象构成的各种关联性因素；水也意味着无路之途；它尽头的风光，显现出界限的极点、边缘和有限性对它的最后纠缠，显现出绘画和自由一样，最终都是不可界定的生命奇观。

水在宣纸上的变化、意外和经过的路径，并不终止在具体既定的目的之上。它的流动代表着：无需由它自身之外的因素，为它的自由变化设定任何规则。一旦被带到宣纸之上，水便成为了一种不可控的力量。水把画者的想法带向远方，又送回到家门口。笔墨这时候只是一种布局的可靠范围，是规约与习惯的集合体，期待着水在它的地平线上的穿越，期待着由水来将绘画变成动力的产物，而非意愿的产物，为绘画注入一种没有目的的崭新形式，最终靠它的格局，来回转客观的世界。

在中国绘画中，水还是一种天外之物。它有可能直接与我们存在的外部接通，带着我们意识之外的神秘。水在中国画中，既承载着人性，又撕裂这种人性；在它的内部，最终排除人性，只朝向自身原初指涉的神性，随后还向将它归结为知识或常识的结论，紧紧地关上了大门。

水被寄托着无限的向往。它还被用来冲刷清洗掉记忆的印痕。但是当它在宣纸之上逸出画家的掌控，就不再是一种被动地接受驱使的力量。在中国画里，水不能像其他要素那样，被界定为是什么。它只标示出绘画未被充满和尚待确定的关系，是飞出笔墨意义的所有潜在的意义。

笔墨被用来构筑中国绘画的构成关系，水却在某种程度上废除这种关系；笔墨营构着中国画的空间，并且串通联结它们，水却使它们产生断裂和空缺。水阻断了试图将绘画带向被预设的固定意义，并且消融这些意义，将它们播散到具有新生活力的要素当中。正是借助水，中国绘画自身才能够调度阴阳，控制平衡，气韵生动。

水让笔墨化为零。让它们只在自身当中产生功效，发挥作用，而不是毫无节制地随意溢出自身。水也消解画家的主体意识，让他平和，让他不要总是在绘画中显得那么高高在上；让画家的主体与绘画，最终合而为一。

水赋予了中国画更根本的穿透力。它是阴柔之力，是呼吸之力，是更为持久的永续之力，而不是聚而即散的热力和暴力。水的可塑性从一开始就使中国画面对着空无。空缺的意义，远远胜过观念的意义、印象的意义和写实的意义；空缺的意义，就是超越上述这一切的意义，是不断更新的意义。

未经水调和的粘稠的颜膏、刀子和架上的画布，单从质地材料的外表上看，就已令人沮丧。这些工具性的物品，灭除了柔性和人性，它们的形状、硬度和本身的属性，也带着凉意，无法接纳人的体温，还具有十足的暴力意味。而水在中国画所使用的豪管之中细密匀称的分布，它在宣纸之上流经之处所带来的亲和力和质感，它对墨和颜料的调和作用，从一开始就改变了手与对象之间的关系，仿佛让中国画有了一个像呼吸一样自然的开始，也让人与工具和对象之间，形成了一种不言而喻的默契。

水与墨色和宣纸之间的结合极富诗意，它们有一种天然的美，属于天籁的诗篇，也易于展示这种永久的自然对象之美。只有在宣纸之上，水与墨的融合，才能体现出它们最细微和精致的变化，它们出自画家笔下的毫端，又使在水当中的这种融合的效果，显得匪夷所思。由水所带来的惊人的东西，并不像西方油画依靠色块的堆积，依靠油脂的凝聚，依靠刀子的切割。水从不将墨色固定在自己的管辖之内，从不凝固墨的变化与节奏。相反，它稀释与它结合的东西，让对象与它每一次的结合都像是一次冒险的经历。

没有谁能够预言到水在中国画当中的变化规则。水就是规则的反面：每一次具体的变化都同前一次不同；每一次新的重复，都意味着差异性的不可重复。它在中国画笔墨程式的内部，垂直地分割这种程式的固定结构和寄生意义：水的净化作用给予笔墨以时间的涵义，使中国画从开始就是放在时间之中的纯粹艺术和超越时间与规则的艺术。水消除了笔墨之间的意向关系，并推动笔墨关系在自身当中运动，保留它们的节奏气韵和当中的音乐，而不是目的论的结果。

中国画是以“气”作为自己存在的特性，“气”构成了中国画的基础，而水与气之间天然地存在着必然的联系，存在着相互转化的多重通道。由水化为气，既是自然的物理想象，又隐含着中国绘画艺术独特的变异；既是一种艺术的创造，又代表着天人的合一。水作为对象和作为构成，都直接与中国画的气脉相通，使中国画最终有了一个气的格局。水在宣纸上干涸后，它身后留下的痕迹，构成了一种完全“透明”的绘画，一种与西画截然不同的水的空白的绘画。

水的气化作用，使中国画的呈现显得既近又远。它是通过离散造成的分布，形成了散点的视觉投射效果，让远的经验感受，不仅有了高、深、平、宽之别。水在宣纸上的消散，还远得就像神秘的远古经验。

水在中国绘画里更代表着一种精神，当它完全与笔墨宣纸融合之后，最终也将自身消隐在了这种由笔墨和宣纸构成的绘画当中了。水在画面上，以气韵、气势和气态呈现。正是因为水，生命在中国绘画中才会不死，才成为了新的不可预期的时间构成，才使中国画重又回到了它的源头性的反规则之中，成为了新生的活力展现。

明星泪

明星靠扮演别人为生，或者说他的人生通过扮演别人来实现。明星寄生于他所扮演的角色当中，栖身在角色的兴趣、爱好和举手投足里。他让自己像别人一样说话、恋爱和死亡。在确认别人价值的方式里，确认自己对他者的确认和对自己的确认。

在观众与现实世界之间，明星永远只是一个替代物，永远不是他充当的角色本身。有时他也许会超出角色固有的界限，强化角色的行为，突出某一方面的特质，美化外观与言谈，所有这些都无法脱离角色而展开。明星只是一部用来转化和呈现的机器，是复制和模拟的产物，是真实的中间带与过渡。

表演首先意味着屈从。即使最终表演的结果比真实还要真实，都不会与真实本身完全等同。明星通过表演行为与角色趋近，但不可能成为角色本人。他是在对自己的分离中，靠自己的性格特质和天赋与角色之间的相似，来折射角色，体现角色的个性，找到与角色符合的对应。明星在展现自己个性的那一刻，也将自己的个性交给了他的角色，成为角色身上应有的东西。明星在角色的个性中打开自己的个性，在失去自己的个性中又伸张自己的个性。

眼泪是明星充当角色时唯一从他身体里流出的属于他自己的东西，也是与角色重合后，明星的身体唯一新生出的组织液体。只是在一滴一滴的眼泪中，明星才能够做到：既符合角色的规定，又成为了他自己，证明了他的泪，源于他的眼眶内，是出自他身体本源性的东西。

明星泪是化合生成的结果。角色的死可以模拟，流血可以模拟，唯独眼泪，需要明星自己来流。明星泪可以替别人而流，但它之中，很难区格划分出：哪些是分属于角色的部分。

表演使明星身上暗藏下许多道门，每一道门前都站立着他曾经扮演过的角色，只有眼眶这道门一直是为自己留着，供自己进出。表演实际是明星在自己的身体里寻找门路，寻找自己所扮演的人物在自己身体里的出口与入口，让角色一个个从自己身体当中经过，让角色走在明星的身体为他预设的路上。只有泪，才使明星从自身中涌出。眼眶作为门，始终为明星自己敞开着。

在屏幕上，明星从来没有自己扮演过自己，明星如果自己将自己搬上屏幕，只能是纪实之类的东西，不构成戏剧。明星的生涯，有可能成为迷人的故事，但无需明星从中自己扮演自己。戏剧都是离间的，不仅观众与剧情间离，表演与实际间离，舞台本身也促使间离，而明星在这中间使一切变得更加间离。没有明星居间充当既维系又间离的中介，就不会有艺术的效果，更不会有今天的影视剧。

不断地成为他者，才能不断地确认自己的存在。当明星成功地扮演了他者之后，他的私人空间才会被呈现出来，他的逸闻或趣事，才能引起关注，供人欣赏和消费，他的私人空间，也不再躲藏于自己的身后，而是逐渐走上了前台，他对角色的参与、讲述与演绎，才能随后将自己的皱褶打开。

罗兰·巴特讲：嘉宝的脸是理念，赫本的脸是一个事件。嘉宝的脸尽管美轮美奂，但不是描画出来的，而是在光滑易碎之物上雕刻而成的。明星可以穿上角色的衣服，说角色要讲的话，将脸装扮成角色的脸，但无法在他的眼球上进行雕刻。眼睛是明星成为角色后，唯一为自己保留的东西。这一双漆黑的肉的伤口，是明星最终返回自己的通道，从中流出的泪，包含着成为角色又从角色返回的过程里的所有秘密。

在角色中，明星以不同的方式落泪，并且在落泪时总有不同的形象。明星被连环的双重生活所套，在其间，他的泪为何而流，什么时候流，还是为别人而流，或是替他者而流，都包含在因明星的表演所新生的泪的历史当中了。

明星在表演死亡的时候，可以自己不死，但在表演落泪的时候，自己必须流泪。在剧情中，明星以各种方式落泪，人们无法确知：他什么时候是在冲着自己落泪。明星不可以自编自导自演一部以自己为主角命名的影视剧，他不可让自己与镜头每一刻都寸步不离。他生前不可能，他身后也更加不现实。

每一个人的个人史，从一开始就像明星的演艺史，都是一部不断成为他者的历史，一部表演的历史。人的成长和明星的演艺，都受语言的支配和塑造，都是努力再现“神”授之意的实现过程。成为理想的人与成为明星是一回事。人可以用一生的时间，再现他的目标要求的实现过程，但人不可以自己再现自己的死亡，因为生命只有一次。这就如同明星无法再现他扮演的角色自己落泪一样，因为明星和角色各自都会流泪。

没有谁，能在场见证自己的死亡。没有谁，能在别人的眼眶里，再现自己在流泪。

崇祯的身体

存在着这样的历史时刻："政治以语言的完全解体来抟塑某个主体。"语言解体对主体而言意味着无法表达，或不可名状。这是身体被恐惧透彻的时刻，也是生命的激情被点燃的时刻。身体此刻像一匹脱缰的野马，不再受语言绳索的束缚，而是重新站在语言的界限之外，展开了自己独特的姿势。

1644年3月18日，便是这样的时刻。崇祯成为了那个因语言的解体而被抟塑的主体。用来叙述明王朝的语言体系，此刻已经土崩瓦解，故宫之外也已四面楚歌。崇祯选择了在煤山的一棵树上赴死，以长发覆面，让所有人都能看见王朝的废墟上，他所留下的身体。也让人无法知晓，他死去时的面部表情。

在煤山上可以望见整个北京城。北京的任何一个地方都可以看见煤山。在煤山的树上自缢，不同于其他地方。将身体置于其上，目的是为了被看见。煤山无疑就是看与被看的最佳地点，也是历史的制高点。一具吊挂在最高处的身体，掩着面，既向旁观者展开了在它之中生命离去之后惊人的东西，又暗藏着不愿为人所知的秘密。一切都呈现在了由崇祯的身体所构成的这一惊魂的场面里了。明朝的历史也是在这个场面中结束的。崇祯为他的王朝，留下了一具让昔日王朝得以建立的宏大叙述体系，根本就无法解释辨认的身体。

身体乃是比思想更加深刻的东西。中国历史上的帝王们，惟独只有崇祯把身体当作了留给人的一件东西。作为皇帝，他的身体一生下来，便开始被各类的东西所塑造。在它之上铭写的东西，远比人们想象的还要多。它被内忧和外患所缠绕，又被中国几千年古老的文化和习惯所镂刻。内化于其中的秩序和生命的节奏，也非生物和生理学意义上的东西。权力在它的最深处吓阻它。语言不断地梳理着其中萌发的念头与想法。它受之前的文化豢养，又受蒙骗。在它之上，安享着不计其数的荣华与富贵，又同时被节俭克苦的规训所律束。在身体的历史中，没有谁像他的身体那样：龙袍加身，又布衣素食；自视甚高，又身心俱疲。

崇祯披头散发，绝意而死的身体，也是一件令人战栗的艺术品。他死去之后，一只脚，有袜子没有鞋；另一只脚，有鞋没有袜子。去掉冠冕的头，等待着贼人来分裂。

身处那样的一种时刻，面对他自己的一双女儿，崇祯说了类似“你生在哪里不好，为何偏生在我帝王家”的话，之后便手刃了自己的女儿：15岁的长平公主和6岁的昭仁公主，以及袁贵妃等嫔妃数人，还逼死了周皇后。

不可名状，是语言将身体推到了极限的一种状态。当语言对于塑造驯顺的肉体失去效用的时候，会反过来清理身体之中的反常，驱赶其中任何有生命特征的迹象，最终导致生命从身体中分离出来。

语言极限的旁边是生命极限的奇观。对语言极限的挑战，就是对生命极限的挑战。崇祯的生命，连同他的王朝早已成为了过去。但语言效力在他身体之中失去的那一刻所留下的秘密，对于今天的眼力，会不会成为一个永久的谜中之谜。

人民

上个世纪60年代有许多热火朝天的大事情。我那时候刚刚开始记事。世界是新鲜的，充满了神奇和激动人心的场面。大人们在那个年代再一次投身于“革命”；青壮年，不分男女则被送往军队或是全国各地的农村。我们那座城市的大街、广场、公共建筑被用来当作“革命”的场所和阵地。老人和像我一般大的孩子也卷了进去，他们参与这一历史的发展进程，更多的时间是在自家的小院和居住的巷子里。

那是个纷乱的年代，又是让人一直处在癫狂的年代，“革命”的影响无处不在。有线广播通过一根电线将一家一户，每一所院落连成一个整体，它定时地播出一些“革命”形势的最新消息，用许多数字向人们证明着“革命”所带来的各种各样实际的好处。当然，它还不时地放一些供人们跳一种孝忠的舞蹈所使用的音乐，并且叫多数人深信自己就是人民，而且是这个国家当然的主人。

感到自己是人民是件光彩的事情，陶醉在如此幸福美满的感觉之中便是“革命”所带来的最明显的好处之一。西安城遗存的秦汉风骨，大唐气韵多少使“感觉革命”为人们送来的好东西平添了许多中国特色。人民本身就意味着建设性的创造。它在一种虚幻的体验里产生出比虚幻更加神奇诱人的东西，它同时还是老人对眼前自家庭院内晚年时光的心满意足，和弥散在孩子们童年周围神秘的新奇性的不断增殖。被人民占据的视觉和感觉领域，也常常出现主体的自恃甚高，或自轻自贱。

总之，在人民中间我感觉良好，像人民一样又在人民之中尽力做着自己分内与分外的事情。我已经非常懂事，有时觉得自己像人民一样巡视着夜幕下曾经住过的那条小巷。我用人民的眼睛搜索每一个黑暗的角落，与我一般大的那些坏小子意识到这点之后，同我内心的感想也大致相同。无数的人们为这个念头而日夜奔忙着，他们以人民的名誉介入家庭生活，谈情说爱，然后生儿育女。一代又一代的新人民和小人民就这样疯狂成长起来了。人民窥探着自己的隐私，在最公开的场合暗度陈仓，它不仅仅是一群人，同时还是一种非人化的机制，鼓励着人们，驱使着人们渴望成为人民中的一员，坐一坐这把随处可见又弥足珍贵的铁交椅。站在人民的内部看问题，会感到自己竟然是那样强大，脑子里不断产生的只有胜利、胜利和再一次的胜利。我一个人，而我的边缘、我的整体却成百上千上亿；人民是任意的，它是空气、水和大地的元素。

我的童年无形中打上了人民的某些印迹。人民像是那年代风行的军用帽子，被我顶在头上，走街串巷，出入各种地方。它保护着我，让我在它底下睡觉，又吃又喝，逃学，在街上打群架。我以人民的名誉在西安大街上行走的感觉是温暖，即使在寒冷的冬天我仍然会有温暖如春的感觉。尽管时常会有吃不饱，吃不好的情况，但做一个人民是安全的，这会使所有的美中不足显得富有意义。平庸和琐碎重复的日常生活便不再平庸琐碎，充满着深刻的含义。每个人正是在人民这个点上发现了自己。他的身体、手势、举止和成就，都与“人民”这种既感觉得到，又无法说清的新颖别致的形式息息相关。哈，你多么伟大，又如何了不起，而你最终什么也不是。这样的念头最后将人引向疯狂和毁灭的顶点，见什么，就灭什么，连自己也不肯放过。

人民是诱惑人思想的仪式，麻痹精神的致幻剂，是迄今为止能够见到的最为巨大的文字运作。它触动、笼罩和分解个人的肉体与灵魂，并谴责隐匿在其中最秘密的伤痛；它以自身巨大的，没有边界的整体性，造成了在个人思想的根基处便已经十分强大的统一归属感。人民就是一望无际的众人头上笼罩的一种神话。它不断地对个人的精神和身体提出奉献的要求，这种要求愈强烈，个人对人民神话的迷信程度愈强烈。

在记忆对童年那些即时性的秘写当中，人民以沉静的方式把握着个人，不屈地朝向永恒和不朽的顶峰迈进。每个人都是这一不朽进程的参与者，他们在重复漫长的日常生活里感到了与自己的存在之间若即若离的关系，在人民的内部与外部，这种关系的共在和并置都直接导致着人的行为的所有诱因。人民是精神的粮食、土地和活水，它加入躯体的生长与形成，并在一开始就定下了它的约规。两次大的世界战争，无数的灾难和瘟疫，留在个人身上负担的痛苦，无不包含在人民所追求的真理和迷雾里，而个人竟然无法弄清楚它究竟是谁？是主人还是奴隶？只是在对人民的参与和加入中，隐隐约约地感到了一种高高在上的东西。

留在童年记忆里的人民仍然是大致美好的。在我出生的城市及其郊外的乡村，人民多数时间依然平静地过着日子，他们见面时彼此打着招呼，忙着生儿育女，糊口养家。就像土地被耕作了一轮之后，需要一段时间歇息，人民的情况有时也大致如此。

人民是一场游戏，谁也无法知道它究竟是什么，但你却明显感受到你是它其中的一员，并且对此你还深信不疑。没有人告诫你应该如何。人民并非大家都竞相追逐的时尚。它是从一个人的童年就开始的躯体政治化的漫长过程，是它在追逐你，等待你，并且伴随你。在此，人民通过自身现实对它的自反，既产生了肯定，又导致了肯定中的怀疑。

我究竟是不是人民？在疑问中，而不是在对人民肯定的回答里，一种身体的政治学便随即形成了。

在安康和汉水上游

我去安康和汉水上游是想寻找一种自己从未有过的经历。城市生活的空间常常使人产生忘却，人们会在不经意间对许多具体、简单但又是基本的东西产生轻视。城市的水泥钢筋淹没人们最初对水、土地和山林的敬畏之感。城市是一个最容易产生忘却的地方，我们置身其间日子久了，已经无法想像与土地息息相关的劳动同我们之间的联系。我，还有画家赵振川、侯声凯，所以要暂时离开我们各自的城市生活，并不是为了逃离城市，也不是对城市完全的拒绝与厌倦。城市生活有它独一无二的方面，正是这样才使我们得以长期依赖于它。我们翻越秦岭，在安康和汉江上游一带行走，是因为这是我们的城市生活所没有和无法实现的。城市和乡村各自的优越之处都是显而易见的。现在已经很少有人愿意放弃城市回到乡村，我们也无例外。尽管有人不断地说着城市生活的种种不是，却又心甘情愿地赖在这些种种的“不是”里，我们不想这么做，我们到安康和汉水的上游，正是为了把“城市的忘却”找回来。

为什么要去安康和汉水上游极其偏僻的乡野呢？是想进行一次在自然当中的观光旅游，还是为使身体和心灵在崇山峻岭，密林叠翠的山水中间得到放松和休息，或是满足中产阶级式的消费所导致的猎奇捕获新鲜事物的特殊心理呢？安康和汉水上游的确是好地方，即使在消费性旅游的意义上也是如此。那里有中国大陆惟一一条未被污染的河流，有夹在四川、河南、湖北这些中国人口最密集的省份，与陕西南部之间仅存的尚未被开发的原始森林。从另一个角度看，安康和汉水上游同样是人与自然和动物和睦相处的典范，是中国内陆仅存的“田园”。汉江的水在陕西的南部竟是那样的澄澈幽蓝，它们的表层光滑而又舒展，像一条在风中抖动的蓝丝绸带。也只有到了近处，你才能看清水的波纹是层层相连的。水的这种波动，是没有起始或看不见起始的，因为，江面太宽阔，你驾船上行了好一阵子，眼看就要到了水的尽头，可并不遂你的意，你只是转过水道上的又一个弯子，眼前又是更为宽阔的江面。

安康和汉水上游更容易使一般的旅游变成目光的探险，更容易让人感受到时节与天气阴晴在人们生活中的重要性，与人们劳动的紧密联系。

在安康和汉水上游，一切都显得那样安静、从容、富于自信。这里有真山真水和真正的田园，它们竟然洁净得没有一丝灰尘的污染。山的阳坡面，草叶的顶尖上闪烁着晨光的露珠，似乎害怕人们呼出的气息，仿佛只需一瞬间，它们便会在人们的呼吸当中散化了。可是，它们并没有。它们从叶草的底部和茎干汇合到顶尖上，越积越多，形成一个透亮的水晶体。也只有在草叶上水才有可能作为更生动的球形体而存在，一直到它们的重量超过草叶的负载，才从叶子身上散落下来。这些露珠本身也代表着新生命的初始。一滴露珠跌落在大地上，接着水气又很快聚集起来，把一颗新的露珠推向草叶的顶尖。

我们有可能在安康和汉水上游的大自然中进入一种精神的纯然状态，把心灵在自然的嘱托中形成的东西变成智慧，那是静的智慧，是大的智慧，也是人和自然的智慧。这智慧就像在安康和汉水的上游，人与自然、与动植物、与自己和睦相处的那种不可言喻的方式。这智慧沉默着，没有有形的形态，却异常地牢固，远离城市边缘地带的广阔空间，极易唤起心灵对它自身所具有的空间感的体认。心灵在自己的空间中所经历的过程，才有可能摆脱权力、知识、真理对它的迷惑，才能够最终挣脱附着在它身上所有抽象和观念的东西。

心灵是多么自由的，当它在自然之中回到它自身，当心灵在汉水上游的江面上像自然一样层层展开。心灵和精神最自然的状态与自然完全相通了。

我和画家赵振川、侯声凯，正是基于对生命根基处的珍视和寻找的冲动，开始了我们在汉水上的漫步。在江岸上迎着大风行走是何等地富有“英雄气概”。一个真正的诗人或画家，内心里拥有与诗与画，与真正底层生活的息息相通，他写不写诗，作不作画，对他个人来讲都成了无关紧要的事情，重要的是他本身已经具备了诗歌和绘画，惟一的区别就在于他写或是不写上了。真该让那些在体力和智力之间存在着严重扭曲的人们在陕南悬置在峭壁的山道上走走，只有在走的过程中，他们才能真正明白道路将赋予他们什么，山道对他们而言究竟意味着什么。

有朝一日，历史将会摈弃那些个大小事件的介入,回到陕南和汉水上游这个巨大的断裂处，这里有关隘，通道，灌溉等等称得上构成“缓坡历史”的基本内容。知识的历史将关注这些在它的视野中决绝的逃亡者，它还将发现真正值得尊重，并应当走进历史的不是那些个寄生在自己躯体上的“精英”，而是那些逃避知识监视，在权力的眼睛无法到达的地方隐姓埋名的反叛者和抗议者；这些由无数逃脱权力——知识监视的人们组成的巨大而又沉默的底基对知识构成了终极意义上的抗拒，远比那些在知识圈子之内，实施抗议的行为要来得纯粹得多。他们并没有采取反叛的姿势，却成全了最深刻，最壮丽的反叛。在陕南就是这样，自明朝以来它就被人们称为“巴山老林”，它就成了逃避权力注目，知识监视的一个避难场所。由于地理和交通的原故，也由于权力迫害和意识到知识监视的残酷性，因而藏匿于山林之中，从文明和知识的视野当中消失，便成了中国当时最有头脑，最有思想和骨气的有识之士心中的念想。试想想，主动地选择四省交汇的深山野洼，不仅自己而且也包括后代将长期像动物一样地生存，逐渐在内心里忘掉自己的来路和拥有的知识，让知识这个被称作“金科玉律”的东西在自己身上像是从来不曾有过似的，这样的选择需要多么大的勇气和智慧，即使对今天的文化先锋和前卫而言，也是不可思议的事情。

放弃知识，首先是放弃由知识设定的特权、等级和尊卑，同时，也将知识视为权力的工具加以拒绝。19世纪西方社会通过本瑟姆的《圆形监狱》，才获得了将空间变成政治监视场所的系统观念：“通过透明度达成‘权力’的公式，通过‘照明’来实现压制。在圆形监狱中，有一种形式与城堡很接近——由围墙环绕的塔楼——用它来实现清晰的视觉”，“在一种集体的、匿名的凝视中，人们被看见，事物得到了解”(福柯语)。然而，在中国情况则不同。自秦以来，实施的户籍制远比“圆形监狱”里的视觉要深广得多。它一开始就获得了监视的高级形式，即人的自我监视，而不仅仅局限在有形的空间范围之内。人最终无法逃脱自己，因而自监无时无刻都存在着，却又表现得像根本不曾存在那样。它根本不需要在地面上构筑有形的东西，只需知识，并使每个人确信这是他们自愿的，发自内心的渴望就行了。最高级的监视便是借助知识来完成的没有形式的形式。它让犯罪的念头，抗拒的想法，在没有出现之前就已经在个体的身上自生自灭了；与此同时，它让伪反抗，假抗拒得以在知识的历史和思想史中存留下来，成为权力机制与中心虚假的反面，真正的共谋。

安康和汉水上游的“巴山老林”，从来不曾作为官方的文学和思想史当中存在发展的脉络与线索，它拒绝由权力的大手操纵的任何书写，但是，在镇压的历史和钦定的历史中，自明代以来，这里的棚民、山民和四方汇聚的游民，就已经建立起中国西部最大的反抗残暴统治的据点。如果知识的自律能够在这里看见曾经作为权力和压迫工具的知识的存在，它就能够从这里重新开始，从这些久居山林，因近亲繁殖所造成的痴愚、呆滞的抗议者的后代身上重新开始，担当保护个体生存权利的责任和义务。如果不是这样的话，所谓的文学与艺术，所谓的知识，也将长久地存在着多重可疑。

安康和汉水上游并不存在由“精英”文化设定的“群众”。它比“群众”更加边缘化。它是被忽视、排斥和根除掉的那一部分，但它同时却意味着历史的沉默，压抑和非理性对理性的另一种书写和反抗以非常的方式对反抗本身疯狂、喑哑的维护。这里曾经拒绝思想和知识，却产生了超越等级、权力的知识和极为朴素的思想。没有人能凌驾于安康和汉水上游之上，真正占据这块地域和精神空间的是这里的每个人，是大家。这里的民谣、俚语是没有作者或不知道作者是谁，如果有的话，也只是一种集体的创造，是大家所为。人们以家庭为单位而生活栖居，每一个家庭却相互间照应着；弱智的男人有漂亮的妻子，泥土在汉水上游人家的墙壁和炕沿上获得了洁净光亮的存在形式，这些聚合在一起的泥巴与肮脏没有丝毫联系，正相反，它们显得光滑而又干净，映照着太阳的光辉。那些由一块块石板搭在一起构成的屋顶下面，会让人惊奇地发现生活竟然可以如此简单。确确实实作为居所或房子，它们都缺少由金钱代表的那一部分财富，然而，这房子里不乏真正维系生活的心劲。也正是在这里，美或者疼痛，或者关爱，才取得了直截了当的方式。没有必要在解释和表达上绕许多圈子，痛苦就是痛苦，它在肉身的感觉里是那样的刻骨铭心，以至于摧毁肉身，也无需在高级的文化形式里得到精致地表达。重要的是肉体和神经器官对疼痛的感受所给予的保留，这些才是永久的。古典的、现代的，或“后现代的”，倒像是文化知识所要的花招，也许在汉水上游对疼痛的记忆，仅仅只是一两个简单的手势已经足矣。

安康和汉水上游曾经在另一种解释体系里存在着。这里本身也富含着另一类知识，它们源自田野和山林之中经年的劳作和积累，而不是等级森严的学院和知识研究机构的大楼。由劳动产生并且与劳动和生活息息相关的知识，首先尊重、保护了哪怕是极其弱小的劳动主体，不会有对知识主体的身份确认，也没有由此引起的知识霸权。在物质匮乏，生存受威胁的情况下，是生命最深处需要存活的本质力量，在平等合作的前提下纠合在一起，形成了更为巨大旺盛的力量。由此产生的知识与知识的主体，首先必须对生命的存活负责。在田野和山林之中产生的知识无需经过“统治的管道”过滤，它们在田野和山林中间获得，又回到田野和山林中去。知识在此才标明了它的拥有者在劳动之中的位置，劳动者在田野和山林中的位置，便是知识存在，知识拥有者的位置。知识不构成社会生活等级秩序的维系，不与权力发生互惠关系。

在我们称作“文明”以外的广阔精神空间里，安康和汉水上游曾经长时间保持着自己拥有的知识自律性，知识、生活、劳动、情感和精神领域之间的平衡得以长久地持存，与现存的社会公共空间领域不同，不存在知识太多或知识不够的问题。安康和汉水上游是作为效益价值、功利价值的反面，消解了这些价值赖以生存的评估系统所利用的知识。在这里，这些局部的特征标明了一种自律的、非中心化的知识生产，其有效性并不需要既定思想体制的首肯。知识的拥有者不再像货币的拥有者那样，将其投放出去，产生无限繁殖的恶果。同时，知识有可能也不再受权力和金钱的指使，而代表着生活的慰藉，生命的慰藉和精神的慰藉。

从秦岭高处往下看，汉水在陕西南部流过的地方组成了一条漫长曲折的水上道路。水头的人们与水尾的人们由水连结着，并且在流经对方家门口的时候彼此打着招呼。汉水是何时开始流经陕西的，这里最早的居民是谁？我和赵振川、侯声凯都不知道。用文字记录历史的过程实际是一个丢失的过程，文字能够保留的东西，往往比它所丢失的东西要多得多。安康和汉水上游就是被文字和历史所埋葬的一处地方，它现在只剩下一条你能看见的水上通道了。你可以跟随，也可以继续前往。

脱衣舞：另一种身体的戏剧

在舞台中央，脱衣和舞蹈使身体变成了一架表演的风琴，不断地伸张，又慢慢地折叠起自己。一体多面，既向外展开，又不断地朝内收缩，这便是经由脱衣舞所打开的身体褶皱所呈现的谜语结构。

从衣服当中被剥落出的身体，是不能归入任何主体的身体；一种超越性别和善恶临界之外的“非人格的身体”、抽象的身体、神的身体。

脱衣舞是这样一种关于身体的戏剧：在脱与舞的过程中，最终才使身体显露出它非人格化的特例，展现出一种在皮肤表层的复杂系统的操作，为身体注入诱发幻想的刺激因素和令人费解的密码。让身体被一种色情和欲望的理想所穿越。

通过一系列精心的设计，脱衣舞改变了身体之中自主力量的运动方向，让身体依照快感的原规和色情的价值，被重新发明，被重新塑造。舞台就像是一个偌大的祭坛，身体被摆放在了上面，像是供桌上的祭品，像是装满快感和诱惑的容器，被用来观赏和享用。

与时装表演完全不同，身体在脱衣舞表演中，不再担当衣服的载体，而是在自身之上，直接展露自己，表演自己。剥落掉裹束的外衣，更加直露地展示身体这个主题：它的姿态，它的玻璃化的皮层，它的一系列的举动，让身体的表演始终都处在舞台的核心，都服从一种身体消费转向的功能需要。创造一个快感的身体，还需创造出对于身体快感的享用，这便是支撑脱衣舞背后，身体叙事的动力性源头。

身体从来就不属于我们每个人自己。人需要在生存中不断破解与自身关系之间的永久之谜。需要认识和看清我们全部的生存秘密、我们的恐惧、担忧、耻和罪感的意识，全部出自身体的不同器官。那些未竟之物，那些尚未显露的东西，并非只偃卧于大地的尽头；那些沉睡的潜能和力量，也绝非只借助自然存在的某个物象而藏诸于其间。身体乃是人的一切源头性的东西。在脱衣舞提供的消费性身体描述与展示里，身体被打造成了一件“无法入怀的东西”，正是这件与现实完全相反的东西的色情效应，被拿来当作身体戏剧的元素，编排到了脱衣舞的整个进程中，才使一场一场的脱衣舞得以不断上演，才使得身体作为另一种戏剧，展开了它独特的维度，重新定义了在它之上关于性的幻想规则、角色与载体。

在脱衣舞塑造的对于性的幻想中，各种各样的眼光前来搜寻着自己所需的东西，并且按照脱衣舞所提供的“情节”与线索，来建构服从色情幻想的身体，然后再将各自对于身体色情形象的反射，投注到舞台之上的谜语图像中去。台上台下，如此不断地反射，推高了色情效应的抬升。

脱衣舞是在空中阁楼上上演的戏剧。它在梦与现实的两极之间，不断来回地操作身体，让身体处在一系列极顶对立的两可中间。忽而为一，忽而为众；若明若暗，若隐若现。身体就像被悬挂在杆子上的旗帜，时而被阵风吹展，极尽伸张自己之上折叠的皱纹，时而又顿首低垂，纹丝不动地被钉死在时间的背景当中。

由脱衣舞构成的戏剧表明：我们不了解自己的身体，也从未按照自己的个人意志，对它进行过任何个人的改造。身体作为生命承载的存在事实，一直都是以他者的面孔出现的。现在脱衣舞女正在她身上，展演着那个他者：诱惑的他者，情欲的他者。她认识那个与她距离如此之近的那个她拟仿的人吗？脱衣舞女自己在表演，却又代替他者和别人，来同自己一起表演。

脱衣舞女身上充满着相向的张力：她既是舞女，又是女神；既在台上自虐，同时又是受虐者。既是客体，也是主体。既是自己，还是他人。没有这些自相矛盾的因素组成的推动力，脱衣舞女便失去继续表演的理由。一旦她来到台下，回归现实，也就意味着她与她所担当的角色告别，她就回到了从前她身份的单一性中了。

脱衣舞同消费时代任何吸引眼球的事件相似，都有经济方面的考量，都是在通过一种身份的政治，来寻求身体消费和身体治理合理性的理由，引导人们进入一个“体面”的，对于无性快感的体验。

在舞台上，脱衣舞女，不仅是“在太空中跳舞的女人”，同时，还是自己身份和资格的囚徒，是一个符号化的色欲身体。她必须不断通过各种色情化的抚摩，来驱赶自己身体中那个原有的自己；她必须暂时放弃做自己的权力，才可以在台子上跳舞。不像妓女，妓女在现实中从不接受消费对于她们身份的诈取。

脱衣舞女的所作所为，并不见得比妓女更加“体面”。妓女的直接目的是为了将他者吸引到自己身体当中来，脱衣舞女则必须将自己的身体打造成禁地，并且，只许参观，谢绝造访。妓女给出性需要的满足结果，脱衣舞女尽量制造着这一过程，并且把这一过程投射到因自己的表演所产生的镜像之中去，让身体的镜像来满足性幻想之所需。在脱衣舞舒缓漫长的节奏中，舞蹈者遭受的剥夺更加全面系统完整，程度更残酷：她必须给出自己的全部，给出他者所需的一切，同时，还意味着所有的他者不能给予她什么。她要给出自己全部的超验性，才能合乎观赏者的口味。在脱衣舞表演中，商业资本的无形之手，不再紧紧握住女性性别差异的命门，不再直接实际的不加区别地针对性器官的组织功能，也丝毫不再具有表面上的强迫性。色情的梦幻工场生产的利润，似乎要比卖淫的行业来得“道德”一些。

实际的情况则完全相反：差别只是关注的对象，关注的内容和手段，发生了变化。妓女作为妓女，在受消费权力支配的过程中，并不需要改变自己的性别身份，而脱衣舞女在舞台上，扮演着两个人的角色，是一个中性人和双性人。她要在由自己的舞姿所组成的镜子里面，不断复制和转换女人“梦中的身体”，并同它们相互重合，呈现身体“变化的裸露”，“成为光荣的无性身体透明的、光滑的、脱毛的、色情物质。”

真人秀式的虚拟化心理消费、提供创意性的概念消费等等，体验经济，让脱衣舞所带动的身体戏剧，真假难辨。

在身体被用作观看的历史中，昔日上演的戏剧表现的是身体的血腥，而在今天，身体的色情，取代了原有的一切。我们正处在一个依靠欲望生产现实的时代。消费权力披着各种虚假的外衣，打着关心人们生命的旗号，来实施柔性的残暴。过度消费，是当代生活的洪水猛兽，是今天人们面临的大敌。在这样的现实中：“我们会遇上善良意志的暴政，被迫必须和他人一样思考，受一种教育模式的支配”的情况，像脱衣舞女一样，在台上，在自己与理想的角色之间，被驱赶得无处可逃。

从前，向身体灌输残忍所导致的恐惧，一直都是规训身体的一方良药，而现在，则要让它享乐，让消费的醉生梦死，打消掉身体中任何反抗的念头，让身体在消费中安乐地死去。

身体的色情价值，是两种治理身体方式的转换器，而色情与暴力，也最容易在其中结合在一起，最容易产生视觉上的冲击力，更适合拿来作为看的对象。

色情价值的源头，就根植于身体之中，比暴力更具说服力。如果说，对于身体的治理，之前的历史，属于一个更为文明的规训的时代，那么在脱衣舞折射的光晕里，已经没有了丝毫这方面的影子。脱衣舞的力量，来自身体的内部，它对于身体的治理已经无需借助外力的教说，也早已不必通过威胁其中的生命存在，便能达致所需要的目的。脱衣舞展示的身体之外，就是身体之内。经由它的演示，身体自发性的原欲，同消费对于它的利用，合而为一了。所有在舞台上由舞姿引起的带动，都是台下观看者身体内部自主蒙生的期待或念头。

脱衣舞之中隐含着这样一种对于身体的看待：即身体在消费面前，就是一部机器，可以忽略不计其中生命存在的事实，也可以不顾之前话语和各种制度对于它的建构，只需一把钥匙或一个按钮，身体机器便会闻鸡起舞，身体这个在消费眼中的色情物质，就会重新活过来。脱衣舞始终让身体保持着它的“零”度状态，既不让它遭受痛苦，又不使它失去自我的尊严；既不中断它之中生命自然生长的进程，也不在精神层面上烦忧它的心灵。它所达成的对于身体的调节效果，是在身体的享乐中完成的，再也不需要身体遭受受难的经历和自毁的过程，便可使它重新回到它的“零”度状态，但这个“零”，是经由消费分解之后，处在消费等号右方的“零”，已经不是身体自然状态下的“零”了。

如果把人类调节身体的历史重新作以划分的话，身体惩罚的历史和身体规训的历史之后，人类今天已进入到了一个身体消费享乐的历史当中了。这一历史，在脱衣舞组成的戏剧中，偶然地显出了它的原型。舞蹈的脚步，就此跨越了横亘在人们面前的那道门槛，祸福之后也将系于女人“在太空里的跳舞”，而不只是按照以往的圣人为我们创造的学说，拟定的人格，来按部就班地行事。身体不是场所，不是价值的载体；现在身体是一部会跳舞的机器、是一部正在上演的、来自内部的表现戏剧。

每当我们的脑海中映现出身体形象时候，便会看到一团缠绕在它周围的东西。这些紧盯着身体的东西，为身体营造了生存的外部空间，从军队、警察、监狱，到学校、工厂和各种媒体。今天，就连百货公司和娱乐业，也都加入到了其中，所有这一切，无一不参与到了身体治理的行列中去，都在操作其中规律的重复与差异。脱衣舞仅仅只是一个消费顶端的身体特例。

身体在这样的现实中，充满了吊诡、偶然和断裂的变化。点燃其中的情欲之火，唤醒沉睡在它之中的色情幻想，正是从这一点开始，舞女开始了她的起步跳舞。

身体自诞生之日起，便带着它固有的缺陷和无法根除掉的东西，在它当中，有着一股不断生成的盲目本能的力量。这力量从一开始就被严加看管、小心提防，生怕它释放出来造成祸患。各种各样在身体四周围绕的东西，也使身体时刻都在同自己偏离。它们遵循着同一种规律，都是给出一个理想的身体、标准的身体，然后在身体上之区格出各自管制的区域，包括生命的区域、灵魂的区域和色情区域，再在身体之上，刻写下这些标记，迫使现实的身体，向理想的身体看齐，进而在两者之间，反复操纵。

脱衣舞所反射的身体治理技术，已经不属于管束的范畴了，而是一种调节的技术，更加注重身体力量的释放，并在此基础之上，调动身体力量的节奏，控制它的收放，不再一味地打击身体本能的势力，也不让它在瞬间里爆发。给出情欲的节奏，就像给出食欲的节奏一样自然。

在脱衣舞中，色情效应的营造，并不意味着脱得越光越多就越好。赤裸的身体，相对于色情看待，其实就是一无所有。色情是分寸感，是节奏感，甚至是对于光感的刻写和把握，它是身体符号复制的点金术。好的脱衣舞就是拿脱与舞在身体之上刻写。

色情在身体之上，是处在断裂、边缘和化成碎片的东西。在舞台上则属于远方、梦呓等等具有召唤力的东西。正如鲍德里亚所言：它始终是第二层皮，而不是最后一层，但总是唯一的一层。

作为还在上演的另一种身体的戏剧，尽管它涉及到对于身体复杂的分裂性的综合，但脱衣舞一刻也没有停止制造人自身的“间离”，不但在舞台与自己之间，也在舞台同观众中间。人被投放到了另一个“流放”地；流放的感觉始终无法更改。永远无法更改的是人在自己身体内部的流放。

残酷的吃

中国文化也可以被看作是尚食的文化。吃贯通于古今，统摄纲目。早年孙中山先生以为国家虚弱，拿不出什么可资在人前炫耀的，食文化断可在世界上光大。文人们觉得了生活的混乱，唯音乐和碗中的菜肴，尚有与人生同构的静幽意味，相融而相济。

文化是个大且无当的东西，在其中证实证伪，皆会有所得，广泛又宽博。明眼者绝不在文化光滑的表皮上较劲，只在隐显露蔽之间体会真谛。将残酷当作娱乐，不是文化的新发现，人身体之中潜藏的天性与好奇，无形中使不少人都成为喜好残忍血腥的看客。

鲁迅先生索性将中国的文明看作是安排给阔人享用的人肉筵宴。中国者只是筵宴的厨房。自从有文明以来，人们便在其中吃人，被吃。

读鲁迅先生的《灯下漫笔》，最后的结论可落脚在吃人和被吃之上。倘若文化也能被当作酒池肉林，在其间谋食，享乐的只能是食客，被食者多成了刀下鬼，案板上的肉。文化吃人或惯性吃人，远比赤裸裸的人吃人更加隐蔽而不易察觉。吃人者不以为是在吃人，被吃者没痛痒，也没有拿着热馒头蘸人脑的腥淋，所以更残暴，危害更大。

用文化吃人或杀人，绝不是中国历史的独有特色。世界列强发动战争，不会说目的是为了杀人或吃人。伊拉克战争是为了反恐和人类的普世价值，盛名之下，无数的人头已经落了地。

夫礼之初，始诸饮食。从饮食的行为当中规约出礼义廉耻，等级尊卑，进而形成微观的权力效应在人群之中的广泛运作，最终达成统治所需的平衡，其根源概因人与动物都共同拥有的吃的原始本能。对人的统治便也由此而生，并且伴随着人的历史全程。西方的历史中，也有通过调节人的饮食和起居，进而塑造在权力面前完全驯顺的肉体的思想和经验。对兽的驯养与对人的统治，道理完全相同，支撑点只是在一个吃上。从吃开始，再回到吃上，就不难理解世界上的事情。

既能非常残酷地吃着，又还心安理得，在我们的眼里已经见怪不怪，司空见惯了。把身体贬低为肉体，人就同动物没有差别了，更谈不上伦理。

在饮食的历史中，实际人吃人的残状并不只存在于远古的蛮荒时代，也不依照文明的进步就自然地消亡了。婴儿的身体和胎衣，都被拿来用作治病养生的灵药。饥饿是最好的调味，欲望是不灭的烈火。到如今除了板凳腿未见入口的记载之外，怕是能见和想到的东西，都被人通吃过了。

对人尚且能下口，其他便自不待言了。据说从前在江南调羹，有将活鱼倒悬在滚沸的汤锅上，倾尽其口腹的津液炖汤，鲜淡味至，鱼则弃之不食。一碗汤需耗活鱼百尾，并且鱼的挣扎愈痛苦激烈，汤的味道便愈发出奇地好喝。

残忍出美味。著名的“鲈香馆烹驴”，《青稗类钞》中有记载：以草驴一头，豢之极肥，先醉以酒，满身拍打。欲割其肉，先钉四桩，将足捆缚，而以木一根横于背，系其头尾，使不得动。初以为百滚汤沃其身，将毛刮尽，再以快刀碎割，饮食前后腿或肚，或背脊，或头尾肉，各随客便。当客下箸时，其驴尚未死绝也。

残酷也能增加食欲。食猴脑时，哀猴的嘶喊益于增加食欲。于是先要拿刀剃毛，铁锥破头骨，热汤灌顶，才有入首探脑之说。在猴的哀声中，食客只能吃一两勺而已，感觉不到尽兴。这是残忍在作祟。

残酷其实是人身体固有和渴望的东西，属于内化于身体之中更为飘忽不定的领域。吃在生命的源头展现这一暗藏的秘密，告诉我们每个人所拥有的身体，原本就是一部欲望生产的机器，远比我们的想象还要复杂很多。在吃的本能之中，人们排斥的东西，恰恰是人们更加想要得到的东西。关于残酷的吃法，不乏有今人仍在按图索骥，陶乐于血淋淋的满足里。

口腹之欲对于残酷的需要也是必然的需要，它处于维持生命的食物需要之外，清晰明白地在吃的行为之中被赋予了血的颜色。残酷性不是无意为之的。它也不是酷刑，断头的场面，而是对支配和制造痛苦意识的顺从。残酷的本质是对残酷的沉默。这种沉默比时间的暗夜显得还要漫长。对人而言这还是双倍的残酷：明知其有却麻木不仁，无能为力，不敢反抗；反而泡在其中，自娱自乐，导致新的无际的残酷不断产生。

口齿淹没、吞噬、撕咬、咀嚼。让这个世界下沉、坠落，在胃里汇合。张开的大口，某些时候就像是通向另一个世界的窗口和现实世界的镜子，被它印照的东西，被它展示的东西，多么的微不足道。这一切，或许我们已经看见，但仍无法全部说出，唯有诱惑挑逗等等的机制才能将它洞穿。

医　院

——关于福柯的随笔

阅读福柯，大约起始于十多年前。我在医院陪伴病重的母亲，空闲时间看随身携带的上海版关于福柯思想与学术探索历程的《求真意志》，后来又见过包亚明译的《福柯访谈录》。这些是我最早见过的关于福柯的文字。在医院这个特殊的规训机构读关于福柯的书，实属偶然和巧合，却非同寻常:

一方面经历着一个心脏重症监护病人在临床系统所面临的分类、监察、描述和治疗，同时，我自己也经受着这个系统的秩序和节律对我的改变和要求；另一方面，就是福柯对医院这一非司法领域的描述。

关于医院的一切，此前对我而言，是比较陌生的，感性的成分居多，认识也只是局限于生理层面上的病与医院之间的因果关系，现在，它从话语和现实两个层面上呈现于眼前，让我有机会进入这个由生到死的出口，感受这一个时时刻刻都规约人行为的特殊机构，认识和理解这个交替使用治疗和镇压手段的场所和平台。

在医院，我仍然心存期待。而医院作为一个同质并列的医学凝视空间，似乎只在挽留和齐集各类病症、病案、病因、病理的描述、分析和诊治。医院是各类疾病的汇集之所，它同死亡无关，它对死亡同样没有任何解救功效。“人之所以死亡，不是因为得病；人之所以有时会生病，从根本上讲，是因为会死。”在医院，“已说出的事物实在不多，”“能说出的事物也很少。”

目光在医院中获得了一种更为深广的视野。医院作为身体和疾病新型的可见方式，恢复了目光的明澈，疏远和开放的纯朴性。看与知、词与物，医患，可见与可述，既像“儿童的目光”一样未受打扰，处在浑然的无知状态，呈现出未思本身所昭示的关于真理的生生不息，又在凝视与身体交汇处的重新配置中，形成别样的话语构型。一方面是词与物尚未分离的纯然状态构成的话语基础，另一方面又要担当对于已被说出的东西的倾听；一方面是话语的共同结构接合了所见与所说，另一方面是究竟谁在言说，并使其系统化，成为新的话语无穷尽地探讨对象，并任由其改造。

福柯把因医院的临床实践所产生的临床医学，描述成关于“空间、语言和死亡”的知识，具体讲就是医学凝视在医疗空间对身体获得的看和知。由医院诞生的科学实证话语，并不完全是中立的“纯”知识。作为疾病栖身之所的身体，从来就“是由许多不同的制度塑造的；它被工作、休息和节日这些节律所损害；它又通过饮食习惯或道德规则受食物或价值的毒害。”身体其实是历史和事件的印记。针对身体的临床医学实践的空间场所，其演进的历史和发展，也是社会历史发展的重要方面。医学及医事制度的论说史，就是一部生命权力的演进史。

诚如福柯所言，当今时代也许是一个空间的时代。在医院，可见性把空间改造成权力的操纵者。看与知的纠缠和嬉戏，构成了相对主义的真理游戏。随着医学视像的转移、深化和前行，在医院中形成的视觉时刻的张力，也不断地进行着医院空间“规范化”的过程。

医院是正常生活的界限，是对精神异常和身体疾病的有效隔离。身体成为医学洞察的焦点与核心的同时，生命与身体也就发生了分离。二百多年来，医院始终只关注于对疾病的打探，发现人身体组织系统的异常性，以及身体如何呈现疾病的分布和反映，并对它们加以诊治。医院区分和界定，隔绝和疏离，清除和排异。借助对身体全面系统的掌控，进而操纵生命的历程，让身体更加富有涵义，让生命本体的本质内容空虚。

现代社会的统治，在类型上愈来愈趋近医院模式。这种相似性的知识型，其例子现如今已比比皆是：一方面，现代国家的统治有效地使用了与医学话语的相似性；另一方面，医院在其特殊的领域里，也进行着连续不断的国家统治。

医院是身体的教堂。相对于身体，医院拥有超常的权力。医院是身体的“异位”，处于身体“危机”和“偏移”的位所。通过封闭和包容手段的交替，形成既敞开又遮蔽的视觉领域。在那里，身体在展露自身的同时，又进一步被隐匿；眼睛看见了一切，又同时处于“眩惑”的状态。生命和肉体被从身体之中剔除出来，作进一步的区分、归类和分析，知识得以妙用，权力达到了对身体、空间的宰治。

性：透明的黑暗

性行为最终也是一种侦测行为。形形色色的策略意图，经由性的探头伸入到身体之内，来打探它在当中的反应，并且询问它，测度它，最终制服它，让它按照需要行事。性自身所隐藏的秘密和它作出的各类反应，被不断地放置在社会的镜头下，加以分析和利用。它们被身体聚合反射，并且囚禁在身体的牢笼里，被严加看管。性不断被语言所覆盖，被道德迫问，被政治阻吓，被文化穿洞。作为身体生命存在的自然属性，它已经变得支离破碎，已经最大限度地向着它自身之外的统治敞开了大门。它的秘密，已经同货币一样，可以在公开的场合畅行流通。

没有什么能够像性一样浓缩着比人们的想象还要复杂得多的东西。自然、人与社会，在它之上被接通。性已经成为了人与各种生活之间的关节点与汇合处，成为了理解存在的关键。

生命通过它得到神奇的孕育。致生命为死敌的恐怖病毒，也同时萌生在它的组织器官和液体里。它的实践，能够唤起爱，也能够唤醒身体里沉睡的仇恨和原罪。

性使社会的万花筒深深内置于身体当中。它不仅具有不断被可供铭写的空间，当它被铭写的时候，也对身体和被铭写在它之上的东西，实施着转换。在它被社会的灯光聚焦之时，也将这些外在的东西纳入自己的流程，依照自身的结构与机理，整理这些东西，调整自己，按照各类外在的要求反射，提供它们想要的信息。性既像是一把钥匙，又像是锁孔，在发挥着自己的作用，并且向外不断地打开自己的镜子，又由外持续着它的内折过程。它不断地在主客之间转换着角色。当它作为钥匙的时候，它开启，满足了好奇对陌生的捕获，也满足着各类需求的愿望；当它作为一眼锁孔时，又呼唤着开启，从中去发现所需要的秘密。正是由于性自身的转换，经由它的管道，生命的种子变成了生命的果实，不可见之物显现了它的原形，私人领域被社会化，物质成为了生命体。性成为了观察社会的显微镜与万花筒。

它复杂的构成还体现在具体不同的个人身上。它在不同的个体身上，实施它的运作，依靠每一个个体来完成它的复杂性，并反身又向相异的个体，无差别地统合它的同一性，不断使个体复杂的差异，回归到它的统一要求之上，符合它的变化与节奏，顺应它由单一向多元折返的趋势，最终，逃出由它的多极构筑的界限。人们总是在点线编织的网络状存在的纽结上遇到性，而且总是在下一个纽结上。

性体验直接伸向迷与醉，导致感觉的游移和飘忽不定。它是一次性的经历过程，每一次对于醉的靠近又截然不同。不是牢牢被扼住的醉，而是醉从身体感受中的逃离。不是醉本身，永远只是醉在逃离，是在对醉的接近中，使醉更加稀缺，成为身体永久渴望得到醉来满足的一种感觉。这是性带给身体的奇幻效应，也是为什么关于性的话语，一方面在四处泛滥，另一方面又极为稀缺的原因所在。

性让关于它的话语，同时处在两种状态下。它依照两者的并行所产生的机制，操作自己，或被别的东西所操作。醉的状态从来就不固定于一点，或沉降，或抬升，或消逝在过程的道路中央，组成朝向任何方向的谜。

由此，身体成为了欲望生产和消费的机器。性不仅源源不断地向身体输送所需的动力，它自身也拿来用作身体欲望机器的消费：一方面在向欲望的烈火施加着干柴，另一方面又葬身于消费欲火的灰烬当中，变为混沌和看不见的东西。

性在身体中找到了它的入口和出口，维护着它的平衡，让身体尽可能多地与其他的东西建立联系，并通过身体，不断地涌入和退出更为复杂的意义与关系。使生产的末端，紧系于消费的始点，形成不断向外扩张与持续朝内收缩的巨大完整的循环。

在展开的循环中，性使预期的迷醉成为不可到来的时间。不断有偶然的因素加入，改变着它身上可见的东西。它持续悬置着，由此所产生的诱惑，再用来刺激所有的感官。让它们警觉起来，敏感起来，朝着诱惑，奔跑起来。正是在变动当中，性一次又一次重新在身体和语言里，得到建构和解构，重新在社会的角落当中改变着分布，重新配置和安排，因它而动的一切，给出存在新的位置。

道德使性在欲望的机器当中具有了深刻的内省力和审判力。依照在性之上的区格与划分，赋予性以道德的维度。在性实践和经验中，添加进道德的成分，使它处在道德与非道德的二元审判格局中。审判的功能，照亮了性的暗夜，又让它之上禁忌丛生，戒律林立，也使性的实践变得更像冒险与挑战的游戏。

除了来自医学的告诫，道德的束约，权力的威吓之外，在性的内部，压抑也油然而生。性的强度、节奏、频率，与它的器官组织的非对称构成实现的结合，使得性本身就包含着重合与进入的含义。在性行为完成的过程中，必然有施动的一方和受动的一方，必然有双方彼此的寻找。寻找让任何一方都不可或缺。只有寻找着，一方的差异，在另一方面的差异中，才能得到印证，才能彼此重合。

性别差异不单单是一种标识，也是性在两极构成中，一极向另一极发出的潜在邀请。这邀请并非时时刻刻都能得到回应。正是因为性在结构上的特征，才有它内在的识示，它的气息，它的取向与趣味，才有施与受当中的各自因果关系，才有压抑和倒错，也才有解放。

性是不断被拿来观看的东西，又在极私密的环境中进行。社会使性的公开与私密性，像陀螺一样飞旋，围绕着它的轴线，幻化成各类关于性的技术与细节，确证不同的器官和部位上，传递出来的对于性的感受，时而在方式上做着翻新，又渗透到日常生活中去，进一步对生活加以改变。

在听说看与感受等等的观察行为中，性始终被当作晴雨表和温度计之类指标性的东西。权力道德和语言，依照性的反应，调整自己的策略，对性发出指令，向它施加更有效的作用和影响，又激发它新的想象。既看管它，又催生它；既在黑暗中，将它照亮，又规定它，按照设计的路线图行事。最终，让统治的意志，注入到性的每一根神经末梢。

性在与社会结合的关键穴位上，担当了将意识形态转化为身体机能的角色，发挥着这方面的作用。在社会的平台与公众视野里，只有从性飞转的陀螺上甩出的东西，才见不到强力意志的横行，只有柔软的抚慰。根植在日常生活当中的法西斯主义，是性为人们带来的又一新鲜的东西。

性为视觉领域带来了眩惑。再不是黑夜与白天的交替，也不是黑白的二元对立。它在白天里秘植下了无尽的暗夜，又在黑夜里广种着白天的影子。它在敞开的过程中形成新的遮蔽；在公开化中，又潜藏下了秘密。性为视觉引来了一种透明的黑暗。

花样翻新的广告词与设计图，借助性的魅力来展现商品的功效和使用价值。文化工业依照色情原理和机制，制造出明星供人来观赏。美丽的背后，都隐藏着性的暗喻。剧场已失去了生命的舞台，性被拆解涂抹，用来满足排排而坐的享乐者，偷窥的心理需要。性的功效一旦被商业利用，它也就朝娱乐敞开了大门，失去了自己远处的纵深。

赤裸裸地拿性做交易，将性作为服务商品，提供给挑选它的人，这样的活动古已有之。性被绑在商品交易的战车上，不断地被驱赶着，不断地遭受奴役。卖淫者和嫖客，其实都成了人质，是钱的人质，性的人质和原罪与结果的人质。它们在视野里一天不消除，对原罪的记忆也就无法擦掉。从性的买卖所形成的职业尚未消除这一点上看，人类文明的脚步，丝毫也没有朝前。性是人身体中最脆弱最敏感的部分。

性一再被拿出来谈论，它的场景和关于它的话语，被制成了枕边书、春宫图、房中术和花间词。这些性的替代物的无性繁殖，是在语言的无限可塑性当中传播的。传播又使性一再被放大或缩小。当性作为一种传播，在传播中再次得到传播的时候，它便失去了它的所是，成为了语言的建构。语言将性纳入到它的体系与空间，还将性返还给日常生活中的生老病死。对性的话语陈述，导向了当下的行动，也映入了记忆的历史，使性既是实践，也是经验；既是思想，又是行为本身；既担当主体，又成为客体的明证。

语言在性当中动员起了一切的社会力量。性也成为身体能量和社会力量的关键源头。性在语言中发话，以换喻和隐喻的双重方向，指朝着一群意义链，并在那里不断地出发，进一步再生产出性原来所没有想要说的话。生产出他者想说的话。生产出政治的话语，道德的话语和文化的话语。与此同时，性被主体化和客体化的双重过程，也在持续进行着，产生了与之相适应的新的更加吊诡迂曲的策略与流程。社会实践的目标，在性自身的实践中得到了深入贯彻。

缠绕着性话语还凸现出了性别的歧视。它制造出“风尘”等等的钝词，让性别构成弱小的一方，在其中沦落。强弱分布不平衡，是性别歧视的根源所在；总是有一方在炫耀实力，另一方默默无语。这种炫耀还被写入关于风俗的记忆里，用来再次确认男权中心主义的地位：

“有异僧陈宾竹，挟采战术甚奇，不加力气运动，而龟头呼吸如神，能令妇人承之者坦手弊目。”范濂在《风俗记》中对男性阳具神奇功效的描述，丝毫不忌讳直露，也加进了他的欣赏与判断。异僧所具有的奇幻术，成为了男性中心主义的例证。

性是被文明逐渐建构成的东西。它远比心灵思想还要重要，还要深刻得多。它在瞬间既成多元，形成随时间流动的变化格局。我们之所以谈论它，是为了使它免遭新的摧残。性激发快乐，激发一切更敏感的醉意记性。

性什么时候才能回到它的原位，不再被拿来观看，不再是谈论的对象，不再被借用，也不在它之上实施其他的实践；不再靠它侦测、监控，不再效仿它的机制，也不利用它之中的色情效应。让性顺应生命本身的偶然性，不再以一个找不到自己位置的形象出现，不再被驱赶。这一时刻诚如福柯所言：人们使用自己的性器，就像自如地使用自己的手一样自然。让性自己讲述自己的历史。

这一刻何时到来，能否到来。

若隐若现的花

陌生的送花人在窗外若隐若现,像这座城市边缘黄昏时微暗的灯光。陌生人敲开邻居的门,送上一束鲜花和一张贺卡。花曾经与生活中的某些重要的事情紧密相连，而陌生的送花人注定要在城市的街道上消失，与另一些人擦肩而过。

因为送花的陌生人，今天这个日子显得格外冗长，它朝以往的一些日子延伸而去，与曾经有过的另一些日子汇合，又不断地返回到现在。花真的非常重要吗？它甚至可以被忘记，连同它曾经拥有的日子，就像逝去的陌生的送花人，有朝一日站在你眼前，也无法让你辨别清楚。重要的是花与花在时间之中的彼此亲近，它会使本不相干的许多日子骤然间互相联系在一起。重要的是“花”这个词，都是现在和过去某个瞬间曾经提及和想到的，它在词的中间孤零零的，在被挑拣出来之后，似乎才有了生命。

我无法说出自己作为一个幼童处在智性未开的鸿蒙状态中，花儿怎样第一次出现在眼前，以及当时我所有的感受。花儿为什么代表吉祥、快乐和幸福的祈愿；从什么时候开始，它成了人们心目中现在这个样子；它为什么不与仇恨、敌视的心理情绪相互联系在一起呢；为什么看见花内心便有一种异样的感觉，而不同于看见别的什么。我此时此刻对花的陈述是在什么样的基础上进行和完成的，是把花当作了花，还是在所有关于花的约定之中，重新展示了花的陈述与言说。你提及花，是不是在某个语言、观念和物质单位的拐杖扶助之下，在清晰明了的状态之中进入了花的外表和里层。

这些柔弱的物质，生着奇特的颜色，它们在晨光里的样儿，在正午笔直的日光里，在黄昏之后若隐若现地飘浮在大地的秘密中，与词的存在，在词构成的关系之中又有哪些不同。什么是语词的花。什么是感受里的花。什么是实际存在的花。

花儿在语词之外宁静的世界独自存在着，它在一年中间开了又落，在另一年里又开又落。语词从来就同花的生长无关，无法真正进入那独立、宁静的界域。语词无法催开花。花曾经长久地开放在自己的王国里，而现在在它同词语之间形成了人的一个话题，一个充塞着各种告诫的崭新形式。

病榻上的一束花，在白色的病室中扮演着某种角色，这情形就像医生、术士和预言家在非司法领域里所形成的核心一样。洁白的颜色使花的神秘性在它的弥散中不断增殖。是情境赋予了这种若隐若现的东西；是一种永不可得的退隐，展开之后收留和齐集了这些转瞬而逝的东西。这些东西构成了病室里的花，它参与疾病的治疗，心灵的抚慰，对记忆流逝的追念和对尸体的赞美。而这一切与花的枝蔓、香气、外表的颜色竟然无关。但花又带来了一些东西，给了你一天的好心情。

你能够追忆清楚曾经手执一束花的所有情景吗。或许你根本不曾有过这样的经历，在北方古老而又保守的城市中间这么做会引起更多的注目。冬天的灰色调和寒冷的气息多少与你手中执掌的鲜花显得格格不入，人们的心情也大致如此，他将视你的举动为一种癫狂。花只有在恰当的时候与场合，才能够被簇拥，才能组成与海洋一般的巨大浪潮，才能够真正表达人类的疯狂。那些“罪恶之花”、“黑色的花”、“柔弱的花”、“理想的花”、“孤独的花”，是花作为花的真实存在，还是人的一种自作多情……

我固执地目送陌生的送花人，他走进了夜幕的背后。黑夜不仅带走而且清洗掉了不知从何而来的送花人，他像一个影子，在城市的某个地方漂浮过后，注定要回到他来时的地方。我对花的兴趣此时来自陌生的送花人，他所做的事情成全了一种送达，一种从甲地通向乙地的传递。类似这样的人们，如送牛奶工、信使、报童等等，我内心里对他们怀有深深的敬意。或许送花人并不在意他手中的花在以人为中心的语词里构成的层层错综复杂的关系；他也许不在意送的是花，抑或是什么东西，长此以往，他在花的意义失缺里，掌握花，传递着花。

在对花的无尽渴望中所展开的人的脆弱里，充满着急切需要得到抚慰的请求。而在日常生活的冷漠中，在平淡、无奇、单调的时间节律重复的轮回当中，花是孤独者需要和热切盼望握在手掌的东西。它以一种多么隐晦的形式，暗藏于人的孤独和疯狂之中。花这个自然之物，这个单一的语词，从什么时候挽留和收集了人的无意识和非理性。

被它带走的东西，被它收留的东西，我们都无法看见，而它就在我们的眼前，有时像云朵覆盖我们的头顶，有时形单影只，有时随时光的推移，一点一点衰落。